一半阴影 一半明亮

小乙 著

四川文艺出版社

图书在版编目（CIP）数据

一半阴影一半明亮 / 小乙著. -- 成都：四川文艺出版社, 2020.7
ISBN 978-7-5411-4968-9

Ⅰ.①一… Ⅱ.①小… Ⅲ.①中篇小说－小说集－中国－当代②短篇小说－小说集－中国－当代 Ⅳ.①I247.7

中国版本图书馆CIP数据核字（2020）第085069号

YIBANYINYING YIBANMINGLIANG
一半阴影一半明亮
小 乙 著

出 品 人	张庆宁
责任编辑	柴子凡
封面设计	叶 茂
内文设计	史小燕
责任校对	段 敏
责任印制	喻 辉

出版发行	四川文艺出版社（成都市槐树街2号）
网　　址	www.scwys.com
电　　话	028-86259287（发行部）　028-86259303（编辑部）
传　　真	028-86259306
邮购地址	成都市槐树街2号四川文艺出版社邮购部　610031
排　　版	四川最近文化传播有限公司
印　　刷	成都蜀通印务有限责任公司
成品尺寸	142mm×210mm	开　本	32开
印　　张	8.75	字　数	210千
版　　次	2020年7月第一版	印　次	2020年7月第一次印刷
书　　号	ISBN 978-7-5411-4968-9
定　　价	42.00元

版权所有·侵权必究。如有质量问题，请与出版社联系更换。028-86259301

从成都出发的文学新力量

熊 焱

成都历史悠久，人文荟萃，三千年城址未迁，两千年城名未变，成都以其源远流长的文学传统、得天独厚的文学环境、蔚为大观的文学气象，缔造了恢宏、不朽的文学丰碑。司马相如、扬雄、杨升庵、巴金、李劼人等文坛大家在此出生，李白、杜甫、苏东坡、陆游、陈子昂、李商隐等诗歌巨擘，或在此为官，或在此客居，或在此游历，均为成都留下了家喻户晓、彪炳史册的名篇佳作。尤其是诗歌，已成为这座城市独有的、鲜明的文化符号和精神象征。"自古诗人例到蜀"，成都以其雄浑壮阔的文化底蕴、优雅闲适的生活品位、独树一帜的城市气质，成为文人们争相朝拜的文化圣地，孕育了"创新、创造、优雅、时尚、乐观、包容、友善、公益"的天府文化。

为传承成都悠久的文学之光，弘扬博大精深的天府文化，整合省市文学资源，凝聚成都文学力量，培养成都文学新秀，扶持和推进成都青年作家的快速成长，成都市作家协会联合四川文艺出版社推出"成都作家·新力量"书系，努力将其打造成一套有品质、有格调、有责任的文学精品。每年遴选三到五位有潜质、有冲劲、有良好创作前景的成都文学新人，为他们出版个人专著，面向全国发行。这里的文学新人，不仅仅只是年龄上的新，还是创作手法、文学理念的鲜活、前卫、开放。本辑推出的三个文学新人分别是青年小说家小乙、杨斐，以及青年诗人朱光明。小乙以扎实的叙述、细腻的笔触，描写了成都这片土地上的打工者、都市白领、小镇平民、商人等小人物的人生冷暖和悲欢离合，揭示了纷繁世相中普通民众的生活现场和精神世界。杨斐的小说没有追随鸡毛蒜皮的日常生活的创作大流，而是以诡异的想象、魔幻的意象、斑斓的片段构建另一个真实的，而又远离于庸常的现实困境的世界，去展示一系列幽微、曲折的精神图景。朱光明从小在乡村长大，年少时叛逆的他却有着一种极具"正统"的诗歌抒情，他以温暖的笔调、澄明的吟唱，去回首岁月，打量现实，俯身自然，从中探询人与世界、生命与自然的多重联系。在这个浮躁而快速的时代里，朱光明诗歌中宛如明月清风一般的抒情秉性，恰恰是一种难能可贵的诗歌品质。

文学青年是文坛的后备力量和生力军，他们以更加开放、先锋、新锐的文风，为文坛带来新鲜的气息和活力，形成新的文学形态、题材类型和创作理念。毋庸置疑，当下生机勃勃的文学青年必将成为文坛未来的中坚力量。其中脱颖而出的佼佼者，甚至有可能成为卓越不凡的文学大师。

近年来，成都的青年文学队伍不断壮大，比如颜歌、七堇年、余幼幼、程川、罗铖、吴小虫、王棘、杨斐、朱光明、贾煜、唐一惟、潘玉渠、宁航一、简枞、佐桥、龙小羊、谢云霓、刘采采等一大批80、90后青年作家、诗人快速成长，风格各异，佳作频出，为成都文学的锦绣大观增添着熠熠光华。我期望着，更多的成都的年轻作家们能够勤耕耘，多奋斗，深入生活，扎根人民，创作出更多无愧于时代的优秀作品。

目录

梦　河 ... 001

一半阴影一半明亮 ... 015

丁绍军的白云苍狗 ... 033

斑　斓 ... 053

我们的有桃 ... 069

身后的教堂 ... 087

奔跑的棋子 ... 101

燃灯梦 ... 115

圣　光 ... 129

蜜 ... 143

碎浮萍 ... 157

等铅球落地 ... 171

无花的宇宙 ... 187

影　子 ... 199

寻梦记 ... 237

梦河

一

瓦镇正在铺大水管，要把县城的自来水引过来，这事大伙儿都盼了十几年。只是我和西木大概要倒霉了，谁让我们在当地的小水厂上班呢。厂子工艺落后，制出来的水老有泥腥味，夏天还能放出红线虫，当地人咒死我们了。咒就咒吧，关键是工程一完，县自来水公司要接管我们。对方已经放出风说，到时厂子不生产了，要解散。我和西木一下有了朝不保夕的感觉。

西木提出去工地上瞧瞧，我说，你是咸吃萝卜淡操心，该完蛋的还是要完蛋啊！也不等我同意，他推出单车，搭我往县城方向去了。午后的太阳烧得正旺，蒸腾出阵阵热气。田间的蝉子一声高过一声，歇斯底里。

来到现场，一辆吊车耸在那里，长臂高傲地伸向天空，好些人正围在一条土沟边看热闹。几个安装工站在沟里，拉着钢丝绳和倒链，有两根大水管，半人高，很快就插在一起了。西木问，师傅，这就安装好啦？一个黑胖子乜斜着眼说，你以为还要用胶水粘？西木马上躬着腰说，我外行哩。再问问，这管子啥材料的？黑胖头一扬说，球墨铸铁管，知道不？西木摇头说，没听过。我，我外行哩。黑胖反过来问,你是做啥的?西木说,我,瓦镇水厂的。黑胖噢噢两下,那就算不得外行,只是鸟枪遇大炮了。其他人一下笑起来。那笑声像刀片,刮着我的神经。西木也傻乎乎地跟着笑,还不停挠脑勺。他脑袋像鸵鸟蛋,没一根毛,阳光照在蛋壳上,映出几个小洼坑,看着很是滑稽。我默默站了一会儿,赶忙拉着他走了。

是啊,我们哪见识过这么大的"炮"。瓦镇的"鸟枪",最粗的也就拳头大,而且材质差,老化严重,频繁爆管。我和西木大街小巷跑个不停,东墙没补好,西墙又漏风。累个半死不说,厂长还老骂我们水平差。西木每次气得颤颤的,可啥也不敢说。只有单独跟我一块儿时,他才爆发出来:真是做得多错得多,不想干了哩!

可一旦哪儿的水管出问题了,他却跑得比谁都快。

二

我们都知道,西木挨骂,挺冤枉的。他有啥错呢,要错也是他师父尤大勇的错。瓦镇水厂刚刚建好,尤大勇就来了,算得上开山师爷。那些年,街坊邻居要接自来水了,他现场走一圈,铺多大的管子,用什么样的材质,拍两下脑袋就定下来了。施工的时候,他怎么省事儿怎么弄。稍有障碍,就铺明管,要不往阴沟里穿。安装的阀门,大多数都懒得砌井,直接埋在土里。挖沟破路的杂活,他很少动手,全是找计时工做。八九年后,瓦镇的自来水普及了,但铺的水管子也成了一张陈年蜘蛛网,碰哪哪儿就破。尤大勇一个人根本忙不过来,小工又没法随叫随到,厂子就聘了西木,帮他打下手。这一干就是七年。

西木是大兴山的人，据说跟尤大勇沾了一丁儿亲戚关系。可他悟性差，手脚笨。就说拆阴沟里的水管吧，手冷不丁一打滑，摔得满脸污渍，惹得路人直打干呕；换旧水表呢，腮帮子都快鼓破了，表没拧下来，倒把管子拧断；给镀锌管掰丝口，丝口没做好，水管却绞出裂缝。尤大勇经常骂他蠢蛋一个。所以西木的脸总是没完没了地愁着，跟打过霜的苦菜一样。没多久，尤大勇只让他干杂活儿了。大热天，西木戴顶草帽，一个人掏土沟、撬石板，或者光脚踩在稀泥里，吭哧吭哧地挖水管。他头大身子瘦，腰弓成曲尺，很像一只鸵鸟。小孩子们最喜欢冲他背后唱：

秃头鸵鸟哟翅膀小，
不会飞来只会摇。
干起活来没人睬，
两脚就像踩高跷。

西木听见后，把腰弯得更低了，锄头挥得更卖劲儿了。尤大勇却坐在荫凉下，叼一支烟，冲西木远程指挥。很多明眼人都说，尤大勇越来越滑头了。尤大勇不在乎，谁敢造他反呢？他从干这行开始，走到哪户人家，哪户人家都是好烟好茶孝敬着，好酒好菜伺候着。稍有怠慢，他拍屁股就走人。他的口头禅是，烟不烟，茶不茶，还想喝自来水？喝尿水！终于有一天，尤大勇的鼻子帮大伙儿造反了。那鼻子前前后后流了一盆血。他在重症室足足待了一个月。医生说，他是长期暴饮暴食，烟酒过度引起的。这病得慢慢静养，晒不得太阳，干不得体力活。要再犯，没准丢命。这一来，厂子不敢再留他上班，给了笔安抚费，让他退养了。尤大勇挺不甘心，开了家建材铺，还跟厂长

"勾兑"，厂子的水管材料都由他供应。可惜没多久，厂子换了新领导，就没搭理他了。

西木接过"衣钵"后，我从制水岗位调出来，给他当帮手。尤大勇时代的风光很快就没有了，我们在镇上的"地位"也一落千丈。以前，大伙儿对尤大勇有意见，不敢表现得太明显，怕哪天用水的事儿，落到他手里。可西木没有尤大勇的那份匪气，而且瓦镇的水管网，哪根丝连着哪根丝，除了尤大勇，没人记得全。每次爆管，我们找埋地下的阀门，也得花大半天时间。实在找不出来，就直接剪块橡胶皮，把漏水点包扎好，再用铁丝一扎，能管多久算多久——这也是尤大勇教的土办法；再不然，就关掉大街上的主阀门，停一大片水来维修。西木老觉得工作没做好，亏欠了别人似的，无论见了谁，都赔着一张笑脸。镇上的人也就认准他的脾性，自来水有啥问题，都把他当出气筒，冲他抱怨。西木是个闷葫芦，锯了嘴也吐不出半个籽儿来，每次都让对方骂得得心应口。

不管怎样，按理我该叫西木师父，可他坚决不接受。他说，你是文化人，哪能让我这个粗人当你师父哩。其实我就一技校生，文不能提笔，武不能挑担。西木却从不指使我，杂活儿依然揽着做，生怕脏了我累了我。他比以前操心了，遇到啥问题都得拿主意，常常急得满头冒汗，来回踱步，像蒸了桑拿的鸵鸟。他眼袋大了黑了很多，如同两个枣仁挂在那儿。身子也更瘦了，看着都硌人。可他有使不完的力气，我不叫累，他绝不歇气。只是夕阳快落山时，他喜欢坐在土沟边，默默地抽一支烟。

就这样，我跟着他干了一年多，危机悄然来临了。

三

两个月以后，工程已经接近尾声。我和西木更是立坐不安了。

有天下午，厂长把我和西木叫办公室里，递来一叠资料说，这是县水公司搞的《供水调查表》，要发给用户，征集意见和问题。我接过来一看，心里马上发怵了，大多数内容都是管网方面的。我嘀咕道，这不等于往我们身上插刀吗？西木勾着脑袋看过来说，问题肯定是多喽。厂长脸一沉，问题多？你们就该好好反省反省！这表啊，也是间接调查员工的能力，尤其是你们两人。意义重大，明白不？我说，明白明白。厂长又说，管网设施，以前你们胡屎搞，意见肯定大，大就大，不过，我到厂子这一年，服务上可是下了不少功夫的。然后他在调查表上戳了几下说，像什么用户诉求办结率，窗口服务态度，抢爆及时率，你们得多跟用户沟通，取得他们认可，明白不？我又猛点头，脖子上的筋都拧了一下。西木却一直烂着脸，不吭声。

发调查表时，我和西木很快就遇到钉子户了。在山坡边的槐树巷，有个老头提笔就写：抢爆水平极差，效率极低，就差直接把我和西木的名字"钉"进表里了。完了，他还拿出来炫耀。这一来，好些人跟着这样写，我赶忙"沟通"说，这都怪水管子太旧，维护难度大……要不你们重填一张，建议改造管网，这样才能解决实际问题。老头哼一声，每年都在给你们建议，还建议个屁！其他人也一下煽出火来，开始抱怨自来水的压力不稳，热水器经常打不燃。

西木傻乎乎地望着他们，脸上还是挂着笑，可笑得像一朵枯萎的花。他头一会儿转向左，一会儿转向右，表情听得做梦一样。半响，西木说，我们马上解决，总行了吧？老头把表往兜里一揣，好，解决了，再重填，大伙说行不？这一呼百应，其他人也全把表收了起来。

厂长知道这事儿后，冲西木说，天都快亮了，你还没事儿找事做？改了这儿，还有那儿，能改得完吗？西木低着头，眉毛拧成两道蚕虫说，明白了。可他还是没有真正"清醒"，第二天又对我说，槐树巷的水管，是尤大勇生病前才安装的，水管也不算小啊，没准是哪儿被堵住了，要不去找找原因吧。我把手里的调查表抖了抖说，这活儿，厂长催得紧呢。西木说，可还有十多张表扣在他们手里哩。我说，再复印就是了，找其他人填嘛。他愣怔半天，哦，明白了。

瓦镇的人很快知道了槐树巷的事儿，填表的时候都趁机讲条件。不管是"饱鬼"，还是"饿鬼"，都麻雀一样闹着。西木却再也不敢表态，只得任他们聒噪。厂长脸沉得掉出水来了，说，本来想帮你们一把，自己不争气，就听天由命吧。那段时间，我们走在街上，头也不敢抬，生怕被别人的目光剥掉脸皮。槐树巷的人呢，一遇到西木就问，鸵鸟兄，啥时候改水管？说话得算数啊！西木怔忪道，知道知道。声音软得像一团烂棉花。回厂子路上，西木又说，真是做得多错得多哩，不想……可最后两字没出口，就在他喉咙里夭折了。

周五，他忽然拉我去找尤大勇。他说，昨天下班后，我去了趟槐树巷，把沿路水管的阀门都拆开，挨个查了，没问题啊，可水压就是不稳定。估计哪儿还装有阀门，我记不清了，想问问师父哩。

到了尤大勇家，他正在院坝晒太阳。人白了些，胖了些。尤大勇揉揉鼻子说，阀门？我哪还能记得清啊。西木掏出一包烟递过去，尤大勇又说，估计是瓦镇用水量大了，能送到槐树巷的水就有些不够。再铺一根小水管过去就行了。要不，你们就在我店儿买水管，到时有啥问题，我帮着处理。我忙说，行，动工时就买。尤大勇瞄我两眼说，光添根水管也不行，还要技术处理。出来后，我对西木说，什么技术处理，别听他鬼吹。要改水管，也不会在他那买。西木憨憨笑两下，那岂不是骗了他哩。

厂长听了西木的想法，挑他一眼说，你还真是用心良苦啊，不过天已经亮了。下午，县水公司忽然来我们厂子调研。会开了一半，西木也被唤了进去。出来后，他兴奋道，领导跟我握手了。然后他模仿领导，也跟我握手说，你辛苦了，辛苦了。我说，我要进去了，也能享受这待遇。他继续学着领导样，摸了摸脑顶虚拟的头发说，他们还问了我的个人情况。我嗯一声，心里有了不祥的预感。

月底，厂长召集我们开会，宣布了县水公司接管的事儿。厂长是体制内的人，调回镇政府上班。我和会计被留用了。其他的人，下周结清补偿金就解散。厂长安慰西木说，大家都很肯定你的工作。不过县水公司的规定，上了五十岁，就没法聘用，你要多理解。还剩几天时间，我们在岗一分钟，可要干好六十秒啊，知道不？说完，他用力拍拍西木肩膀。西木像块石碑，一动不动。

那些天，我依然跟着西木去修水管。镇上的人不再冲西木发火了，西木也还笑，可笑得没一点儿力。黄昏时分，他坐在一堆晚霞里，望着鱼鳞般的瓦屋顶发愣，像一张发黄的旧照片。

周五，西木对我说，能帮我一个忙吗？我说，行，能做到的一定答应。中午刚下班，西木悄悄从库房拖了十多根小水管出来。他说，想把槐树巷的用水问题解决了。我心一紧，领材料要领导同意，否则算私拿单位财产。我忙说，你去吧，我就当不知道这事。然后转身欲走。西木冲我背后说，一会儿做活儿时，帮我递递材料的，行不？我犹豫地说，你先一个人试试，真要帮忙，给我打电话吧。

下午，西木一直没联系我。天快黑的时候，我忍不住去了趟槐树巷。坡边的草丛一晃一晃的，能感到西木在里面干得很是带劲儿。我上前一瞧，地上已经掏出了几十米很浅很浅的沟，一根根小水管铺在里面。我看了好一会儿，问，需要帮忙不？他探出鸵鸟头，紧张地左右瞄瞄说，谢谢啦，你有事就走吧，我一个人能成。

第二周，西木结清账，目光飘忽地对我说，槐树巷的水压还是不够，这咋办？我说，不知道啊。西木说，我去给厂长自首算了，大不了从补偿金里扣。我肩膀一缩，别说我参与了。下午，县水公司工程队的队长来了，正是上次见到的黑胖。他去现场走了一圈，笑着说，以前铺的那根水管应该够用，只是中途翻了一个坡。时间长了，坡的最高点会积空气，这相当于有块小石头塞在管道里。空气会慢慢跟着水流排走，可排走了又会积，所以槐树巷的水压一直不稳定。西木问，哪咋办呢？黑胖很派头地扬了扬头说，在最高点装一个自动排气阀，管子里进了空气，就会被排走。西木茫然地点点头，我，我外行哩。周围又是一片嘲笑声。

自动排气阀装上后，一试水，水压很快就提高了。巷子里的居民围着黑胖，又是握手又是递水，真有点儿千里迎红军的味道。西木站人堆外面，没一个人理睬他。秋风没有方向地胡乱吹着，他抱了抱臂。这次，他脸上终于没了笑容。

散场的时候，西木对我说，谢谢你帮我，都怪我太笨了。上级的决定是对的，你小子年轻，好好干，有前途哩。他脸乌漆抹黑，声音涩涩的。他说的每个字，像沉重的拳头，一记一记，打在我的心窝上。有件事儿，我哪敢跟他说。我是托了关系，才把工作保住的。西木似乎还想说点什么，终究咽了回去，转身走了。

夕阳投下来，淡淡的凉凉的，把瓦镇染成了茶色。西木垂着大脑袋，弓着薄薄的身子，如同一只鸵鸟样式的风筝，在街上无力地飘着。我心里不禁响起一阵悲鸣。

四

  水厂关闭后,成立了客户服务中心。我除了抄表,也做简单的维修。稍大的爆管,都是工程队来解决。可瓦镇这张蜘蛛网,谁都理不清,也没法补得好,大家做得十分吃力。翌年春天,公司打算改造水管。因为缺少管网资料,新旧水管碰头时,要花费很多精力。领导托我找尤大勇,希望他这个"活地图"能协助我们。尤大勇又揉揉鼻子说,你们改造用的水管,就让我来提供吧。他卖的是杂牌货,公司当然不会答应。尤大勇就推口说,自己生了一场病,记忆力差,把这事儿拒绝了。

  改造还是得实施。几条主街的工程进行得还算顺利,可小街小巷的水阀门大多找不到,工程队只好断了水来做。居民没了水,催得厉害。我被逼急了,这才想到联系西木。他多少能记得一些管线走向,或许能帮上一点儿忙吧。

  电话接通,山里的信号很差。知道了,知道了。西木说。他声音颤颤的,也不知道是激动还是窝气。第二天傍晚,西木手里捏着一顶草帽来了。蓝布衣裤,眼角的褶皱深了些,头顶多了好多灰点,看着像长了老年斑的鸵鸟蛋。不好意思,这段时间正在家里封桃树哩。他摊开草帽,从帽子里面取出一叠皱巴巴的纸说,幸好我留着。我们打开一瞧,眼都亮了,是一张张图纸,画有房屋、道路、电杆,当然最重要的是管线。原来尤大勇离开厂子后,他每次维修完一个地方,就把管线和节点的位置记了下来。资料虽然不全,也不是很准,但是对我们来说，却松了大劲。

我外行哩，凭感觉画的。他挠挠脑勺，脸笑成核桃壳说，不知道你们能看懂不？需要我帮忙的话，随时说一声哩。

公司决定临时聘用西木，协助水管改造，其实就是让他帮着指指管线位置。就这样，西木又回来了。他每天拿着一个装有"图纸"的文件夹，在大街小巷跑来跑去，脚步就像踩在弹簧上，很有节奏感。他问，你看我像工程师不？我倒觉得像乡村邮递员，嘴上却说，像像像，要戴个安全头盔，更像。

他摸摸脑袋，挺认真地说，有空的时候，找顶头盔让我戴戴吧。

两三个月以后，西木的活儿差不多完成了。可他依然来瓦镇，跑工地上转悠。公司的水管是一种新型材料，叫PE管。用热熔机把两根水管的管口烫软，一粘就成。有一天，西木买了烟，递给现场工人说，师傅，能让我用用这热熔机不？对方真教了他。隔了两天，哪个工人累了，他就主动接过活儿来，做得一脸灿烂的样子。街坊邻居逗他，咦，西木，你这是当师父还是当徒弟啊？西木眉眼舒展地说，其实也不难哩，只是以前没人教。

初秋，改造大功告成。公司要拍工程人员合照，存在供水历程的档案里，还提醒我们记着戴头盔。我一下想起西木，赶忙征得黑胖同意，把西木也唤上。翌日，天空瓦蓝瓦蓝的，跟玻璃一样又薄又脆。西木穿了件白衬衣，逆着阳光走来，身上泛了一圈白，很有画面感。黑胖却笑了笑说，要统一着装的。然后拿了一套工装，连同安全头盔给他。西木换上后，一会儿瞅瞅胸前的标志，一会儿扶扶脑袋上的头盔，满脸透出神圣。

完了，西木拉我一边问，这工作制服能送我不？我请示黑胖，黑胖摇头说，衣服虽说管不了几个钱，可不是我们的员工，不能穿。怕万一生出事儿，影响公司形象。他又顺口道，要不，我给西木拍张单人照吧。

一个多月以后，公司召开职工大会，我这才专程到工程队取照片。黑胖在电脑上找了半天说，你该早点来。因为西木的照片不会存进档案，没打印出来，应该被删掉了。我只好拿了一张合照。西木个头小，本该在前排，却站到后排边上。感觉他是踮着脚的，脖子抻得很长，可左脸部分还是被遮住了。我担心他失望，照片一直没捎给他。都快冬天了，我这才上了趟大兴山，可没找着西木，他电话又不通。山里人说，他儿子在外省打工，他去帮着带小孙子了。

五

不久，我调到了工程队，跟西木再没联系过。一晃十二年，工程队的人不断新老交替，我也过了而立之年，升为了队长。那个时候，我们县除开大兴山，其他地方的水厂都被我们接管了。大兴山太远太高，县城的水要送上去，必须修好几级加压泵站才行，每吨水的成本会接近三十块钱。不过最后，县里终究铁下心，准备把这最后一关攻克下来。我便带着队里几个人，到大兴水厂去看情况。

到了山里一处坡边，有个中年人正蹲在地上修水管。瓦沟脸，身子瘦小，手臂却粗大。地上摆了生料带、麻线和一堆PVC管件。见了我们，中年人赶忙站起来问好。他微弓着腰，目光有些生怯，像极了年轻时候的西木。

我说，野外不能用这水管啊，老化很快的。中年人说，我们也想用PE管。可这坡上坡下都没有电源，热熔机用不了。我说，配一台发电机不就得了。他叹口气说,这山里,有时修一个漏水点,得走一个多小时。要抬发电机,活儿还没开始做,手都没劲了。我点了点头,然后沿着挖出来的水管走了一圈。安装得有些粗糙,要按公司标准,是过不了关的。不过,阀门都砌了小井。到坡顶处,我惊讶道,你们真不错啊,知道高点处要装排气阀。他说,是啊,我们师父教的。我问,谁啊?他说,西木。他可见过世面的,瓦镇的水管也是他改造的。

其他的工程人员都是年轻人,没人知道那段历史。我却激动了,他在哪儿?今天没上班吗?厂长解释说,西木不是厂子的人。都快十年了吧,他没事儿就来看我们修水管,有时亲自动手做,教了我们不少技术。我问,哦,是计时工吧?厂长说,这山区水厂,工资都经常发不出来,哪来钱请计时工啊!西木是义务做。在场的人都唏嘘了几声。中年人插了句,西木就喜欢这手艺,每次教懂一个人,他就,就特别开心。厂长点点头,对,西木最喜欢别人叫他师父呢。几个工程人员呵呵笑了两声,我沉吟了一会儿问,那他人呢?厂长指着对面的山坡说,前年生病走了,就埋在那边儿。中年人说,他儿子难得回老家。我们山里人上坟,要顺道,都会给他上炷香的。

离开水厂后,我带着队友,往西木的坟地处走去。七弯八拐的山路,烙满了大大小小的脚印。我想,这里的每个脚印,西木都应该踩过吧。

夕阳越来越浓地洒泼下来,在山路间流淌出一条条光河,如梦如幻。那一串串脚印,像丝带,紧紧地系住了这满山的梦河。

一半阴影

一半明亮

一

李大祥刚拐进石头巷,街坊邻居马上认出他来。但没人大呼小叫大惊小怪,反而都克制且友善地唤他,老李,精神不错,真心替你高兴哩;大祥,你儿子没跟你一块来?哦,在外地忙工程,搞劳务分包。好好好,日子一天比一天好呢……众人跟他家长里短地寒暄着,巷子一下热闹起来。四月春深,墙头的几丛三角梅开得繁花似火。老李一路回应,握手道谢,泪水好几次要滚出来,又硬生生压回去。他不问也知道,自己的事儿早在镇上传开了。

到了巷尾口,两侧各一间老瓦房,跟苍老的动物一样,静默对立。夕阳从远处斜照过来,滑下屋檐,投在青石板上,形成一半阴影一半明亮。阴影这边是自己家,明亮那头是陈老太的家。李大祥在分界线驻足,身影如同阴影的触角,无声地探到陈老太家的大门上。透过门缝,他瞧见从亮瓦射下来的光,像凌乱的雪花在飘。站了一会儿,老李听到有拐杖声传出来。笃笃笃,笃笃笃,像钝刀在案板上切菜。陈老太!老李的心一下提到嗓子眼儿上。少顷,响动没了。忽然门啪一声关回去,耳光一样打在他脸上。

半晌,老李回过神,心里冷哼一声,开门进了自家屋。一抬头,瞧见墙上的佛龛,闪动出一两抹亮光。老李跪下来,不停地叩头,眼睛一下湿润了。

在失去自由的八年多里,老李经历了四次定罪,三次重审。他跟"圣斗士"一样,和儿子"里应外合",不屈不挠地坚持申诉。出了狱,儿子把他接到县城的新家住。接受过一次采访后,他从此闭门谢客。遇上好天气,就到公园逛逛,或者去影院看热播片,甚至进酒吧听音乐。他想,我现在清白了,愿意怎么过就怎么过。话虽这样说,但赔偿申请还在走司法程序,他已经闲不住了。老李以前开推拿店,现在决定回老家,重操旧业。

老李的推拿店,是用客堂改装而成的,一个半月后万事俱备。那段时间,他忙里忙外跑上跑下,免不了瞧见陈老太。老李掐指一算,她六十七了。这样的老太,身板没那么直了,慢性支气管炎也更厉害了,经常走着走着,面朝泥墙,又咳又喘,好一会儿才缓过劲来。最大的变化,是她胖了不少。脖子上的筋拉着肉皮,水流一样往下淌。老李猜测,这多半是她长年吃激素药造成的。

而陈老太每次碰到他,脸上立刻呈现出青苔的阴性,瞪起巨卵般的眼睛,直直往前走。老李不卑不亢,不躲她也不惹她。倒是陈老太的孙子豆豆,每天放学回家,都要朝他店里瞧一瞧。大脑袋,小骨架,校服套在身子上,跟套在衣架上一样空荡荡。但他眼亮,眨巴时瞳孔里跳闪着光。店子开张那天,老李唤住他问,豆豆,读几年级了?豆豆说,三年级。声音脆脆的,却很怯生。老李抬抬下颌,招手道,进来玩吗?豆豆走到门口,止步了。他歪着脑袋往里瞄了瞄,我阿婆说,里面有大毒蛇,是真的?老李沉默了几秒,笑眯眯地说,我就是那条蛇,怕吗?豆豆缩一缩脖子,没答话。老李又问,认得我吗?豆豆猛摇头,老李低声道,你阿婆没给你说过？豆豆说，我回去问问。过了两天，老李又唤他，豆豆拉一拉脖子上的红领巾，扭头就跑。

陈老太给豆豆下了啥迷药？老李纳闷。

二

推拿店的生意不温不火，每天三五个客人光顾。这正合老李的意，他一边儿给对方推拿一边儿聊天，感觉日子舒坦又充实。而且他十分庆幸，这些年除开睡眠差了点儿，没落下什么大毛病。要是像陈老太那样，山珍海味也无福消受。

只是到了夏季，天气一暖和，陈老太几乎不咳不喘了，脸上渐渐透出阳气。她喜欢坐在屋檐下晒太阳。老李进出店子，她嗫嚅几下嘴，像是有话要说，又忍住了。老李依旧不语，静观其变。没多久，代理律师帮他落实了赔偿金的事儿。周末又有记者来采访，老李借口做生意，三言两语把对方打发走了。刚清静下来，陈老太愣起眼球，挂着拐杖，上门了。老李有点儿猝不及防，马上站起来，脑子一片空白。

你该继续坐下去，越坐越肥。

老李怔了怔，陈老太，法官都判了我无罪啊。

我认识报纸上的字，你骗不了我！法官说的不是你无罪，是无罪从疑。疑，怀疑的疑。

老太，你是瞎折腾，那叫疑罪从无。

都一样，反正就是疑。法官都疑，我还能不疑？

老李的血气一下冲上脑顶，老太，那你说咋办？

我能把你咋办！你奸杀我女儿，还能拿到一大笔奖金，我和豆豆现在全靠我侄子扶贫。你别高兴得太早，我侄子现在支教去了，等一段时间回来，他会帮我讨说法的……陈老太讲到激动处，脖子上的"水流"一颤一颤地跳动，仿佛全世界的冤屈都注在那里面。

老太，什么都要讲证据，不是讨就讨得来的啊。

证据？你能拿出证据，证明你没罪吗？

老李脸一下绷紧，颧骨凸成两个小拳头。他盯了陈老太片刻，忽地往椅子上一坐，懒得回应了。陈老太冷哼一声，像大获全胜的巫婆，跺着拐杖，打道回府。老李望着她的背影，心里塞了团麻布，堵得难受。

夕阳落山后，老李的心情总算顺畅下来。他去厨房弄菜，听到外面有响动。抬头一瞧，是豆豆，站在巷子对面，拿一把弹弓，朝店子的招牌射玉米籽。玉米籽很轻，在空中划一道弧线，落进了店子里。老李穿过堂屋，迈出大门。豆豆退缩两步。老李走过去，一把夺去他的弹弓。豆豆吓得赶忙掉头，往屋里跑。陈老太正坐在天井边，她母仪天下般站起来，目光跟老李对抗着。老李扯一扯嘴角，忽然冲豆豆笑道，你看好了。然后转身，举起弓，保持四十五度的角拉开弦，啪一声放出去。又摸一摸豆豆的头说，记住，要摆准角度，拿捏好力度，知道吗？豆豆眼一亮，递去一粒玉米籽说，你试一个给我瞧瞧。陈老太一跺拐杖，去做作业！弓拉得再好，能证明啥儿？豆豆一溜烟跑进里屋。老李知趣地放下弓，陈老太又嘀咕一句，我侄子马上回来，会帮我讨说法的。

老李心头一颤，急步走了。

三

接连几天,老李躺在床上,脑子里总会浮出那个他无法自证的夜晚。闹钟嘀嘀嗒嗒地响,声音像铡草,一刀刀铡得他心慌。

老李离婚的第三个年头,儿子不到二十岁,已经是出师的焊工,完全能自食其力了。那会儿,对面家的陈英死了老公,就把寡居多年的陈老太从娘家接来,让她帮忙照顾豆豆。老李很快对陈英动了心思,陈英也中意,毕竟豆豆才两岁,有男人愿意接手,是值得考虑的。但陈老太嫌他年龄太大,又是寒门家境,坚决反对。陈英左右为难,跟老李交往的大半年里,抵不过陈老太的唆使,跟其他男子有过接触。两人因此闹了别扭。陈英失踪的当晚,老李正在生闷气,一个人窝在床上,把窗户关得严严实实地看A片。哪能想到,第二天,在附近的枯井里发现了陈英的尸体。

老李一直活在世人的眼皮下,唯独案发的关键时间,他不存在了,从所有人的视线里消失了。他的噩梦从此降临。他始终无法证明自己当晚待在屋子里,这是他心里的疙瘩。现在有人来碰它,不是别人,偏偏是陈老太。疙瘩仿佛恶化成了肿瘤,弄得他觉也睡不踏实。老李的儿子两次打来电话问候,听出他精神不好,追问原因。他想一想说,没啥,店子生意好,太忙,一时半会儿不适应。

转眼豆豆放暑假。他不玩弹弓了,整天就待在家里看电视。陈老太呢,天气越热精神越好。她不蜷在屋檐下晒太阳,而改在巷口沐日光浴。有街坊邻居进出,便拉着别人聊天。有时也赶场,老半天才回来。老李听说,她前些日子跑过镇上的法院、派出所,还有人大办公室，结果如何没人知道。但不管怎么样，她不来店里"闹事"了。

豆豆开学后，陈老太却跟着"开工"。白天，只要店里有生意，她就拄着拐杖，站在店门口，跟佘太君一样威风凛凛地说，我侄子马上回来，会帮我讨说法的。要是有顾客劝两句，她就眼球一白说，我现在总算见识了啥叫墙头草，风吹两边倒！

而老李每次听到这些话，心里总有点儿发虚。律师跟他说过，"疑罪从无"一旦发现新证据，的确要重新归案。老李当然没杀人，按理不用担心。但人生太无常了，会不会哪天忽然冒出一个对他不利的新"证据"，他真吃不准。五十岁的人，再召回去，折腾不起啊。要知道，当年陈英的案子只要一重审，陈老太马上把她侄子从遂宁叫来，跑到法院闹，甚至拉着法官跳楼。这样想着，老李总感觉有一把刀如影随形地横在脖子上。在陈老太面前，他说话行事就比较克制，不想刺激到她。

那天，陈老太从巷口回来，又在店门口晃悠。刚巧客人离去，老李就挪出椅子说，老太，进来坐，有什么慢慢说。

没证据，说什么都多余。陈老太向门口靠了一步。

两人沉默着。时间似乎在陈老太那里多一些，她忍不住咳了一声。老李又把椅子往门边推一推，我说过很多次，那天晚上，我就在屋里看……看……哎，反正你不信，我不提了。

陈老太跨进门，厉眼瞟他说，法官也没信，对不？

老李走到佛龛前说，我发誓，如果我是凶手，全家不得好死。

菩萨瞎了眼，让我女儿替你们死了！

那你想咋办？老李嗓子有点儿压不住了。

我能咋办？我侄子马上回来，会帮我讨说法的。死了人的不赔钱，白吃白喝白住八年多的，反倒发工资。陈老太忽然喘起来，只要这事……没了，我……就是……死了，我侄子也不会……不会……

别急别急，你——你坐，我给你倒杯水。你那咳喘，得冬病夏养。你要乐意，我帮你按摩中府穴、肺俞穴，对慢性支气管炎特别有效。要不办张卡？七折，划算。

等老李递去水杯，陈老太已经缓过劲来。她又激动道，你邪了我女儿算了我女儿，现在还想邪我算我，没门！说完，肺里拉起小风箱，像受重伤的巫婆，跟跄回去了。

吃过午饭，老李好几次到她家门口听动静。没任何声响。门虚掩着，他从门缝里窥探，只探到天井下，有一柱灰尘在阳光里翻飞。推门，手伸出去又缩回来。整个下午，只要店里没生意，他就坐在街沿边，遇见街坊邻居，马上跟对方打招呼。他想，我必须存在！

黄昏时分，豆豆回来了。老李盯着他进门，心一下揪得紧紧的。过了一会儿，豆豆提一副铁环，嘟着嘴出门说，吃面吃面又吃面，上周才吃了面又吃面，我家又不是开面馆的。

老李的身子瞬间舒软下来。他朝豆豆招手说，怎么不玩弹弓了？

豆豆走过去，一叉腰说，阿婆没收了，说考试过关才还我。

哦，也好也好。对了，你问过阿婆，我是谁吧？

问过。阿婆骂我多管闲事儿，没说，只让我别理你。其实，我也不想理阿婆。她今天躺一下午，啥也不做，害得我又要吃面。不说了，我要去滚铁环了。

你小子居然学会赌气了。老李呵呵笑两声，拍了拍他的背。一层皮贴着肋骨，像纸糊的风筝架。老李心一凛，又想到了陈英。陈英不漂亮，但丰满，屁股绷得裤子紧紧的，这让他产生过无数次鼓鼓的想象。老李很懊悔，如果当初不跟陈英斗气，她就不会出事，现在自己应该是豆豆他爸了。豆豆一定会长得跟他妈一样，圆滚滚的。

短暂的沉默后，老李说，我冰箱里有鸡腿，一会儿给你阿婆送去，让她弄给你吃，行吗？

真的？要搞快哦。

等豆豆溜出巷口，老李马上取出鸡腿，装在盘里，送到陈老太家。陈老太听了他的来意，嘴一撇说，别在豆豆面前卖乖，你有什么资格跑来挑拨离间！

不是这意思。老李把盘子递她面前，豆豆说，你身子不太舒服……

不等老李说完，陈老太手一掀，咣当一声，盘子掉地上，鸡腿滚进天井的阴沟里。

晚上，豆豆跑来店里问，李叔叔，你说的鸡腿呢？老李目光躲闪地说，你看我这记性，后来我才想起，鸡腿昨天就吃完了。豆豆腮帮左鼓鼓右鼓鼓，又是一叉腰，走了。

四

秋老虎一来，天闷得让人发慌。陈老太却出奇地安静下来。她大多时间缩在家里，即便出门，也压根不往店里瞧。但她跟老李的后续"恩怨"，已经在小镇炸开了锅。这一来，很少人去光顾老李的推拿店。老李明白，别人未必真中了陈老太的蛊惑，只是不愿得罪她罢了。老李经常守着空店，老僧入定。阳光照在巷子里，依旧一半阴影一半明亮。阴影这边是自己家，明亮那头是陈老太的家。

过了几日，老李实在憋不住了，他打电话给儿子，把闷在肚子里的苦水，一骨碌全倒了出来。儿子听后说，依我看，眼不见心不烦,还是回我那儿住稳当。等工程完了,马上来接你。老李动心了,他说,也好。不过我的推拿店装修不到半年,家当也搬不走,你回来前,我先找个人接手。第二天,老李贴出转让启事。不到半日,店里来人了,居然是陈老太。她说,我办卡,打七折那种。

老李鞠躬道,老太,抱歉,我准备回儿子家住了。

我女儿的事一天没了结,你一天也走不了!

两下无话。这一次,沉默的时间在老李这头多一些。他率先说,老太,远亲不如近邻,近邻不抵对门。你不用办卡,只要来,我都给打七折,好吗?

我就办卡,凭什么别人能办,我不能办?

老李沉吟片刻,行行行,办办办。

办完卡,陈老太双手拄着拐杖说,我现在就做推拿。

老李见她当真做,只好接招。他扶陈老太躺床上,翻过身,跟拍死猪一样拍她几下,然后敷衍地捏揉起来。甚至有那么一瞬间,他生出一个念头,想往陈老太背部一压,直接把她压碎。而陈老太呢,好几次有说话的倾向,最终却清一清嗓子,啥也没说。

陈老太隔三岔五来店里一次。老李悉听尊便,每次都表现出十分自然的样子。周一下午,老李正给她推拿,秋老虎忽然收山。太阳一扫而过,小镇转瞬暗下来。不久滚起雷声,墙头的三角梅被大风吹得晃来倒去,跟受刑一样。接着下起大雨,雨点打地上,像热锅里的油,乱蹦乱跳。陈老太站在店门口,左右环顾,一脸焦躁。老李一下反应过来,老太别急,我……我帮你去接豆豆。

陈老太拄拐杖的手微微抖了几下,老李拿起伞出门了。

豆豆跟老李坐人力三轮车回来,已经暴雨如注。巷道的水漫到街沿上,在门槛边荡来漾去。雷电劈下来,每次都把屋子劈得煞白一片。豆豆见状,马上紧捂耳朵。别怕,老李一把搂住他说。豆豆朝他身上靠了靠,头往他怀里钻。陈老太走过来,牵住豆豆的手。少顷,忽然停电了,巷子顿时暗下来,一片沉寂。

老李说,老太,要不这样,我去煮点儿面条,凑合着吃。

陈老太没表态。闪电划过,她稳如磐石。

老李松开豆豆,摸出一支蜡烛,点亮,进厨房。豆豆马上跟过去,老李拉住他的手,又说,别怕。

灶头很快有热气腾出,把烛光罩成温暖的雾气。豆豆一直拽住老李的衣角,偶尔顽皮地用脸蹭一蹭老李的腰背。陈老太不知什么时候站在厨房门口,监视般地盯住他俩看。

面条起了锅,陈老太不吃。她说,我不饿。声音小,但芯硬。老李不敢多劝。豆豆却吃得很香,吸溜吸溜连汤也喝干了。陈老太的脸松动了不少,老李故意问豆豆,好吃吗?

豆豆说,好吃,但没鸡腿好吃。

老李一愣说,改天补上。

我叔叔年底接我去遂宁念书,阿婆也去,不回来了。

多嘴。陈老太瞪他一眼。

老李心头掠过一道明亮的火花。

收拾好餐碗,雷雨还是没有停下来的迹象。豆豆犯困,在沙发上打起盹来。老李给他盖了一条薄单。等豆豆睡熟后,老李把他挪到寝室里。雷声滚过,豆豆下意识抽一抽肩膀。再有闪电划过,老李立刻捂住他的耳朵。陈老太守在床边,嘴唇下瓣,依旧不语。

到了深夜,雷雨渐收。陈老太要带豆豆回去,老李说,别动了吧,明早我唤他就是。陈老太迟疑片刻,打道回府。刚到店门口,陈老太忽然一跺拐杖,不行,豆豆必须回去。语气十分坚决。老李滚两下喉咙,赌气似的回到床边,轻轻抱起豆豆,送到陈老太家。刚放下,豆豆醒了,他又抓住老李的手。老李轻轻拍他,直到他重新睡过去。离开时,穿过漆黑的客堂,忽然有电筒光从背后直直射来。

老李没回头,急步跨出大门。但他心里无端端地长出几根蔓藤,飘来飘去,似乎想要抓住什么,却什么也没抓住。

五

月底,老李的儿子打来电话,说工程初验了,有些小整改。如果他着急,就先把他接过去。老李含糊道,快年底了,店子没有人接手,估计一时半会儿也转不出去,你先忙吧。

日子暂时恢复了平静。天气转凉,巷子里又出现了陈老太的咳嗽声,一天比一天厉害。陈老太来做推拿,老李不马虎。他在陈老太的脾胃肾膈肺穴上认真按揉,又用打滚法来回推。他期待陈老太有某种转变,比如一个眼神、一句话。但啥也没有,他耐心等待。

立冬时,陈老太忽然端来一碗面说,你尝尝,鸡杂臊子,肯定比你做的好吃,也不比馆子里卖的差呢。

老李捧过来,他觉得这一大碗面就是一大碗酒,酒尽言欢。放下空空的碗后,他一抹嘴说,老太,以后去了遂宁,常回来看看,到时还给你推拿哩。

你想多了。上次豆豆吃了你的面条,现在我们两不相欠。

老李扯一扯嘴角。

我侄子马上回来,一定会帮我讨说法的。

老李眼睛瞪得比鸡蛋大,面条在胃里,直感到一阵烧心。

027

老李还没把面条完全"消化"下去,陈老太的侄子忽然"驾临"。那个时候,离春节还有一个月。陈老师每天进进出出,一直没跟老李打过一句招呼。据说他请了律师,重新梳理出案件的线索,向相关部门递交了诉求书。

老李静观其变。说静,其实哪儿静得下来。当年这条线索那条证据,每一条都指向他,套牢他。一想到这些事儿,他脑子就嗡嗡作响,整夜失眠。到了白天,眼皮沉重如木门,眨巴时都吱嘎作响。到了年底,陈老太一家子收拾行李,准备撤退。老李刚松一口气,陈老师忽然上门,说找他有事儿商量。

老李紧张,不自在。

寒暄了一会儿,陈老师说,老李,我姑妈是很偏执的人。你出狱后,她每个月给我打电话,那口气感觉天都要塌下来似的。哎,扯远了,说正事吧。现在她死活都不去遂宁,我差点儿给她下跪,但她非要留在这里,守住你,不让你走。

老李挤出一丝笑,拳头却暗自捏紧地说,我可以不走,但你必须、必须跟陈老太说清楚,害死陈英的人不是我,天地作证。

陈老师目光深邃地看着他,仿佛透过长镜头看人。少顷,他深吸一口气说,老李,我该怎么说呢?"疑罪从无"这个司法理念,我充分尊重充分认同。但对于我姑妈来说,一点儿用也没有,她认定就是你。

既然这样,抱歉,恕我不能答应。老李一下脸泛青色,目光聚成刺说,你们想怎么样就怎么样。你,我,还有陈老太,特别是陈老太,迟早会见到陈英,见到陈英,到时候什么都一清二楚了。

陈老师赶忙握住他的手说,老李,别急别急,我想说的是,我姑妈一定要守着你盯着你,我为这事儿深感抱歉。希望你能理解她,别跟她一般见识。她人其实挺好，我们家族人丁不旺，她从小把我带大。哎，又说远了。现在最让我头痛的，是我答应了她的要求，打算给她请个保姆，可她坚决不要，说守住你就行。我真理解不了她对你是一种什么样的心态。我想，我想你们就权当是缘分吧。

缘分？老李苦笑，这缘分不会是让我照顾她吧？

陈老师连摆手，不是不是，肯定不会让你伺候她，你没任何义务这样做，你该干嘛就干嘛。这么说吧，我姑妈只要发现你还在她眼皮下打转，她似乎就安心了。我的请求很简单，就麻烦你稍留一点儿心，用眼角瞄着她就行。我保证，无论她出现什么意外，都跟你无关，绝不会赖上你。你要不放心，我写承诺书给你。不过，唯一需要你帮忙的，就是万一我姑妈的病出现紧急情况，麻烦你通知一声，我会第一时间赶来。

老李绿着脸，嘴唇碰两下，又紧紧抿住了。

陈老师递来一个红包说，老李，请收下。哎，别推辞，我不知道该用什么形式来表达这份谢意。真别推辞，我知道你不在乎这钱。说着，他几乎半跪在地上，老李，算我求你，真的求你了！

老李在原地怵了一会儿，一下瘫软在椅子上。

六

春去秋来，雨打风吹。墙头的三角梅不断折枝，又生出新芽。陈老太的病也随着季节，去了又来。刚开始，老李采取的策略是，她不理，我不睬。但耳朵保持警惕，听到咳喘声，他歪着脑袋，往巷里瞄一瞄，仅此而已。

倒是陈老太，变得知趣了、安静了。炎症厉害起来，马上来店里推拿。老李给她揉背推穴，越来越有耐性。但他依然会无端无由地想起陈老太闹法院的事儿，转瞬冲动，恨不得一巴掌把她拍碎。拍碎是不敢，走神常有，不自觉下手就重了。陈老太任凭他"处置"，偶尔也向他发难，故意让老李一会儿按轻些，一会儿推重一点儿，这个地方必须反复揉，那个地方需要反复按。语气里夹着嗔怪，带点儿宣泄。

陈老师几乎每月来看望陈老太，豆豆也来。每次陈老师都给老李捎东西，水果、酒或茶叶。老李不收，他就不走。实在劝不通，就让豆豆送来。有一次豆豆忽然跑来说，李叔叔，我才知道，你骗了我一件事，上次那个鸡腿是阿婆打翻的，对不？半晌老李说，记不清了。

后来，老李劝陈老太少吃激素药，开始帮她抓中药、熬中药。陈老太每次接过药碗，总要捧上好一会儿，才慢慢喝下去。啧啧两声，不笑不皱眉，似乎药很苦又很甜。记不清哪一天，陈老太喝完药，对老李说了一句，这辈子我做错了一件事。老李问啥事儿，她不语。

一晃两年半，陈老太满七十。她眼袋松垂，像青枣，老年斑则跟阳光穿过树叶洒下的荫翳一样，匍匐在脸上。最要命的，是她的咳喘一年比一年加重。老李给她推拿的时间越来越长，每次都累得腰酸背胀。

到了冬季，陈老太的病莫名好转。她又给老李端来一碗面，鸡杂臊子特别多。老李不安地问，老太，这碗面，又是因为啥？陈老太还是啥也没说，只眼神干巴地望着墙头的三角梅。三角梅的花早凋零了，但叶子依旧又绿又蓬。

隔了两日，陈老太忽然卧床不起。老李准备送医院时，这才发现她床头摆了两大瓶激素药。送进重症监护室，陈老太周身插满管子。医生说,她慢性支气管炎并发出肺心病,引起心力衰竭。不到三天,下了病危通知书。所有人围坐床边,守候她生命的最后时刻。等到回光返照,陈老太抓住老李的手,让其他人出去。病室里一下肃静得吓人。

我死不瞑目。陈老太的声音跟岩水一样滞浊。

老太,你到底想说啥儿?

陈老太摇头,摇了一会儿说,当年,我要不阻拦你们的婚事,我女儿,我们会很幸福的。说着,她手发抖,目光迅速黯淡下去。

老李闭眼,深吸一口气。

陈老太再次抓住他的手说,你到底是不是凶手?你说,说……

老李木着脸,呼吸急促起来。

我——死——不——瞑——目。陈老太软软松开他的手,垂下眼睑,盖住深陷的眼睛,如同沉沉地拉下的帷布。

陈老太去世后,老李关掉了店子。儿子来接他那天,刚巧正午。阳光照在巷子里,依然一半阴影一半明亮,阴影这边是自己家,明亮那头是陈老太的家。

丁绍军的

白云苍狗

一

抵达县城时,丁绍军马上唤了三轮车,往龙景苑赶。一路上,他看出不少变化。比如,穿城的梅河,拓宽加固了,河水也清亮了。这自然有他的功劳。他以前是城建部门的一把手,河道整治方案就是他在位时制定的。又比如碎石坝,曾经的城中村,改成了大型市民健身中心,这也是他多次提议过的。

到了目的地,经过小区东墙,丁绍军看到了自家的那间店铺。招牌"益桶江湖",吧台里坐着个女子,正低头玩手机。大蓬头、蓝眼影、吊带裙,露出深锁骨。日光灯映在她的窄脸上,仿佛映在木刻上,看不到一点儿亮泽。倒是满店的桶装水,泛着星星点点的光,梦幻而静谧。

丁绍军迈进去,唤了声,丽莉。

丽莉仰头,脸上带出生意人惯有的笑。只是这笑还没来得及绽开,整个人一下僵住,仿佛被咒语凝固了。几秒钟后,她站起来,木着脸问,回来了?

丁绍军点头,左右环顾。店铺里没一个顾客,可他依然低声道,表现好,减了两年。想不到你做生意了。这水,赚钱吗?

丽莉碰两下嘴唇，总得过日子呀。

丁绍军忙说，一直惦着你的。又问，你妈呢？心一下绷紧了。

有单车响着铃声，从门口飞快晃过，像一闪而逝的光阴。短暂沉默。丽莉点了支烟说，妈在家里。声音闷哑，老井无波的样子。

丁绍军却舒了一口气。妻子有严重的肾盂肾炎，几次危及生命。但不管怎样，一家子人又能团圆了。出狱前，丁绍军没有通知任何人，他有自己的打算。如果女儿嫁人了，他就跟妻子换个地方住，过一种与世隔绝的生活，永远不去看别人的脸色。只是现在丽莉的态度，让他不好再多问，便故作轻松地来回踱着步。店儿还算宽敞，两边全是码好的桶装水，贴有乐百氏和蓝光两种标签。侧墙的货架里，上层放了一排美的饮水机，下层塞满空水桶。丽莉继续抽烟，吧台上方很快烟雾缭绕，让灯光变得凝重而沉闷。

过了一会儿，丁绍军说，丽莉，早点收工吧。我先回家了。

丽莉咬了咬嘴唇。半响，递去一把钥匙。

丁绍军往小区去。门卫室里的老头正在看电视，脑袋跟滚皮球一样，在椅背上滚来滚去。丁绍军略微侧过头，扬身往里走。八九幢楼，围着一个形状不太规整的大院落。进门不远，有单双杠、坐拉器一类的健身器材。绿化带里，栽了大片的廉价麦冬和八角金盘。他犯事前一年，丽莉和她妈住烦了单位宿舍区，闹着要换别墅。但他素来是工作高调，生活极其低调的人，所以选了这个在当时算中等档次的多层楼盘。考虑到妻子的身体状况，爬楼不方便，就挑了底楼。可女儿不满足，整天埋怨，妻子就擅自买下那间店面，把户头落在女儿头上。两人为这事儿吵了一架，现在他又不得不服气妻子的英明。

丁绍军刚走几步，听到岔道有轿车发动声，他马上绕到楼幢背后，贴着围墙走。快到自家单元时，绕出来，环顾一圈。院落中间是大花坛，两妇女坐在石凳上聊天，一只狗在附近溜球。那狗眼亮，瞅见了他，忽地朝他奔来。他赶忙侧身，开门进了屋。大白墙，石膏线吊顶，普通的亚美地砖，家具差不多都是从老房子搬过来的。丽莉睡主卧，另两个房间空着。他转了一圈，没见到妻子的人影。回到客厅，这才猛地发现冰箱上放着一个黑白相框。他努力将眼皮撑到最大，定定注视照片，身子一下软颤着。

千真万确，是妻子的遗像。

丁绍军一屁股软在沙发上，思绪跌进了虚幻般的过去。他眼前闪出很多人。妻子、女儿、堂弟……然后是最信任他的李副县长，他最赏识的王副局长，财务处李科长，司机小刘，情人冯莉，还有拉他坠入罪恶深渊的张总和马总。但他们就是幻灯片，停留片刻就切过去了。倒是有个人，仿佛无处不在的影子，怎么避也避不开。他就是李大祥，一个固执的老头。现在，丁绍军的记忆就停留在他身上。

你会笑着来，哭着去！李大祥曾经指着他鼻子说。

丁绍军太在乎这句话了！这话就是钉子，扎在他心壁里，从来没拔出来过。当初他买房，听说李大祥也选在这里，自己真犹豫过。可李大祥笑眯眼道，人生何处不相逢啊。他主意一下坚决了。谁怕谁！这辈子就陪李大祥笑到底，决不能输掉气势。要知道，当年他说话行事，钉子都能咬断。每次听汇报，只要他脸一沉，对方马上结巴起来。如果谁敢顶嘴，他张口就是"你尿精不懂，打翻尿桶"，"你写的那些废纸，我擦屁股都嫌纸硬"。声音如雷，能把整个办公楼吓变颜色。

刚才，他没在小区里看到李大祥，幸好没有看到，因为他还没有思想准备。他需要时间想一想，看到李大祥时该怎么办。李大祥比他小两岁，鳏居多年，但家族旺。他表兄表弟大姑小舅，好多都混有一官半职。而他女儿在省电台当记者,尾巴也翘翘的,现在应该早成家了。可自己呢,公务员的身份没了,工作没了,社保没了。至于丽莉,以前谈了好几次恋爱,总是高不成低不就,如今也混得明显不尽人意。想到这里,他一阵剜心地疼,眼角都湿了。他忙去盥洗间,擦掉眼泪,然后对着镜子使劲地笑。可脸像冻肉,老化不开,笑就显得特别夹生。笑着笑着,眼睛又雾了,心里涌出一股惆怅,一股恼怒,一股愤恨,甚至是羞辱。他猛摇头,掐自己的腿,生生地疼啊。他不得不承认,眼前的这一切,不是梦境!

二

接连三天,丁绍军一步也没出门。秋老虎的劲头正旺,屋里闷得呛人。可他找不到空调的遥控板,只好硬撑着。丽莉除开晚上睡觉,中途都没回来过。

丁绍军知道,女儿对她有怨气。自己是出了名的工作狂,从当科长开始,就很少过问家里的事儿,对她的关心更是不够。女儿从小被妻子宠坏,公主脾性,做事也懒散,不爱学习,到头来只混了个职校文凭。但她也有小公主的优点,单纯感性,看个肥皂剧都能泪流满面。女儿毕业后,丁绍军把她安排到水库站上班,没编制,但活儿轻松。丁绍军有自己的打算。他想让女儿磨炼两年,懂事些了,再瞅个机会换份好点儿的工作。可女儿不理解,嫌他能量小,大有看不起他的意思,丁绍军气得直骂女儿不懂感恩,不知足。好长一段时间,两人闹得跟仇人一样。妻子呢,水厂员工,因为患病,半养半上班。后来,自己的生活作风曝光了,妻子不仅没提出离婚,还把旧房卖了,凑够钱，如数上缴了他的赃款和一大笔罚没金。只是女儿从此没再喊他一声爸，更没来探过一次监。丁绍军不怨她，怨的是自己。他不问也知道，自己铁窗五年，她母女俩不知承受了多少压力，受了多少委屈，不然落不到今天这地步。

现在，丁绍军打算去找老朋友，帮忙寻个出路。可一开门，他马上想到李大祥，心里就发虚。结果他哪儿也没去，整天就站在窗前窥望。他始终没窥到李大祥，但听到有两人在大院唤李大祥。准确地说，先是唤的李会长。估计没回应，然后一个唤李大祥，一个唤李会长。后来发生了什么，不知道了。但这至少说明，李大祥不仅没搬走，而且在小区还挺有影响力。这推测让丁绍军很焦躁。一焦躁，他胃火就大，吃掉了冰箱里的馒头，连同橱柜里的一把面。但他没有白吃，他把乱糟糟的厨房拾掇得清爽了，也把客厅打理得干干净净。在监狱里，他几乎每天都劳动，不劳动都不习惯了。

那天晚上，女儿回到家，丁绍军讨好地说，丽莉，馒头我吃了，不介意吧？丽莉嗯一声，进了盥洗间，稀里哗啦一阵洗漱。出来后，丁绍军又说，馒头算借你的，以后还你。丽莉没回应，翻着白眼，哼着粤语版的《沉默是金》，睡觉去了。少顷，她房间低低地轰响了一下。那是空调的启动声，听得丁绍军心里一片怆然，怆然到凄然。

夜里，丁绍军辗转反侧，心里像装了一只不安分的老母鸡，始终安静不下来。他想，早知道妻子离世，倒不如一直待在牢里，何必争取减什么刑。那地方管理虽严，但对生活要求低，远没有现在这么多的烦恼。他越想越冲动，天刚蒙蒙亮，干脆穿上衣，出门了。他还是贴着楼幢背后走，清新的空气给了他一些活力。他打算趁天早，离开县城，去投奔远在江苏的堂弟。堂弟是一家银行的主任，他小时候家里穷，丁绍军上班后，供养他上的大学。所以两人年龄相差虽大，但

039

情同亲兄弟。自己坐牢后,堂弟千里而来,探望过他两次。这会儿,刚拐到通道口,见一个老头正侧着身,手扶双杠,做摆腿运动。阿迪达斯运动衫、短发,双目炯炯,像闪亮的星星。

李大祥?李——大——祥!

丁绍军挨了个晴天霹雳。他本能一避,沿原路打道回府了。进了屋,人依然恍惚着。李大祥的目光仿佛变成两盏探照灯,朝他身上扫来荡去。他一下有一种无处藏身的惊慌感。李大祥是部队转业的,在环保局当过多年副手,负责监察督导。后来成了他下属,副调研员,协助纪检监察方面的工作。可他精力过剩,偏好管闲事。走访调研,和员工打得火热。回过头,就给丁绍军提意见,说希望他决策民主一点儿,管理人性化一点儿,对下属客气一点儿……当时,丁绍军任局长快五年了,哪还听得进别人意见。他就在局务会上说,希望有些同志摆正位置,不要正做不做,豆腐放醋。李大祥装作不懂,在民主生活会上,当着上级的面,继续卖弄风骚,把现场煽动得热血沸腾。丁绍军正盘算着怎么收拾他一下,但县里开大会时,点名表扬城建部门的民主生活会开得好,真正做到了"红红脸、出出汗、洗洗澡、治治病"。丁绍军憋闷,只能又在局务会上发泄,个别同志不懂业务,只知道指手画脚,站着说话不嫌蛋疼。李大祥听到后,干脆跟他针尖对麦芒,指责他独断专横,好恶太重。这一来,职工都十分拥护李大祥,有什么苦衷,全找他倾诉,让他主持公道。丁绍军感到自己的权威受到挑衅,就背地里骂他,一个人寂寞久了,性烦躁。这差不多算人身攻击了,李大祥彻底发毛,指着他鼻子,说出那句钉子一样的话——你会笑着来,哭着去。这话很快流行起来。好些职工,甚至是中层干部,看他的眼神,都透出某种不怀好意的期待……想到这里,丁绍军又骂了句"性烦躁",嗓子却卡住一样没发出声,身子里忽地涌出源远流长的疲惫。他在黑暗中闭上眼，整个人仿佛扣在密闭的袋子里，不知什么时候睡了过去。

醒来，天光大亮。女儿已经出门。餐桌上放着一大把芹菜、一袋茄子和一块五花肉。丁绍军心一下腾起来。他想起女儿昨晚翻白眼的样子，忽然觉得也蛮可爱的。

三

丁绍军是农村出来的，少年就学会掌厨。当局长后，他几乎不再下厨，但底子终究在那里。晚上，他做了三道菜。水煮肉片，碎肉芹菜，麻辣茄饼。手艺自然回潮，丽莉却胃口大开，吃得脸红扑扑的，跟涂了胭脂一样好看。放下筷子，丽莉哼着《小苹果》，往闺房去。丁绍军看在眼里乐在心里，觉得女儿更可爱了。但他很快知道，女儿的可爱是藏着阴谋的。

丽莉出来时，递他一张信用卡说，妈过世前留下的。他接过来一瞧，农行卡。沉吟片刻，他什么都明白了。六年前，堂弟向他推荐一款理财产品，二十万起，上不封顶，五年期，利息相当不错，但中途不能取。堂弟说总行有任务，让支持一下。他自然不推辞，可涉及"露财"，只存了起步数。没想到，这么多年过去了，自己背叛了家庭，妻子却还念顾他，把这钱留给他作退路。丁绍军摩挲着凉冰冰的信用卡，仿佛摩挲着妻子凉冰冰的手，身子一阵战栗。

他说，这卡，你拿着吧，结婚用。

丽莉嘀咕道，有那么犯贱吗，赔钱买男人。

他又说，生孩子养孩子，都要花钱的。

丽莉嘟嘴道，妈说这是留给你养老的，密码也没告诉我呢。要不这样，先从卡里取一部分，当咱俩伙食费，行不？别怪我心眼多呀，我养活自己都费劲儿，你回来，吃喝拉撒都得花钱的。

丁绍军忙说，行行行，我正是这意思。合适的时候，我会出去找事儿做，尽量不给你增加负担。

丽莉翻了翻白眼说，那就恭敬不如从命啦。

丁绍军见女儿心情不坏，趁机问了问她生意的情况。丽莉马上向他诉苦，说这行竞争大，利润低，送水工也很难请，一桶至少要抽去四块钱。租出去的水桶呢，弄丢一个，赔厂家二十五元。一年三百六十五天，一天也不敢耽搁，去上个茅房，都生怕错过买主。这三天两头的，还得搞点儿优惠活动，逢年过节，必须给客户发祝福短信。就这样，吃奶的劲儿都使出来，一个月能挣个两三千就很不错了。又说，不过，幸亏李会长帮忙，不然这生意早死掉了。

丁绍军心一炸，李会长？谁？帮啥忙？

李大祥呀，跟你一个单位的，现在是咱小区的业委会会长。他侄儿在一家桶装水厂当管理员，李大祥争取到一个最低价，还答应赊一部分账呢。后来又推荐了不少客户。还有，妈好几次犯病，他都开着自家的车，帮忙送医院……

丁绍军听着，血直往头上升。他跟李大祥的恩怨，女儿早有所闻的，难道他不知道这是李大祥卖弄同情心，显摆伪善和强大吗？他打断道，丽莉，你要多一个心眼，不要让别人从中捞了好处。呵，别瞪我，我随便说说，不针对具体某个人。对了，我回来的事儿，你暂时别对外人说，特别是李大祥，他大嘴巴，传得风快。

丽莉喊一声，又不是衣锦还乡，谁宣传呀。这些年，我一出门，到处都有眼睛往我身上飞，飞刀的飞呀，就连贼都往我屋里飞。真是受够了,巴不得全世界的人都忘了你!

丁绍军涌了涌火气,但依然耐性地说,丽莉,不是那意思。我怕朋友知道了,都跑来约我。这段时间我腰不好,酸胀,不想出门。说到这,我想跟你商量个事儿,油盐柴米酱醋茶什么的,用完了,得麻烦你抽空带回来,行不?

丽莉噘嘴道,你大厨呀?

丁绍军说,煮饭洗碗做卫生,我全包,行了吧?

丽莉窃笑一声,又翻着白眼,出门了。

那以后,丽莉每天都很配合地买菜,还隔三岔五带回一些洗漱用品。丁绍军乐得一脸春暖花开。丽莉呢,饭来张口,衣来伸手,脸很快红润起来,白眼也翻得少了。可丽莉跟他说话依然不多,而且都是一问一答。他问得小心翼翼,她答得十分吝啬。他问,菜味道咋样?她答,马虎。他问,今天生意怎么样?她答,马虎。他问,明早煮荷包蛋还是熬粥?她说,随便。他问,这些年有人提到过我没有?她答,有,话全在别人眼神里。丁绍军想,不管怎样,女儿总愿意跟他沟通了。但一问到女儿感情上的事儿,她话里的冲味就彻底出来了。

他问,都三十二了,干吗还不谈恋爱?

她答,托你福,别人不敢高攀呗。

他问,你就不能主动点儿吗?给她夹了块排骨。

她答,我现在是贪官的女儿,想犯贱都没资本呀。

他唰地站起来说,我现在是合法公民,法律认可的合法公民。

她不冷不热地说了句,有躲家里的公民吗?那是幽灵呀。

丁绍军心一凛,啥也不敢说了。女儿的话,就是一根针,刺穿了他心里的"鬼",也刺伤了他的自尊心。他必须向女儿证明自己的勇气。他当即表示,明天就跟兄弟朋友联系,了解了解外面的情况。

丽莉马上拿出她妈的手机说，早该这样了。现在流行微信，在朋友圈里，啥信息都能了解到，那可不是一般的方便呀。他故作轻松地笑道，再方便，也没朋友方便。话虽出了口，心里却直打鼓。

　　第二天，丁绍军果真打了司机小刘的电话。除开妻子、女儿和堂弟，这是他唯一记得的号码。小刘晚上来的，他说，现在车改了，他被派到下属提灌站，天天巡水库。语气里有不易察觉的沮丧和埋怨。丁绍军很不自在地听着，不知怎么回应。坐了半小时，小刘告辞，丁绍军向他要了几个电话号码。李副县长、王副局长、财务处李科长、开发商张总、马总。又强调，我回来的事儿，暂时不要告诉别人。小刘点点头，轻轻拉过门，埋着脑袋，脚步飞离地面似的走了。过了两天，他收到小刘的短信，除几个名字和号码，没有任何多余的字。他很不爽，但还是回复了"谢谢"两字。然后联系李副县长。李副县长是派他老婆来的。李太太心不在焉地聊了不到二十分钟，说朋友还有约，撤了。接着是王副局长，他已经是科经局一把手，周末提来一盒茶，两瓶酒。快晌午时，丁绍军留他吃饭，他语塞道，老丁，真不好意思，家里有客，我是借口加班，溜出来的。丁绍军一愣说，真是给你添麻烦了，实在感谢。又补了句，放心，我不给别人说，你来过这里。李科长呢，说了句"打错了"，砰一声挂断电话。张总可能换了号，一直联系不上。现在只剩马总了。丁绍军背脊一阵发凉，拿着手机踌躇不定。他又想到了堂弟。他能确定，在这个世上，堂弟是绝对会帮助他的。但江苏，太远了。女儿没有出嫁，他始终放不下这个心。思忖老半天，他硬着头皮拨了马总的电话。

　　没想到，马总接到通知，不到两小时就奔来，握手加拥抱地说，丁局，您受苦了！我对不起您！丁绍军真切地感受到了马总的诚恳，话闸也就打开了。他把这些年的苦啊酸啊涩啊全吐了出来。马总端坐，双手放膝上，不停地点头，叹气。完了，单腿半跪地说，丁局，小马我受人滴水之恩，当以涌泉相报。您有什么需要，说一声，刀山火海，在所不惜。丁绍军感动得差点老泪纵横，他说，当年我没看错人，这牢，坐得值。不过说出来你别笑话，我在监狱里，说得最多听得最多的，就是洗心革面，重新做人。你看……他把双臂半张开，现在我五十七，身子还很硬朗，完全能自食其力。而且在领导岗位这么多年，专业知识我一直没丢，在建筑行业绝对算内行。所以想麻烦你，帮忙找个活儿，比如技术顾问、工程管理什么的。对了，要是你公司愿意接纳我，最好不过。马总猛点头，小事一桩，我回头安排一下，尽快接你去。

这事就算搞定了，丁绍军长舒一口气。

四

接连好些天，丁绍军都精神满满。天一亮，他就站在窗前做操，也常溜出楼，顺着那条"秘密"通道，去窥探李大祥。李大祥一般七点钟出现在双杠前。他双目微眯，腿摆得越来越利索，越来越有力道。但有时候，他眼睛会霍地弹开，仰头望天，往虚空的深处看。这个时候，丁绍军就像即将被网住的鱼，打个激灵，转身就走。不过，他想，自己真要到马总公司上班了，每天提着公文包，来来回回，是可以考虑跟他碰面的。

有了这底气，丁绍军在李大祥上班后，会到院落里转悠转悠，和那些大爷太婆们寒暄两句，算抛抛头露露脸。他也学着玩微信。丁绍军搞技术出身，接受新鲜知识能力强，很快上手了。只是妻子的微信早就人走圈散，除开丽莉，只剩下几个等同僵尸的好友。而丽莉又把朋友圈屏蔽了，不让他看。他觉得女儿心里有鬼，到底是什么，却猜不透。

丁绍军在一周后接到了马总电话。马总说，丁局，有个事儿跟你商量一下。您老人家累了一辈子，该好好享受享受人生了，还干什么顾问和管理。生活上你真有什么困难，十万八万，说一声，我划卡，一分钟到账。丁绍军笑道，我说过，要自食其力嘛。马总又说，丁局，您咋非要苦自己呢。刚才的建议，其实是我老婆提的。她说，让恩人您帮我们干活儿，怕传出去，别人说我们不仁不义，影响不好。丁绍军把手机从左耳换到右耳，影响不好？哦，是，是，理解，理解。钱？钱暂时不需要。你有这心，已经很感谢了。

接完电话，丁绍军人都快虚脱了。回想曾经的风光无限，他忽地生出一种薄浮的陌生感，仿佛那是别人的过去，与自己毫无关系。他撑住窗沿，往外看。远处高楼林立，宛如利剑，直戳天空。院落里，麻雀飞来又飞去，啾啾地叫，像来了又走的兄弟，有一种充满动感的热闹。可自己心里却空荡荡的，落寞得放肆。半响，他哑然一笑。他发现，这些年自己不光习惯了劳动，也习惯了忍耐，过去那种不可一世的脾性早磨得没了踪迹。

丁绍军不做操，也不窥探李大祥了。但没多久，李大祥的套路变了。大概他腿利索了，一大早改在院落跑步。他跑得很有规律。快跑四圈，慢跑两圈，然后慢走两圈，收工打烊。丁绍军看得窝火，干脆把窗帘拉得紧紧的，整天闷头干家务。而且，他还做了一件以前从没做过的事儿，就是帮丽莉洗衣裳。他这才突兀地发现，自己居然用不来洗衣机。他只好用手搓。动作娴熟，搓得很有耐性，这得益于五年来的自理锻炼。如果是内衣，还会对着在灯光下照一照，生怕没洗干净。只是丽莉的钢箍胸罩为难了他。刷吧,怕弄出毛边;搓呢,担心坏了泡沫垫。他琢磨老半天,就用指肚捏,一点点地捏,捏的时候带一点儿搓的动作。完了,又去整理丽莉的闺房。折被子,换床单。当天,丽莉回来后,翻着白眼,瞅了瞅阳台晾晒的衣服。吃过晚饭,她忽然拿出空调遥控板说,白天你一个人,要觉得冷,就用用。丁绍军受宠若惊,嘴上却说,不用不用,这几年,比这冷的,比这热的,我全都适应过来了。这是实话,他不光适应了天气,也适应环境,就像现在待在家里,出不出门,根本无所谓了。

但隆冬一来,丁绍军还是会"偷偷"开一会儿空调。他觉得自己享受的不是人造热气,是女儿对他的尊敬和关心。这样想着,丁绍军心里热乎,下厨也特有劲儿。他让丽莉买了本食谱,没事就研究新菜品,把锅碗瓢盆碰得玲珑碎响。他还学会了用洗衣机和吸尘器。遇到绵雨天,女儿的内衣干不透,他试着用电吹风吹。女儿对他的态度一天比一天软和,有时亲自打理卫生,手脚十分麻利。偶尔炒菜,手艺却不敢恭维。她解释说,妈走了才学着弄。因为天天守店儿,大多吃外卖。下厨就煮煮面熬熬粥。丁绍军感慨,要不是自己遭不虞之变,女儿哪能有这般出息。看来,自己坐牢,真是值得的。

餐桌上,丁绍军还问,菜味道咋样?她答,味道不错呀,不过最好清淡一点儿,我怕脸上长籽儿的。他又问,今天生意怎么样?她答,还行吧。这生意是滚雪球,添一个客户,长年就多一份单。他接着问,明早煮荷包蛋还是熬粥?她答,要不换个花样,弄蛋花粥试试。最后,又绕到女儿的婚姻大事上,他问,丽莉,你做生意,接触的人多。有中意的,得主动一点儿,知道不?她想了想,反问,要是你不中意,不会反对吧?他忙举手道,我发誓,绝对支持你!女儿一下笑起来,笑得眉舒眼展,然后点了一支烟。烟雾轻盈地飘到空中,在两人头上萦绕,这让丁绍军感到了某种奇妙的连接。他甚至闪出一个自私的想法,要是女儿不出嫁,就这样跟他安安静静地过一辈子,该多好啊!

事实上,女儿正在朝他说的方向努力。好几次,丽莉忽然跑回家,对着镜子精心打扮。头发盘起,口红涂得恰到好处,还取出两对手镯,套在葱一样细的手腕上,反复试来试去。每每如此,女儿笃定不在家吃晚饭。丁绍军装着什么都不知道。等她一回来,马上投去鼓励的眼神说,丽莉,你越来越漂亮了;丽莉,有空去多买点儿衣裳。钱,就从我的卡里支⋯⋯丽莉顽皮地翻两下白眼,嗯嗯几声,又咯咯咯地笑起来,笑得很水灵,像刚出土的羊角葱。

五

转眼年底。除夕前几天,女儿带回一只杀好的土鸡,一袋白果,让他炖汤,说一定要把味道熬好。她说,记得给你讲过,夏天家里进过贼,吓得我大喊大叫。李大祥听到声音,跑出来抓贼,拐伤了腿,两三个月才彻底恢复。李大祥明天要去他女儿家过年,所以想今晚请他来一块儿吃个饭。汤炖好了,可得说是我亲手弄的呀。

李大祥?!丁绍军一下头皮发麻地问,请他来?在我们家?又霍地站起来,他知道我回来了?不是不让说吗?

丽莉语塞道,我,我没说⋯⋯是,是他问的。

丁绍军心里彻底炸开,像辣椒在锅里乱蹦。他一下明白过来,自己早就暴露了。难怪李大祥摆腿的时候,眼睛睁来闭去。他急喘几口气,跌在沙发上问,这些年,他提起过我吗?

丽莉说，提到过啦。不过他一提到你，话里眼里都护着你的。

丁绍军抖了抖眼睑，不说话了。

丽莉撇嘴问，你到底同意还是不同意呀？

客厅默静了。过了好一会儿，丽莉盯着他说，今儿早上我已经请了李大祥，你可别甩我死耗子呀，不然咱俩拉倒。丁绍军紧了紧拳头，气得不停摇头叹气。半晌说，丽莉，要不这样，我弄好，你端过去吃。反正是你炖的，我不掺和。

丽莉迟疑道，你不掺和？那，那好吧。脸上却露出阴阴的笑来。

晚上，丁绍军压根儿没食欲，准确地说，是压根儿没心情。他胡乱喝了几口鸡汤，躺沙发上看电视了。可他满脑子晃着李大祥，根本看不进去。李大祥一直在哈哈哈地笑，仿佛如来佛祖把孙猴子压在五行山下，笑得从容且游刃有余。笑着笑着，李大祥变成水中的倒影，虚化而模糊了。他啪地关掉电视，索性回屋睡觉。刚躺下不久，丽莉回来了，提着一瓶澳大利亚纯进口的解百纳红酒说，你看，这是李大祥给的。他心里哼一声，装作没听见。丽莉又说，怎么饭菜都没动？快起来，我陪你吃。他心头一暖，连声答应。

丁绍军真饿了。坐上餐桌，一口气喝了半碗汤，又不停夹鸡块和白果吃。但他就是不喝酒。他咬牙想，志士不饮盗泉之水。丽莉呢，看样子已经喝得很兴奋，破天荒地话痨起来，说这酒是李大祥存了好几年的，李大祥催我早点回来，陪你喝酒……他摆摆手，请他吃过饭就行了。以后自力更生，省得欠别人的情。丽莉一愣，还说，李大祥现在活得青春呢，周末参加乒协活动，没事还读读文学作品，写点小散文，往杂志上发表……我意思是，现在六十岁都叫中年人，所以你生活要积极一点儿阳光一点儿。

这话戳到了丁绍军的痛处。他瞪女儿一眼说，说了不提他，干吗还拿我跟他比?

嗨,你天天劝我谈恋爱,我就不能劝你生活积极一点儿吗?

两码事。对,你经常神出鬼没的,是谈恋爱了吧?

丽莉笑了笑,但笑得不自信,眼里还闪过一丝胆怯。然后埋下头,偷偷瞄他。

丁绍军急切追问,说啊,快说!

我在说你的事儿,别转移话题呀。其实李大祥也很关心你……

又来了!丁绍军真上火了,是不是嫌我天天待家里,碍眼了?那我走,走就是!

丽莉怔了怔,一甩袖子,进闺房了。

丁绍军急步跟上,丽莉砰地关上门,反锁了。

家里一下静如死潭。夜晚的世界,已经有了新年的迹象。车灯如网,彩灯摇曳,把县城照得动感十足,透出比白天更喜庆的气象。丁绍军却烦躁不安。女儿左一个李大祥,右一个李大祥,跟石头一样,在他骨缝间硌来硌去。而餐桌上的那瓶解百纳,简直就是一枚燃烧的炸弹,充满挑衅。丁绍军忽地走过去,举起瓶,仰脖往嘴里灌。醉意像麻药,很快传遍全身。他很快轻飘起来,但心里依旧沉甸甸的。他强烈地需要释放,需要倾诉的出口。他回到女儿闺房前,可女儿已经拉熄了灯。有隐隐的啜泣声传出。他听了一会儿,憋在心里的气又一点点泄了下去。

过年时,丽莉歇了一周的店。但她哪都没去,每天看电视玩手机,也做家务。她始终很沉默,像做错了事,又像无声的对抗。谁也没提李大祥,仿佛李大祥是一个故事,彻底结束了。李大祥初八回来的,那时候,丽莉开了店,但她依旧沉闷。丁绍军唤住她,试探地说,丽莉,我打算去你堂叔那里住一段时间,省得你嫌我烦。

丽莉迟疑道，你考虑清楚呀，我可没想过赶你走的。

丁绍军又问，丽莉，你说实话吧，到底谈男朋友没有？

丽莉翻着白眼，不耐烦地说，适合的时候会告诉你的。

那天，丁绍军真联系了堂弟。回来这么久，他第一次联系堂弟。他讲了自己的想法，但没有提及跟女儿发生的不愉快。堂弟满口允诺，还帮他订了机票。出发前一晚，女儿帮他收拾行李。丁绍军盼她说两句挽留的话，但女儿一直埋着头，整理衣物。她准备了几个塑料袋，把刚买回的内衣和新袜子放一袋，外套放一袋，洗漱用品放一袋。从柜里拿出一套秋装，叠好，压在行李箱最底层。睡觉前，她取出冬装，拍了拍，又放回去说，要是你在江苏呆得习惯，冬天的衣裳，我给你寄过去。然后把那张农行卡硬塞给他，这卡，你留着。丁绍军接过来，心里暖暖的又酸酸的。

翌日中午，丁绍军出门了。春天的阳光很温暖，照得人晕晕醉醉。风也特别柔顺，拂在脸上，像羽毛滑过。沿路的行道树，树和树的叶子，都精神抖擞。车辆来来往往，像奔腾在县城的洪流。行人匆匆而行，目光从他脸上扫过，从他肩头越过。面馆、快餐店、茶楼，玻璃门全都大敞四开，顾客一拨拨地进，一拨拨地出。大半年来，这个世界第一次如此真切而完整地呈现在他眼前，陌生又熟悉。一路转车，到了机场，取登机卡、寄行李、过安检、候机、剪票。登机时，他给女儿发了条短信，丽莉，我走了。如果能找到合适的事儿做，暂时不回来了。祝你心想事成！

片刻，女儿打来电话问，爸，你在哪儿？上飞机了吗？

爸？！丁绍军眼睛瞪成灯笼。这么多年了，女儿可是第一次喊他爸，第一次喊他爸啊！上了，干吗呢……他还想说点儿什么，嗓子却哽得紧。

我跟大祥商量了,一定要等你回来。

大祥?李大祥?他止不住颤抖起来。

……我们会等你回来的。

飞机很快高飞。丁绍军望着窗外的白云,眼睛慢慢模糊。他拭了拭眼角,泪水顺着脸颊,滑落到手背上。

斑
斓

一

我到石磨桥时，天色暗淡下来。驿马渠猎猎作响，喷吐出阵阵泥腥味。两岸的龙爪槐像敛羽的巨鸟，沉湎于无边冥想。桥边的支渠上堆着几团烂棉絮，两男子站在那儿，愣愣地盯着水闸门。

我走过去问，师傅，请问马克在这儿？矮的那人指了指桥下。我驻足瞅了一会儿，灰幽幽的水面忽地探出个头，仿佛漂浮的皮球晃了两下。我看仔细了，此人葡萄干似的小眼，招风耳，正是哑巴马克。他吐几口水，呜呜几声，矮个头扔去一团棉絮，他接上后，贪婪地换几口气，又咚地浸到水下。我止不住打了个寒噤。

每年入冬，渠道要分段维护。有些旧闸关不严，渠道管理站就请人下水，往闸底塞棉花。我知道，马克从小在渠边长大，水性好，但没想到他有勇气干这活儿，就站在一边静静看。约莫五六分钟，马克钻出水面好几次，桥上的棉絮用完，他也上岸了，僵着瘦小的身子，抱臂半蹲着，眼里迸出寒寒的光，像受冻的小虾米。那两人帮他擦干水，换上衣服，递去一瓶歪嘴酒。他喝了两口，脸色舒缓下来，小眼也清亮了，这才注意到我，忙打着手势向我问好。我对他说，你妈出了点儿事，这会儿在医院。他怔怔地望我片刻，拉着我就往镇上跑。

马克的母亲是我们瓦镇水厂的杂工,叫艾琼。快下班时,她打理清水池面,被软管绊了脚,不小心掉池孔去了。还好,池里有横柱,挡了一下才跌到底。出事后,同事送她去医院,我急着来通知马克,一路问人才找着他。

我们到医院后,艾姐正躺病床上输液。她头偏着,脸色苍白,双目微翕。医生说,她腿动脉有破裂,多亏骨子硬朗,不然会落个终身残疾。我问,多久才能恢复?医生说,这把年纪得两个月吧。马克听着,眼睛像烧断的钨丝,没了光。我忙说,放心,费用厂子全揽!

马克依然阴着脸。艾姐的嘴忽然嗫嚅两下,克子,帮我打点水。马克提着水瓶出门了。她攥过我衣角,红着眼窝说,卜主任,给你添麻烦了!我也不指望还能上班,只是那事,说了四五年,拜托你……我心沉了一下,放心,那事记着的!

等马克回来,同事也把住院手续办好了,又请来一名护工。一切安排妥帖后,我想起还没给樊厂长汇报这事儿。樊厂长是上月从局上调来的。我拨通电话,有搓牌的声音,像雨点打着我耳朵,那……把事处理好。对,找人替工作。我怅然道,像艾姐这样的,不好找啊。他笑问,她有三头六臂?我沉吟片刻,有时间给你慢慢说吧。

离开医院,我和同事各自回家。天已黑透,石板街上的泥瓦房俨然沉睡的动物,没了声息。风浸着雪一般的冷,扑打在脸上,凉得意识清醒如水,好些事不由分说地从记忆底部浮了上来。

二

九年前,我刚当办公室主任。厂子征地扩了规模,又盖了新楼。

这地盘大了，就聘来艾姐做保洁。她短发、长脸、高颧骨，脸颊横着皱纹。每天大清早，她半蹲在走廊上擦扶梯。大家总觉得她像谁，想了几天，终于对上号了——刘姥姥。又觉得年龄不适合，便加了个"中年"作修辞。她听了，笑得皱纹聚一块，更像刘姥姥了。

不过，艾姐做事上手快，活力十足。我们上班前她就开始干，下了班还继续做。给冬青修枝，挥着剪子斜上斜下快左快右，纺织布匹般利索；擦玻璃窗，把带柄刮子唰地伸开，抹上清洁剂，剃胡子似的拉来拉去，很有匠人范儿；拖楼道不疾不徐，动作如行云流水，能大半天不歇气；满盆茶杯，海绵蘸上盐，擦得胖小子一样白白净净；洗卫生间呢，洗得跟茶杯一样白。可她待遇低，四百块一月，只有我们的三分之一。当时，跟她一块报到的，还有个小伙焦川，是制水工。不久，艾姐跑来问我，咋焦川的待遇比她高得多。我不避讳地说，他是安装队王大爷的侄儿。老同志贡献大，介绍的关系得照顾。她问，干多久才算老同志？我随口道，退了休就老同志。艾姐开朗地点点头，明白了。

我常提前上班，有意考察她表现。一次见她在泵房前，拿着短帚，轻轻地一下下地扫落叶，仿佛地上有宝，要偷着扫走。我拉了一嗓子，单位配了长帚，干嘛不用？她委屈地说，换早班的人在值班室休息，长帚弄得唰唰响，会把他们吵醒。我都被骂了好几次了！又忙在唇间竖起食指，别去问啊，不然说我大嘴巴。说着，焦川从滤池边走来，目光刮了她几下。那以后，我发现艾姐跟人对面撞过，会像片叶子似的贴在墙边让出道。烧水也选在三楼的杂物间，那儿基本没人去。她似乎在尽量淡化自己的存在。时间稍长，大伙很少谈论她了。

她再次成为焦点，是翌年初夏。当时单位建了食堂。艾姐和几个安保员是临聘工，只能各自带饭菜。艾姐说，要是在后墙的空地种菜，可节约开支。领导顺势把这活儿交给她。她颠颠地购回蒜头葱节，还有青菜和黄瓜苗，把空地划成大小几块，分类栽上。天转热或遇大雨，她生怕干坏蒜苗或浸死葱，周末也来打理。

厂长一高兴，表态说，以后你就在食堂吃饭吧。艾姐脸上霞光绽放，笑得比刘姥姥还萌。第一次进食堂，她把盘盛得满满的，差不多当我们的两份。我委婉提醒，不要浪费啊。结果她吃完还添了一团饭。这一来，用餐时，职工相互传递眼神，表达着微妙的含义。艾姐感觉到了这种氛围，每到中午便搓帕洗桶什么的，磨蹭好一会儿才来。然后埋头拘谨地吃着，也不发出咀嚼声。

有天中午，我路过洗手间，里面哎哟一声，又传出窸窸窣窣的响动。我走进去，呛住了：艾姐正挽着袖子，手臂探进便盆洞里，费劲捞着什么。好一会儿，她舒口气，站起来，手上握着个杯盖。我一问才知道，原来艾姐给谭厂长洗水杯，往便盆倒茶渣，不小心把盖落下去了。看着她的囧样，我打个干呕，转身去食堂了。用完餐也不见艾姐来，我四处瞅了瞅，她正躲在楼后，用桶装了漂白粉，给杯子消毒。

下午，我刚给谭厂长汇报完工作，艾姐怯怯走进来，把杯递过去，谭厂长，给你泡，泡了普洱。谭厂长接过来，打开盖往嘴边送，艾姐忽地伸出手，谭厂长，你车沾了好多泥，我帮你擦擦。谭厂长很享受地呷一口茶，连说好好好。艾姐洗车时，不时紧张地往他办公室瞄两眼。安装队的人见了，就对她说，我们那辆工程车，你有空也擦擦。没想到，洗车从此成了艾姐固定的活儿。

那些年瓦镇发展快，厂子跟着沾光，工资几连涨，每次也挤牙膏似的给艾姐添几十块，跟我们差距倒更大了，她却再没问过待遇。第五个年头，厂子建了高压泵站，往柳兴山区供水，又要添工人。会计年纪大了,选择内退,让儿子来顶班。艾姐刚满五十,跑来问我,卜主任,我也开始领社保了,算到了退休点,能让我儿子来上班吗?

艾姐是驿马渠附近蒲草村的人,家境不好。她丈夫是石匠,结婚十几年,才有了马克。马克八岁患病发烧,找蹩脚郎中治,十天半月不见好,人瘦成霜茄子。又往镇医院,县医院转。折腾来折腾去,马克命保住了,可成了哑子。石匠后来赚到钱,找了新欢。艾姐带儿子回了娘家。不久政府打造湿地,征了她家地,给她办了社保。这也是厂子聘她的原因之一,省去一笔开销。

我迟疑道,这有点儿麻烦。她问,是嫌马克哑子吗?他很听话的,我做的活儿,他准能做下。我说,不是这意思。那些老同志干了十几年,单位才考虑。她扳扳手指,那我也要干十几年?我说,要不你找谭厂长,探探他口气。

她真去了。谭厂长说,你这年龄按理不聘了,但你要愿意,就再干五年吧。你享受的,可是卜主任这种女干部的退休年龄。隔了几天,谭厂长又给她添了一百块工资,然后把新泵房区的保洁交给她。她笑得很幸福,宣誓般说,一定把工作做好,争取当先进!谭厂长正啜着茶,好像水有些烫,却笑着硬咽了下去。

没两天,艾姐主动给自己加码,做了把长柄鸡毛掸,隔三岔五地清理顶墙和高柱的蛛网尘灰。谭厂长呢,似乎审美疲劳,要求更高了:雨天人来人往,楼梯留了脚印,让艾姐提线木偶似的来回拖;秋冬天银杏树掉叶快,艾姐得不停扫;瓦镇搞文明劝导和学雷锋活动,要单位出人到指定点义务保洁,也派艾姐去,弄得她周末也没得歇。

艾姐的劲儿终于不够用了。她常累得像蜕皮的茄子,软在楼后的阴影里休息,眼里塞满疲惫。一晃又五年,谭厂长调走了,来了樊厂长。我看出了她隐隐的焦躁。

三

艾姐住院第二天，同事们不情愿地擦着桌子，清理纸篓。盥洗间也站满人，抢着龙头洗拖帚。樊厂长端着杯找开水，见院坝的垃圾桶堆出小尖，催促我说，我看少谁，都不能少清洁工。马上找人替上！

我上午托朋友问了问，下午就来人了，也是农村妇女。一大堆活儿，她用了七八天才理出头绪，不到半月却让我结账，说不干了。我问，嫌待遇低？吃不消？她说，活太杂，费心思。我挖野山药，卖一批够吃一月。樊厂长听后，不屑地说，夸张，我来找！

第二天果然又有人报到。她毫无怨言地干了一个月，可不得要领，老忘记给厂长擦车泡茶，会议散了不及时拾掇，绿化做得毛毛糙糙。樊厂长天天揪住我骂，说我管理不严。我听烦了，冲他一句，没第二个艾姐了！樊厂长下午回话，卜有桃，再给你添个杂工，还管不好就得扣钱了。

我却暗自急了：艾姐病好了，还有位置吗？我抽空去了趟医院，她精神好多了，只是走路还得护工搀着。我问，什么时候能出院？她说，快了吧。我又问，马克呢？她说，在工地上做计件，东一榔头西一棒槌。我不敢再问下去。

回厂子后，我借口年底找樊厂长汇报思想，讲了艾姐上班以来的工作表现。我没有煽情，只说这些年要没她，我肯定会老几岁。最后试探般地道出艾姐的请求。樊厂长一直抽烟，大口大口吐烟雾，罩着自己的表情。他说，有桃，人事上的安排，我也不瞒你。一来，谭厂长走时，就交代有人要安置，我初来乍到，暂时压着，但终究得解决。二来，我本不想再添杂工，可渠道管理站那边推荐的，我不好拒绝。我叹道，请神容易送神难啊！他把烟头碾灭说，艾姐只能辞退。

中午，天有些阴，云团像烧成灰烬的棉絮。我去蒲草村找马克。前些年，我去渠道管理处办事，见过他一次。他带着几个小孩吹肥皂泡玩，又用手在空中贴住一个大泡，慢慢缩回来，放在眼前晃动，泡上的斑斓色彩在光线下变幻着，乐得孩子直跳脚。今天到了他家，没人，便往渠道去，突然打起小雨点。渠堤下有民工在扎沙袋打围堰。我向他们打听马克去向。有个大胡子往蒲草村四组指了指。

我跑到那地方，穿过一片葡萄架，见着一池塘，旁边是院坝，清冷冷的两农舍对立着，有辆小货车停在那里。我往车里瞅了瞅，没人。突然，我裤管被什么捞了一下，忙低头，车底伸出只手正挠我脚。人倏地滑出来，是马克，头发有些湿，眼里射出几分敌意。看到是我，目光软下来。我蹙眉问，在这躲雨？他打个喷嚏，捡根树枝在地上写了两名字，又吱吱啊啊比画。我看了老半天，明白了事情的缘由。

旁边的池塘是左边农舍有根的。有根抽塘底积水，顺果田旁的水沟往渠里排，不小心浸湿了麻子的一小块葡萄地。麻子要对方赔一年的葡萄收成。双方耗着没结果，麻子就扣下有根的小货车，可麻子白天在工地干活儿，怕有根开车跑了，就雇马克守着。

我问马克，守一天多少钱？他瞪眼伸出五根手指。我哦一声，又问，那你下水塞闸多少钱？他眉毛一扬，伸出两手，展开十指。我又问，平时在工地呢？他拭拭嘴角的雨水，像苦着似的哑哑嘴，然后变幻着指头数，五根，六根，八根。

雨越飘越大，落在地上，有了微量爆炸声。我脸淌下水滴，马克也不停抽着鼻子，我拉他走，说你该多陪陪你妈！他手指纤瘦粗糙，冰凉如石。他挣脱后比画：得等主人回来。然后抹抹头上脸上的水，准备往车底钻,那样子像可怜的瘦青蛙。我说,你妈想让你去水厂干活儿,知道不?他锁眉皱鼻地摇摇头,表情像揉过的报纸。又盘旋手势:我妈很喜欢现在的工作。我说,帮你在其他单位找份活,怎么样?他摇头晃手:我能找着活儿。然后缩进了车底。

我只得疾步往回赶,伤感像细雨从里到外浸着我。

四

艾姐一周后回来了。她蹒跚地走进我办公室说,卜主任,医生同意出院啦。我结实吃了一惊,你这样子,再拧着腰腿可麻烦。厂子已经找人……替着。她脸一下扭成核桃壳,我真好了!再不来,马克的事儿……我忙说,这得,得问问樊厂长。

樊厂长这些天全泡在会议里,什么述职述廉会,民主生活会,城乡环境整治会……我打电话给他。他说,艾姐的事,上次不给你说过了吗?意见也统一了嘛!我一下定住了,半张着嘴接不上话。

艾姐一直眼角聚着皱纹看我,目光颤颤的,忽然提高嗓门说,住院耽误的活儿,我补回来……我说,已经有人替着了啊。她说,那我就扫扫院坝,洗洗杯子。我含糊道,等领导回来再说吧。

快下班时,樊厂长回来了,直奔我办公室,艾姐辞退了?我耸耸肩,还没说,一时半会儿说不出口啊。他哦一声,回来好!我纳闷着,他笑道,这年底,又要整治城乡环境,瓦镇是重点。我给镇长表了态,厂子派人去仰天山健身步道保洁。我问,派艾姐?她接着上班?他嗯一声,先让她去应付这事,过完年再说。

翌日一大早,艾姐带上扫帚垃圾桶去山边了。下午五点左右,艾姐回来了，夹着一根绑上竹竿的软扫帚，说，卜主任，这年底又得大清理了，我怕新来的人不熟悉情况，忘做这活儿。然后摇晃着上了楼梯，仰头望望天花板，瞅瞅墙角，又从衣兜里掏了个布罩戴在头上，举起扫帚，轻轻地拂动起来，有小灰团落下来，赶忙侧一下身……

接连几天，艾姐傍晚都回厂子，抹布沾上清洁剂，把会议室和卫生间的地砖洗得光闪闪的。有天下雨，艾姐没法去仰天山，上班不久跑来找我，低声问，卜主任，马克的事，你跟领导说了吗？我支吾道，他没表态，要不你去问问。艾姐咕哝几句，果真去了。等她出来，我见她一脸沮丧，忙低头喝水，水似乎也变得涩了。

艾姐又找过厂长两次。每次出来，脸更沉了。艾姐最后一次找厂长，离春节只半个月了。他们说了很久。我站在廊道，侧耳听着动静。门是关着的，她和厂长都在抢着话说，两种声音在追躲，又像在碰撞。我跟着紧张起来。好一会儿，听到艾姐抽泣几声，短暂得像几滴雨。门忽地打开，艾姐下楼了，背影透出深深的绝望。

不久，城乡环境整治结束了，她回了厂子，做她认为该做的年底大清扫。她还是做得那么认真，只是沉默得像块石头。她扫院坝，擦窗户，清排水沟，不时揉揉眼睛。我想，扑进她眼里的，全是沉重和黑暗吧。下午，樊厂长安排我说，艾姐把这周干完，就不用来上班了。工资给她算到春节，仁至义尽了。我挨到周五才给艾姐交了底。她目光莫名闪了闪，像蜡烛燃尽前忽地亮两下，透出不祥的余韵。我劝慰道，你儿子的事，也不一定就没希望。等厂子要添人，我再努力一下。

沉默。艾姐脸上挂着苦笑，像被遗忘在那里。

整个下午，我注意着艾姐。她眼神迷离，甚至带出谵妄。看得我心冒冷气，浸得身子透凉。她一直在生产区逗留，想起似的除几片芭蕉枯叶，理理菜地，又到取水口转悠。那儿架着台大型格栅机，驿马渠水穿过它时，钢齿履带会转动，卷走水中的粗渣粒，只有制水工才能操作它。那天焦川值班，他走过去，不耐烦地对艾姐说了几句话。我看着时间，三点、四点、五点、五点半……还有半小时，艾姐就要离开这里了。天层层暗下来，她坐在泵房边，像忧郁的影子。

快下班时，樊厂长跑来找我，艾姐呢？我懒懒地说，马上就走人了。樊厂长急得连摆手，连珠炮地说，县里选十大志愿服务标兵。艾姐这些年参加文明劝导和雷锋活动，瓦镇领导对她印象好，提了她的名，我当然同意，厂子的荣幸啊！记者下周要来采访她！

话音未落，焦川慌乱地跑来，艾姐小指被格栅机绞了！

五

艾姐再次进了医院。医生说，幸好没伤着筋骨，不然又得住院。焦川问，那会不会残疾呢？艾姐目光硬硬地望着医生。医生白他一眼，这哪算残疾啊！艾姐目光一下散了。焦川说，给她说了别去碰格栅机，她偏去摸，幸好我发现快，拉住她了！樊厂长听着，眼里透出慌乱。

我觉得有哪里不对劲，还想问点什么，樊厂长却拉我一边，商量采访的事。我说，这个时候不适宜吧。他说，倒也无碍，只是让艾姐别说是工伤，怕影响单位形象。我心里掠过一丝凉，厂长，艾姐儿子的事，是不是可以考虑考虑。他猛摇头，不扯远了，先确保采访成功。又拍拍我肩膀，给她沟通沟通，到时得往好里说！

厂长走后，我跟艾姐讲了她当标兵的事。她说，我不是厂子的人了，还能享受这待遇？我咽了咽口水，你是退休职工啊。艾姐听着，眼里透出感激。艾姐敷完药，我送她回家，问，干吗去碰格栅机啊？你应该知道那玩意危险嘛。她嘴角颤两下，那天跟樊厂长斗嘴，我说王大爷的侄儿能来，为啥我儿不能来。他说王大爷搞安装，手指被掰丝机削掉了一截，算残疾了。你要这样，我也答应。我脑子短路，把他话当真了……我牵过她手，沙着嗓子说，艾姐，以后别这么傻了。

第二天上班，樊厂长开职工会，通报了艾姐当标兵的喜讯。他建议让艾姐当今年先进，这是跟上级合拍。大家埋头不吭声，樊厂长说，这事就不民主了，直接定板！会后，我联系了记者，让他透露采访重点。记者说，主题是"平凡的岗位，不平凡的坚持"，从她工作中挖亮点，会拍几个场景，提点问，比如坚持的动力是什么，有过怨言没有。

我拿着记者的问题跟艾姐演练。艾姐望着我说，你也知道，我努力干活儿，就是希望马克能来厂子上班。来不了，我能怨谁啊？她声音冰凉，就像才从冰箱里拿出来。我说，尊重你的回答。不过，要展示出风采，应该回答——供水行业涉及千家万户的生命健康，无论哪个岗位，都是很有意义的……艾姐紧抿着嘴，不停点头，脸上透出神圣感。

周一，云层透出几缕阳光。艾姐穿着碎花棉衣，早早来了厂子。记者到后，我和樊厂长一直陪同着。刚开始，樊厂长有些紧张，怕艾姐说错话。但他的脸很快绽成弥勒佛，连眼角都有笑的残渣往下掉。因为艾姐对记者说，我家里穷，别人瞧不起我。到水厂后，领导同事很好，主动解决我伙食问题，每次涨工资想着我，年龄大了也挽留我继续干活儿……艾姐投入地说着，完全沉浸在真情的叙述里，没有矫揉没有造作。她又说住了院，领导给她请护工，除了社保报销部分，其他的厂子全贴上。记者问,什么原因住院?樊厂长假咳一声,艾姐的脸僵了一下,忙支吾道,不小心滑倒,倒地上伤了腰,没大碍。

快中午时,我们去了仰天山。碎石步道划着优美的弧线向山上蜿蜒,偶有鸟儿掠过,羽毛承接着阳光,闪闪发亮。艾姐缠着头巾,边走边扫地。沿途的八角金盘高低有致,微微摇曳,像无数戴帽小绿人在致敬,颇有仪式感。到了桉树林边,记者又选了个角度,让艾姐做擦汗的动作。阳光穿过林间,正投在艾姐身上,仿佛镀了圈美妙的光晕。我偷偷瞟了下樊厂长,他眼里透出毫不掩饰的羡慕。那一刻,一种淡淡的悲哀莫名地浸染着我。

快收工时,记者问艾姐平时的生活。刚说两句,马克忽地从哪里钻了出来,呵哧呵哧地拍着手。樊厂长有些警惕地向我递眼神。记者倒是挺兴奋,也给马克拍了一段片子,还问他,你支持你妈的工作吗?马克指指艾姐,拍拍胸脯,翘起大拇指。艾姐看着,眼一下润了,闪出复杂的情绪。

春假一结束,艾姐没上班了。她在的时候,就像可有可无的影子。可少了她,俨然画里飞走一只蜜蜂,少了某种极其微妙的谐调。大家这才短暂地不舍地叹息:艾姐啊,能干人,老实人。个把月后,志愿服务标兵的片子出来了,在县台播了两周多,一时间成了好多单位的热门话题。没多久,我们又听到几个消息:城管局的标兵被提携为某个环卫小组的副组长,柳镇双槐社区的标兵涨了工资,县医院的标兵得到两千块奖励。我问樊厂长,厂子没奖励艾姐倒也罢,可把她辞了,跟现在的形势不符啊,是不是考虑让她回来?樊厂长靠在椅背上,望着天花板,长嘘口气说,这问题我考虑过,可好不容易才了结她的事,不能感情用事了。再说,她是……正常退休,我们没有必要去跟风。

那以后，我去渠道管理处办事时，会忍不住绕着道，到艾姐家瞅瞅，但屋门老锁着，也碰不着马克。快夏天时，她家屋檐下结了好些蛛网。我终于按捺不住，找邻近的村人打听她去向。村人说，春节刚过，艾姐母子俩到处找活儿干，可一直没成。我问，为什么？村人叹口气，马克的情况，找工作本就不容易。艾姐嘛，听她说，有些单位认为她是有了资本，便想着往高处走；有些厂子觉得她是名人了，待遇不好给；还有些部门说，聘了她会被人指责挖水厂的墙脚。村里人就给她出主意，劝她去找石匠，让马克跟着他爸学手艺。也有外出打工的，拉他们一块去呢。我心揪成一团，那到底去哪了？村人摇摇头，不知道啊，我也很久没见人了。

回厂子的路上，我碰着两个小女孩在渠堤边，正拿着肥皂瓶吹泡泡玩。温煦的阳光投下来，把空中的泡团映得五彩斑斓。她俩跳着脚，拍碎它们，又吹出一大团，又拍碎……

067

我们的有桃

一

有本事别回来，滚！阿冬冲我背影骂。

我的确滚得很快。转眼拐出大马巷，沿着东大街，朝夕阳深处走去。在一家家服饰店的橱窗里，我看到自己薄得像风筝一样的身影。到了十字路口，跨过天桥，穿过三个红绿灯，仰天山豁然呈现在我面前。每次回老家，我都在山边等大巴。阿冬前两次骂我，我也往这儿跑。当时的想法是，不管不顾一走了之。但大巴真来了，我却不敢上车。因为老爸知道情况后，笃定会让我肿着屁股滚回来。

这次挨骂后，又有了同样的冲动。到山脚，等气消掉大半，我想起了有桃姐。现在暑期没结束，她应该在这里。左右环顾，没见她人影。我便去山口边的杂货店打探消息。店主是有桃的爷爷，他见了我说，有桃刚毕业，就去重庆姑妈那里，在一家广告公司打工呢。寒暄几句，我准备告辞，有桃爷又说，等等。然后拿出几张书签，递我说，看看有中意的吗？我接过来一瞧，全是有桃的自画像。奔跑的样子，侧脸，长长的头发，长长的腿，像风的影子。左下角落有她名字，艺术字体，美得像她跳舞的身姿。我问，有桃姐还来这里吗？有桃爷呵呵笑道，她回到成都，肯定要来看我哪。

返回理发店，阿冬和小峰已经吃过外卖。小峰瞥我一眼。我明白，他嫌我没骨气，这么快滚回来，活该被阿冬欺负。阿冬正在吧台玩手机，头也不抬。他唯一的爱好，就是看网络小说。那部《双面小姐之炫舞奇遇》，连载几十万字，翻了两个月，还没大结局。忘说了，阿冬是老板，也是我表哥。小峰呢，是他员工。我俩都是阿冬的受气包，但小峰不知道我和阿冬的关系。阿冬让保密，说只要他没在店子，我就担负监督小峰的光荣使命。

这会儿，我正吃着剩下的那份盖饭，忽然来生意了，是个胖女人。我只好放下饭盒，到挂架取毛巾。没办法，阿冬和小峰都是理发师，只有生意忙不过来，才帮着洗头。阿冬却朝小峰抬一抬下巴说，你，去洗。小峰下巴左歪歪右歪歪，很不情愿地接过了毛巾。

洗发是苦差事，但苦中也有风景。小峰给客户抹上洗发膏，双手插进发丛，和面似的搅出一堆白沫。捣鼓一会儿，他目光开始一寸寸地往前平移，慢慢抵达对方的"山峰"和"沟壑"，勾逗两秒，马上撤离。少顷，眼皮一抬，目光弹过去荡回来，荡回来又弹过去，还不时冲我眨眼睛。我扒完最后一口饭，白他一眼，然后掏出"有桃"，横看竖看起来，一副挑衅的样子。又想，有桃干吗要画奔跑的样子呢？

客户坐上发椅后，小峰马上凑我身边瞧了瞧。有桃？他念道，啧啧两声，嘴唇舔一舔，又舔一舔。阿冬也转头瞄一眼。小峰问，谁？我脖子一抻说，有桃，是我好朋友。

从发镜里，我看到一向板着脸的阿冬，用眼睛笑了一下。

我接着说，刚来丹县，我就认识有桃了，很漂亮的。小峰脸笑成烂豆花，对我耳语道，就你这窘样，尼姑都不甩你。再说了，花钱买侧脸，意淫都没感觉。我耳语回，恶心！你没看见长长的头发，长长的腿吗！小峰不说话了。吹风机呼呼作响，让我联想到有桃裙裾飘飞的样子。

送走客户，一直没生意。要在往日，阿冬会把摇滚乐放得震天价响，或者闷头读他的小说。可现在，阿冬猫看下雨似的望着店外发呆。有年龄相仿的女孩子路过，他马上勾出脑袋，左右打望。我就把脸贴在玻璃门上，看斜对面的茶吧，鼻子都挤成一块小辣椒。小峰呢，站在墙柱边的发型架上，翻来覆去地拍模特的脸，捏模特的嘴，乐此不疲。

赖到打烊，阿冬忽然唤我，你真认识有桃？我说，当然啦。小峰问，那个长长的，长长的……是有桃本人吗？我说，当然啦！她还夸我，说我理发的样子好帅！说完，我两手开始"春燕飞"。阿冬撇一撇嘴，这叫理发？是发羊癫疯啊，丢人现眼。我说，都怪你，不教我手艺。阿冬说，怪你太笨，洗了大半年的头，连轻重都拿捏不好，还好意思跑去泡马子……小峰抢嘴道，要不带马子来瞧瞧，我帮她理发，免费。我说，你太小瞧我朋友了，谁稀罕你的免费！阿冬一拍大腿，你带过来，我教你理发。我脱口问，说话算话？阿冬切一声，爱信不信。我盯着理发墙，不说话了。两面发镜间，贴有阿冬和小峰的假文凭。国际标榜学院，美发专业。我拜师时，阿冬对我说，等你学会理发，也做一张贴上去。我一直盼着这天。可现在，我犹豫半晌说，有桃很忙，不是你让来，她就会来的。

阿冬跟测谎仪一样盯我半晌，脸刚刚有点儿松动，又马上板回去。倒是小峰，一下叽嘎大笑起来，笑得眼睛都没了。

二

　　阿冬的生意不温不火。连接落几场暴雨，店子冷清不少。我闲得无聊了，还摆显"有桃"。不过，一旦阿冬理发，我会站在旁边看。

　　说实话，阿冬讨是讨厌，但手艺蛮棒。他胖乎乎的，眼睛亮亮的，透出丝绸般的光泽。客户坐上发椅后，他跟裁缝选布料一样，围着对方转半圈。完了，操过细柄梳，在手心打个滚，迅速给对方梳出一个头型。偏分、中分、大背或顺头。完了，挑起发绺，身子凝固半秒，剪子忽地吃过去，一缕头发马上洒落下来。接着，动作一点点儿加快，剪子上下翻飞，咔嚓作响。每次都看得我双眼不错珠儿地瞪着。一阵快剪后，动作渐渐慢下来。剪子贴着发梢，跟刺绣花一样小心翼翼地切过去，明明只有很少的发屑掉落，他却如同走完钢丝，满意地舒一口气。小峰理发我也学，但他手脚慢多了。有时拿着梳子，在别人头上逗留来逗留去。阿冬见状，就嘴一瘪，接过工具，亲自上阵打理。

　　那天傍晚，巷子忽然停电。这样的情况，今年已经第三次了。每次都一时半会儿恢复不了。阿冬看看天色，戳一会儿微信说，我去滑冰喽，记得外卖少叫一份。不用说，阿冬找乐子去了。他之前泡过一马子，但不到两个月，被放了鸽子。后来，阿冬不知道跟谁学会溜冰，每次都晒自拍。这倒没啥儿，让人恶心的是，他在朋友圈里炫耀道，念大学时，女生喜欢拉我到山上烤土豆。现在城区没山，只能玩溜冰。我呸，脸皮真厚啊，弄张假文凭，就真当自己是美发专业了。

　　临走前，阿冬换上紧身T恤，对着发镜鼓一鼓并不发达的肌肉。

他臂膀上纹的小青龙就跳了一跳。完了,在头上喷几抹啫喱水,挥着大剪子,戳几下空气问我,彬彬,看你越来越勤奋。怎么样,能把有桃请来不?我懒得理会,索性跑阁楼去了。

阁楼在店子里角,原本是货架,阿冬把它稍加改造,成了我和小峰的宿舍。两张榻榻米,一盏裸灯泡,没窗没门,就一个洞,进出都得猫着腰,寒酸得够呛。小峰喜欢靠在枕头上,翻《Vista看天下》。他给我讲述的90后朋克养生、"杀马特"的网红路,都是从杂志上读到的。不过,我对这些不感兴趣,我只迷恋周杰伦古怪饶舌的音乐。这会儿,我用自己抄来的词儿,套上《鞋子特大号》的调子,翻来覆去唱:叽里咕噜、稀里呼噜,远看发廊像天堂,近看发廊像银行;叽里咕噜、稀里呼噜,走进发廊像牢房,不如回家放牛羊。

小峰在楼下跟着瞎哼哼。叽里咕噜、稀里呼噜,人人都说发廊好,傻子才往发廊跑;叽里咕噜、稀里呼噜,发廊挣钱老想花,根本没钱寄回家。他一边哼一边打响指,双脚还踢踏蹦跳。小峰瘦,但很潮。大蓬头,挑染一绺金黄发,配上直得像"A"的鼻子,显得很有气质。而且他爱穿高腰夹克、细腿裤。小屁股扭起来,像圆滚滚的球在跳。呵呵,阿冬要是在店里,我们不敢这样放肆。否则他会骂,不想做就滚。但每次只骂我,不骂小峰。小峰真滚蛋了,阿冬给的那点儿工资,一时半会是找不到人替的。

闹腾一会儿,小峰在楼下问,彬彬,阿冬不在店子里,是难得的机会哦,可以请有桃来玩玩嘛。我说,你买咖啡买牛排、买沙,沙拉,还有鸡尾酒,我马上请。小峰切一声,我白他一眼。小峰又说,有桃不来也行,她住哪儿,能带我去见见她吗?我下楼说,做梦!小峰眉一挑,请你吃肥肠粉,总行了吧?我说,谁稀罕你的小恩小惠。小峰歪歪嘴,教你理发,总行了吧?我心怦一声。小峰手艺虽嫩,但教我应该绰绰有余吧。我说，有桃是白领，很忙的，不一定在家呢。小峰说，没事没事，我们先踩点呗。

我一下犹豫了。有个秘密我一直没透露，那就是有桃的左腿——有那么一丁点儿瘸。怎么会瘸呢？我从来不敢打听原因。有桃肯定因此很自卑，不然她不会画自己奔跑的样子。而且听到顾客夸她身材好，她脸马上会红，红得特别厉害呢。但现在，想到能学理发，我一咬牙说，行吧，回来记得教我理发哦。小峰说，好，一言为定，驷马难追。

三

有了小峰的承诺，我心情大好。一路走去，处处是风景。迎面而来的胖女人，晃动着胸前的波端浪尾，朝一辆卡罗拉招手；打了烊的邮局门口，有男女永恒般地拥抱着，静止如石雕；天桥上的姑娘们，裙间偶尔闪现冰山一角，如同神秘的贝壳。我们加快脚步，拾级而上。别误会，不是冲姑娘去，我们无非要从桥上跨到对面的街道而已。

下桥，到了丹县有名的小吃店"百家肥肠粉"。等单时，小峰问我怎么认识有桃的。我沉吟一会儿，坦白道，第一次回家等车，见有桃坐在她爷爷的店门口，摆一个画架，给游客画素描像。她见了我，眼一亮说，哥，你长得好帅，画一张作纪念吧。就这样认识喽。小峰做出中刺刀的表情说，就你那样儿，跟烧过的玉米棒一样，还帅？我又白他一眼，小峰忙嘿嘿笑道，夸你玉米棒，棒棒哒呢。

伙计端来开胃汤，我们一骨碌喝完。

我继续说，不过后来等大巴，我只遇到过有桃两次。还真想让她画一张哩，看看自己到底怎么个帅法。一问价，十块钱一张，比素盖饭还贵呢。但我喜欢站一边看，听有桃给游客说，她念的是艺体类高中，主打绘画专业。平日住校，只有周末才到她爷爷这里画画，赚点学费……不，是零花钱。她知道我是理发师后，真的夸我，哥好棒，以后我来找你理发。所以学理发这事，拜托你喽，没准哪天她说来就来了呢。小峰嗯哼两声，抬手压压空气，别跑题，说说书签是咋回事？我说，她爷爷卖杂货，为招揽生意，让有桃绘了一些风景书签，送给熟客。我每次都去店里买矿泉水喝。暑期前，她爷爷送我一张，但我想要有桃的自画像。有桃爷说，这好办，让有桃画好，下次给我……

听完，小峰搓着手问，这样说来，有桃不是你马子喽？我在桌下踢他一脚说，我没说过是马子啊！小峰笑道，那我可以跟她交朋友喽？我斜乜着眼睛，望天花板，他忙改口道，是我们的朋友，这总行了吧？

正说着，两个小南瓜一样大的碗上桌了。这里的粉线是红苕做的，十分筋道。我每次回老家，都会在这里打牙祭，这算得上我生活中最享受的事哩。现在，我和小峰夹着粉，一点儿一点儿地往嘴里溜，往嗓子里咽，往肚子吞。我碗里有五块指头大的肥肠块，我放在齿间细细磨、慢慢品。哇，外脆内嫩，过瘾极了。吸完粉线，又把葱姜蒜末打出的卤汤汁吭得干干净净。再喝一口配茶，从餐桌的盒里扯一张纸巾，抹抹嘴唇。小峰呢，抹完嘴唇，又扯一张，细细抹了抹嘴角。

出店时，小峰从柜台拿一片免费口香糖，塞在嘴里嚼。嚼一会儿，他半捂住脸，哈几口气，抽一抽鼻子，又接着嚼。我说，有桃要真在，我们说啥好呢？小峰怔了怔，屁股一撅，左手叉腰，右手不停勾食指说，有桃，走吧，今晚请你吃夜宵。我说，呸，丢人现眼。小峰忙弯腰，左手放背后，右手伸出兰花指说，有桃妹妹，赏脸跳一曲。

小峰肯定会抢我的风头。我一下嫉妒了。

到了杂货店，门打开的，也没见人。一盏裸灯泡吊在麻花线上，闪着昏黄的光。小峰站在柜台前问，这是有桃家吗？我说，当然喽，骗你是小狗。小峰说，那你唤她试试呀。我心一怯，你自个儿唤。小峰双手插兜，缩着脖子说，你变蛋吧。我们晃来晃去，始终没敢吭声。倒是有桃爷忽然走出来说，呵，是你？我忙应道，呃，有桃爷爷好，我，我买矿泉水。小峰清一清嗓子，忽然问，咦，没见有桃呢？我又想到有桃的腿，有那么一丁点儿瘸的腿，忙说，有桃很忙的，肯定没回来。就是回来了，也应该休息。小峰愣我一眼，有桃爷笑笑说，她啊，的确很忙，还在重庆，听说周末都加班呢。小峰又说，彬彬，你不说书签丢了，想再要一张吗？有桃爷哦一声，迟疑几秒，又送我一张书签，小峰眼快，抢先拿到手。依然是奔跑的有桃，长长的头发，长长的腿。

往回走，小峰跟打了鸡血一样兴奋，不时摸出"有桃"看。过桥头，见"金剪刀"理发店贴着招兵买马的单子。他马上揣回"有桃"，驻足瞅了好一会儿。我问，想跳槽吗？小峰紧紧手脸说，想跳，还得别人打上眼喽。继续走，我想，小峰的这心思，我回头跟阿冬报告吗？路过"音爵"KTV，小峰又停下脚步。有《溺爱》的歌声飘出来，比原唱本兮妹妹还嗲，听得我骨头都脆了。我问，想唱歌？小峰没好气地说，跟你唱个尿，除非有桃在。我问，那你到底想干啥？小峰说，除了待在理发店，啥都行。

我们就去逛夜市。在一家摊子前,看到有儿童塑料积木拼台,二手货,三十块钱。小峰眼一亮说,这台子可以当榻榻米茶几,放在阁楼里。咱俩盘腿对坐,喝啤酒谈心,爽歪歪啊。我说,比画两张头像还贵,算了,不如买啤酒喝。一拍即合。

到店子,电已经来了,但阿冬还在外面逍遥。小峰找出三个生姜洗发液的空盒,摆在榻榻米之间,拼成无腿茶几。我们真盘腿坐下,吃豆干,喝啤酒。阁楼一下有了寝室的样子,添了生活的味道。小峰说,再做一两年,就回达州,找哥哥姐姐赞助一些钱,自己开造型店。店名都想好了,就叫"审美"。对了,至少聘两个理发师,都要有独特风格。说着,他掏出"有桃",放在唇间吧嗒吧嗒亲两嘴说,其中一个,必须跟有桃一样漂亮。要是她乐意,我就任命她为老板娘。我哈哈笑起来,忽地想念起老家。瓦房、庄稼、池塘、炊烟,还有枝丫上的月亮。我想,以后自己在乡下开家理发店,该多好哪。

四

我和小峰起床后,阿冬还躺沙发睡觉。他啥时候回到店子,我们不知道。睁开眼,他第一件事就问,昨晚几点来的电?我说,九点。阿冬又问,有客户来吗?我们摇头。阿冬还问,你们一直待店里?我说,去了趟仰天山,找,找有桃聊天。她还送了一张书签给小峰。小峰补充道,我们离开店子总共不到一小时。

这些台词,是小峰事先教我的。

阿冬老练地捋一捋头发说,书签?我瞧瞧。小峰又是小屁股一撅,动作夸张地掏出"有桃",在空中划一道大弧线,亮在阿冬面前。没想到，阿冬瞄一眼，驱蚊子一样挥挥手说，没劲，没劲。改天我带一个丰满的有桃来，饱饱你们的眼福。

我们霎时明白，阿冬泡妞成功。

小峰不服气。他对我说，必须把有桃请来，杀杀阿冬的傲气。我说，你小子，先兑现承诺吧。当天打烊后，小峰当真教我手艺。他夹起一缕模特的金发，右手比成剪子说，你得先练感觉。下刀前要看准，动了手就得快，千万别吃刀子……趁小峰上卫生间，阿冬拉过我，低声说，理发不是理衣服，没弄好能重来。小峰那水平，只有让你跌进阴沟里。我说，都怪你不教我。阿冬说，家里成天催我找老婆。呵，应该快了吧，到时多一个帮手，会腾出时间教你。我问快到什么时候，阿冬想一会儿说，最迟，最迟冬天，冬天一定会搞定的。

小峰没事还念叨有桃，我假装没听见。我现在盼着冬天来，冬天来了我就能学理发。学会理发，我一定会去找有桃的。这样盼着，日子过得反倒一天比一天慢。阿冬又去滑过两次冰，都深夜而归。不过，他的马子始终没现身，而且阿冬还晚了一周发薪水。小峰搓着手问，阿冬大哥，阿冬老板，马上中秋了，能发点儿奖金给我吗？我也快到法定年龄了，家里一样催我找老婆，行个方便呗。阿冬装出很困的样子说，记心上的，记心上的。

小峰撩一撩嘴角，啥也没说。

小峰休假回来，晚上悄悄告诉我，他跑过几家理发店，去应聘美发师了。我鼓鼓腮帮说，你要走，应该给阿冬打声招呼啊。小峰把食指竖在唇间，现在等结果呢。我不是嫌阿冬不好。其实他人蛮不错，技术也棒，只是这店子太小，混不出名堂的。不过，我真聘上了，肯定会等阿冬找到帮手才离开，盗亦有道嘛。我在榻榻米上翻几下身，他又说，这事就算成了，我们依然是朋友嘛。不过你是零零后，太嫩了，等到够岁数，有桃怕是都生两个仔了。所以嘛，你要乐意，带我见见有桃哦。他妈的，干我们这一行，泡马子，比抢银行还难。我翻身更频繁了，把床板砸得像浪滚。小峰又说，你想学理发，在这里也很难成气候。不如先去参加正规培训，学费高是高点儿，事半功倍嘛。别像我这样，开始就没正规学，现在还是花脚猫。

我们都不说话了，各自掏出"有桃"看。阁楼很安静，气氛有点沉闷。过了一会儿，小峰对着书签又吧嗒亲一嘴，睡觉了。

接连两天，我都无比纠结。到底该不该打小峰的小报告呢？小峰其实也蛮可怜，而且他给我的建议，挺实诚。所以好几次话到嘴边，我又咽回去。但我不怎么搭理小峰了。隔了一日，小峰居然主动给阿冬说了自己的想法。阿冬点点头，一脸平静地说，以后我生意做大了，想回来说一声就是，我给你加薪。我们都笑了，笑得很克制。

生意依旧不温不火，阿冬没事就闷头戳微信，脸一会儿紧一会儿松。转眼立冬，阿冬忽然说，他马子要过来玩。他来回走了几圈，东瞧瞧西瞅瞅，显得激动又紧张。太阳还没落山，阿冬让我去买一大盆烤鸭冒菜。又强调，鸭子别选那么大的，多加素菜。到时你们要吃斯文点儿，改天会专门犒劳你们。小峰躲在阿冬背后，双手捂脸，做出一副哭娘的表情。阿冬又给马子打电话，问她在哪里，要不要去接她。说了一会儿，他开始往店外走。我听到一句，菜都买回来了，改天去外面吃嘛。

小峰跟断气一样，眼珠转两下，像骰子滚。我们隔着玻璃门，看到阿冬的手比来晃去。半晌阿冬回店，一屁股坐在沙发上，大口呼气大口喘气。我问，还买菜吗？他咳两声，摸一摸喉结，又咳两声，猛地站起来，朝门外吐一口痰说，买！对了，记得带几瓶啤酒回来。我问几瓶，他说，一件。小峰提提皮带，缩着脖子上卫生间去了。

万事俱备，我们在阁楼边搭架摆菜，启动了晚餐仪式。大家吃得还真斯文。我吃一块藕片，给阿冬夹一截鸭脖，阿冬又挑出鸭腿，放小峰碗里。小峰提议干一杯，阿冬瞧瞧门外，没表态。吃了一会儿，来客户了。我和小峰抢着伺候。阿冬让我去。他停了筷子，小峰也就不敢夹菜。小峰理完发，菜都快凉了。阿冬干脆哗地拉下卷帘门。我们开始野蛮喝酒。阿冬一口一干，也不怎么吃菜。到后来，盆子只剩汤，就喝寡酒。风卷残云，喝完不到八点半。我和小峰收拾残局，阿冬却手一挥说，走，逛街，我也要见见有桃。

我说，好！其实心里并不乐意。

冬天的夜色，像我们的酒意，朦朦胧胧。风有点凉，我们紧一紧衣领。阿冬搭着我和小峰的肩膀，并排行，齐步走。路人一丈远就避开。到目的地，跟上次一样，有桃依然没在。我松一口气，阿冬舌头打结地说，有桃爷，我想要一张书签。有桃爷说，熟客才送。阿冬说，那我买一张，行吗？有桃爷想一想说，这不卖的，只送。彬彬是熟客了，要不你买一瓶水，我送一张吧。

就这样，我拿到一瓶水，阿冬拿到一张"有桃"。依旧是长长的头发，长长的腿。钱是我掏的。

返回天桥，我们扶着栏杆，眺望夜景。到处有光跳闪，车流涌动，城际轻轨在半空疾驰划过，远处的广场有大妈跳舞。沉默有时。我忽然哼哼唱道：叽里咕噜、稀里呼噜，一把鼻涕一把眼泪，投身美发英雄无畏。叽里咕噜、稀里呼噜，尖头皮鞋貌似前卫，其实生活极其乏味。小峰和着节拍，摇晃脑袋。阿冬掺和进来，我们仨一块唱：叽里咕噜、稀里呼噜，为了生计吃苦受累，鞍前马后终日疲惫；叽里咕噜、稀里呼噜，为了业绩几乎陪睡，点头哈腰就差下跪……

这样唱着，有小妹的目光飞来。我和小峰立刻闭嘴。阿冬却用杀鸡般的声音压轴——我们的有桃妹妹，来日一定要相会。

顿时，几个美女掩嘴咯咯咯地笑起来。

五

日子很快恢复平静，阿冬却整天愁眉苦脸，情绪低落。倒不是因为失恋，是生意没起色。房东又跑来说，合同年底到期，续租要涨价。阿冬赔出笑脸，让高抬贵手。房东不让步，说得两人都差点吵起来。

这一来，没客户时，阿冬连空调都不开，冷得我们呵哧呵哧直搓手。接着音箱也停用，说太耗电。但小峰干得更卖劲了，我们不问也猜到，他应聘失败。小峰说，不是没人要，是我嫌待遇低。再说了，跟着阿冬快两年了，真要分手，舍不得呢。这话是真是假，我不知道。但阿冬应该信了，欢喜得直搓小峰的脸。

没多久，阿冬忽然教我染发。这活儿不太难，但调色很关键，一定要跟客户沟通好。刷的时候得有耐性，发片要分好，动作要均衡。等颜色满意了，才刷发根两厘米。他也让我学吹头，掌握简单的定型技巧。吹风在头顶摇晃，梳子在发丛里穿梭，提过来拉过去，拉过去又提过来，蛮有理发的味儿。我仿佛瞧见自己的手真在"春燕飞"，又感觉发椅上坐着有桃。日子一下美滋了，灯光罩在我身上，像阳光一样温暖。

冬天日短，阿冬八点半就打烊，然后带我们去闹市区转悠，寻铺店。可一问价，阿冬直咂舌，吓得手机都想扔掉。更糟糕的是，房东催了两次租，坚持涨价。阿冬央求道，手上钱不够，缓缓再交。房东说,你先有多少交多少。阿冬付了两个月的钱,能撑到放春假。他更加郁闷了,晚上,我们在阁楼里,听到他好几次上卫生间的声音。

翌日,他贴出转让启事。很快有人来询价。大概阿冬见过"世面"了,转让费开口七万,惊得我们大气不敢出。到月底,终于跟一家买主谈妥,三万六成交。收了定金,他承诺春假前腾出店子。

阿冬腰板一下直得像将军。我们以为阿冬会继续找店面,他却拉我们去仰山天玩,很悠闲的样子。可有桃爷打烊更早,阿冬每次就透过铺板缝往里瞧,还老爱说,嗯,我听见有桃在说话;哦,有桃在洗澡;看见有桃了,正坐堂屋画画呢。不对不对,是她爷在画,明白了,原来她爷是有桃的替身画家。小峰每次都忍不住笑,他一笑,我们仨马上作鸟兽散。在夜色里,很快又聚在山口边聊天。

腊八节晚上,阿冬坐在一块大石头上,很郑重地宣布,春假前一周散伙,各自提前回家过节。他说,翻过年,他会找一家大型美容店,做首席技师,能赚钱还不操心。大家沉默着。我忽然问,不等有桃了吗?阿冬说,这不正等她吗?总能见面的。她要中意我,明年结婚。

我们摇头晃脑,开始"呕吐"。

过了一会儿,小峰说,我想去酒吧上班,那儿好找女朋友。我又问,不等有桃?小峰也说,这不正等她吗?有桃要中意我,明年结婚。阿冬撇嘴,啧啧两声。又问我咋打算。我想老半天说,不知道。他俩笑道,不会死等有桃吧?我挠挠脑勺说,如果……我是说如果,她是瘸子什么的,你们还等她吗?呸呸呸,我乱说的。

大家沉默几秒。

阿冬反问,你乱说,就你回答。我打个激灵,嚷道,瘸不瘸有什么关系呢,这又不影响我跟有桃的友情。

什么叫你跟有桃？——是我们的有桃。

对对对，是我们的有桃。

所以，有桃怎么会腿瘸呢？

……

春假前不久，我回过一趟老家。下车，习惯性地去有桃爷的店子买水。柜台前围有两三个客人，他正忙活儿。店子旁边，不知什么时候种了一大丛杜鹃花，鲜艳艳的，好看得像红手绢。有桃爷见了我说，有桃等几天回来，会来看我哩。到了理发店，我一直琢磨着这事，到底给不给阿冬和小峰说呢？还没下定主意，已经到散伙的日子。

那天落着毛毛雨，风比往常凛一些。阿冬哈口气，搓搓手，抱一抱我，抱一抱小峰，用脸贴贴我的耳朵，又贴贴小峰的。我以为他会流泪，结果没有。他只是不停地咽口水，小峰也咽了几下，我同样的动作，喉管很干涩的感觉。

挥手道别。我终究没提有桃。

教堂 的 身后

一

向晚时分，甑子场的茶馆陆续散了场。路上，牌客们跟麻雀一样谈论着各自的战况，青石板街便有了短暂的热闹。衣莉莎夹在人群里，手腕吊一个路易威登短夹钱包，迈着碎步，一声不吭地走着。那身韩版雪纺九分袖连衣裙，在夕阳下闪出碎碎的光，很是雍容大方。不时有人跟她打招呼，她都抿嘴一笑，点头回应。也有人问她手气如何，她说着同样的一句话，就那样，打发时间呗。

要知道，衣莉莎玩的是大牌。这种档次，无论输赢多少，决不在人前大呼小叫，否则会自掉身价。因为她老公马老四，在当地是有头有脸的人物，开厂子包工地卖珠宝，啥生意都能做得四平八稳。衣莉莎自然过得很有尊严，她一贯微微昂起的头，就是最好的例证。不过她从不倚财仗势，遇上落荒讨饭的人，还会多少打发点钱票，甚至送些衣物一类的东西。所以别人习惯称她马太太，这虽有巴结讨好之嫌，但也真心怀了几分敬重之意。

衣莉莎拐进凤梧巷，一抬头，就看见了自家的青砖瓦房，两层高，翘角飞檐，俨然民国年间的小公馆。房对面的石阶上坐着一少年，短衫灰裤，小身板小眼睛，麦色脸，两颊有高原红，一看就知是山里人。不过他身上透出的乡土色，明显不是来自本地。

衣莉莎没有多想，开门进了屋。用人刘嫂已经熬好水果粥，摆在了大理石桌上。衣莉莎几年前开始发胖，晚上便从不沾荤。只要马老四不在家，配的全是素菜。就像现在这样，梅渍萝卜、拌蛋豆腐、辣味黄瓜、素什锦，四个精致的碟盘摆成花瓣型，在枝形吊灯下泛着好看的光。刚准备开饭，有人敲门。声音很轻，敲两下，停一会儿，又敲。刘嫂透过"猫眼"一瞧说，他怎么又来了？懒得理他。衣莉莎问啥事，刘嫂说，今儿下午有个外地小子，向我打听一个叫什么衣红霞的人。衣莉莎心里猛荡了一下，却装作漫不经心的样子问，哦，你咋说？刘嫂说，当然告诉她没这人喽。衣莉莎深吸一口气，也不说话了。她点了一支烟，半眯着眼抽着，头顶飘满烟雾，像幽灵的裙裾。过了一会儿，她微微侧过头，朝窗帘缝外瞧了瞧。少年居然还没走，正站在窗下，押长脖子往里瞅，小眼睛像松鼠一样转来转去。她马上移了移身子，又略一沉吟，拉开包，往里掏了掏说，哎呀，我手机好像撂茶馆里了。刘嫂，去帮我熬碗粉丝汤。我回来后，再一块吃饭吧。

等刘嫂进了厨房，衣莉莎这才出门。她压低嗓子问少年，你是谁，要干吗？少年缩了缩脖颈说，额（我）叫夏巴，甘肃定西的。来找……叫衣红霞的人。衣莉莎的脸扭了一下，怎么找到这儿来了？夏巴说，额阿大（父亲）说她在成都彭县磁峰镇。额去问了，有个老头说以前是有这人，不过后来嫁到甑子场了。这就是甑子场嘛……请问你是姓衣吧？衣莉莎眉心皱出不快地说，姓衣的又不止我一个人呀。夏巴又说，可刚才听一个曼哥儿（小伙子）说，这镇上，就这儿才有姓衣的。说着，有熟人路过，冲衣莉莎唤道，马太太，做啥呢？她连摆几下手，没事没事，问路的。又挑高声音对夏巴说，这没你要找的人，你走，快走吧！然后大步走到巷口，却一下转过身，怔怔地站在那里。

夏巴已经往相反的方向去了。他埋着头，步子迈得有些快，像受了委屈的孩子。衣莉莎从他背影读出一种执拗。他一会儿走进槐树荫下，一会儿罩在金色的晚霞里，身后的影子时隐时现。衣莉莎心里漾了一下，悄悄跟了上去，但跟他保持着相当的距离。到了巷尾口，夏巴向一个路人问了些什么，然后继续前行，一直走到了对面北干新区的派出所，但大门已经关闭。夏巴驻足片刻，一屁股坐在了旁边的石阶上，支着下巴，陷入沉思。

衣莉莎远远看了好一会儿，才离去。

二

整个晚餐，衣莉莎都心神不宁。刘嫂跟她说话，她嗯嗯哼哼地敷衍着，其实一句也没听进去。倒是好些模糊的景象，像水中的倒影，一直在她脑子里晃荡。光秃秃的山，陌生的荒野，嘶叫的马，吐着长舌的狗……被殷红的火光染得苍凉而恐惧。刘嫂给她舀了一勺汤，她受惊似的一胳膊抵过去，不小心把碗也掀翻了。她尴尬道，今天手气难得那么衰，还真心烦了呢。然后胡乱扒了两口饭，上楼去了。

衣莉莎的寝室简洁清爽，重点也突出。床头上方，挂着她跟马老四的结婚照，相框镶有水钻。她那身纯手工奢华长尾婚纱礼服，在今天看来依然时尚。背景图是文艺复兴的标志建筑之一——花之圣母百花大教堂，马老四亲自选的。梳妆台上摆着青花笔筒，里面插了支金尖钢笔。笔筒旁边是马老四攻读MBA的毕业照。不过马老四跟她一样,原本就是个技校生,但他绝不向外人暴露这个底色。不仅如此,马老四还给她搞了一张大专文凭。他每次跟别人介绍她时,会说我老婆是大学生,学编导的。衣莉莎就为他这句话,囫囵吞枣地看过好几本剧本写作入门书。马老四还有一个书房,满柜文史书,却几乎没翻过。他每天忙着赚钱都搞不赢呢,就像现在这样,正忙着在城里开一家丝绸店。他甚至打算四十岁才要孩子。衣莉莎一想这事就窝火,马上给他打去电话,问他啥时候回家。马老四说,快忙完了,估计周末吧。这情况要放在往常,衣莉莎笃定高兴,可现在反倒让她焦躁不安。她思索片刻,匆匆出门,又往北干新区去了。

天色已经暗淡下来,但尚未黑透,是梦的颜色。夏巴果真还坐在那个石阶上,望着远处发呆,安静得像一尊石雕。衣莉莎猜测,他是打算等到天亮,向派出所求助,查找当地是否有衣红霞这个人。这肯定行不通,但她担心的是,他既然大老远跑来,就不会轻易放弃此行的目的。夏巴看到她的一瞬间,她迅速移开目光,走到附近的水果摊,买了一小袋苹果。往回走,她故意惊讶道,哟,这也能碰到你?对了,刚才你说的……那人是谁呀?夏巴却埋着头,一言不发。她递去一个苹果说,刚才我急着办事,说话冲了些,不会生我气了吧?夏巴这才慢慢抬头,犹豫地接过苹果。他瞳孔里的光,透出一股少年老成的忧伤,让衣莉莎鼻子酸了一下。她不想让对方看出什么破绽,就侧过身,将袋子放在石阶旁。夏巴忽地往嘴里一塞苹果,嘎嘣脆地嚼起来。又说,额是想找,找衣红霞帮忙,不过额也没见过她。衣莉莎问,你都不认识,别人凭什么帮你呀?夏巴说,额阿大让额捎样东西给她,说见了就知道。她又问,啥东西?夏巴却沉默不语了。

有风掠过。石阶边的草丛晃了两下,立即传出几声秋蝉鸣叫。这让衣莉莎有了短暂的思考。片刻,她说,要不我帮你打听打听这人。

不过，你总得给我说个名堂出来呀。夏巴小眼睛一下亮了，像星辰的光。他掏出一张泛黄的黑白照片，举在她眼前说，额阿大说的，就这个呢。衣莉莎定睛一瞧，背景是间破败的小木屋。屋前站着一男一女，男的还抱着个婴儿。画像破损厉害，斑斑驳驳的，也几乎辨不出模样来。她看着，心里忽地蹿出一股火苗，在身体里横冲直撞。

夏巴指着照片继续说，这，是额阿大；这，是额，才两月大的时候嘞；这，额阿大说，是额阿娘，正是要找的衣红霞。衣莉莎眼里闪过一丝灰霾，不冷不热地说，你阿大真有心，居然一直念着你阿娘呀。夏巴咽了咽口水，又说，不过，额阿大得了肾肿瘤，得马上动手术，不然扩散了就没得治。医生说要花三万块，这才来找额阿娘的。说着，他声音沙哑了，嘴角也开始往下撇。

衣莉莎的内心却一下畅快地涌动起来，像白花花的浪水，扑打得她快要窒息了。她摁住胸窝子，声音跳跃地说，哎哟，原来是这样呀。不过，找人这事儿，全靠碰运气的，没准一年半载也没个音讯呢。夏巴马上央求道，这哪等得起啊？阿姨，求求你了，帮额想想办法吧。额都出来四五天了。额阿大很好的，额们村的曼哥儿好多都不念书，但他偏让我念。他说，念了书才能找到老婆……衣莉莎一下打断他说，知道了知道了，我回去就问。要有消息，明晚上还在这找你，行吗？夏巴猛点两下头。她又问，是你阿大让你来找的吧？夏巴点点头又摇摇头。她一愣，问，那是想你阿娘了？夏巴想了一会儿说，额阿大说，额阿娘生下我不久就出了远门，再也不回来了，也不知道是真是假嘞。不过额阿大还说，以后赚到钱，会给额再找个阿娘。

衣莉莎沉默着，嘴跟筛子似的抖了几下。

离开时，天已经黑透。街灯昏黄，还是梦的颜色，但更深了。

蝉鸣声一路从树上荡过来,把巷子衬得很是寂寥幽清。刚到家时,她听到有人跟上来,是夏巴。他喘着气,把苹果袋递给她说,阿姨,这个,你忘拿了。衣莉莎接过来,碰到了他的手。凉凉的,像块冰,把她凛了一下。她还想问点什么,可夏巴转身走了。衣莉莎又怔怔地站在原地,看他的背影。他走得没那么急了,甚至有几分轻快。走着走着,他忽然回头看了一下。

衣莉莎赶忙侧身,开门进屋了。

三

衣莉莎整天没出门,她还放了刘嫂一天假。这是防夏巴找上门,自然不能跟刘嫂明说。晚上,她梦见了"肾肿瘤"。他跟脱水的鱼一样,痛苦地吐出几口泡,眼珠就翻白了。然后她在笑声中醒来。

醒来后,天光已经大亮。衣莉莎又想到夏巴,想到他没准儿还坐在那个石阶上,傻傻地等消息,她心里就没那么舒畅了。其实,她昨晚看到照片的一瞬间,就完全确定夏巴是她儿子。准确地说,是她丢下的那个野种。而她,正是夏巴要找的衣红霞,这是她以前的名字。到目前为止,除她家里人以外,没人知道她十七岁时被拐卖到甘肃的某个穷山沟,一个不通水不通电不通车,还得靠牲畜做交通工具的地方。如果不是她"丈夫"跟邻居争地界,动刀结了仇,她这辈子只有困死在那里。就在她生下夏巴半年后的某个晚上,那个邻居趁全村人去救一场林火时,让她骑着一匹马逃走了……

衣莉莎就这样坐在窗前,怅怅地想着。她脑子里一会儿跳出马老四,愤恨且鄙夷地盯着她;一会儿跳出许多熟悉不熟悉的脸孔,无不嘲笑她道，原来你是个被拐卖的女人，还留下个野种啊！笑声像刀片，割得她全身生疼。也不知过了多久，几团乌云飘过来，转眼遮了太阳。满镇的青瓦灰墙，一下失去光彩，跟跌进了黑白世界一样。远处还隐隐滚来几声雷响，没过多久落雨了，淅淅沥沥的，打得她心儿直跳颤。她忍不住唤了辆带篷三轮车，又往北干新区去了。到了派出所，她透过篷布缝，悄悄往外瞧了瞧，没人。又让车夫在四周逛了逛，还是没见到夏巴。此时，她却高兴不起来，心里还涌上莫名的失落，仿佛夏巴是一只风筝，忽然在雨里断了踪影，只剩下一根长长的线，缠在她心轴上，无力地来回晃荡着。

中午，衣莉莎也没食欲，吃了点水果倒头就睡。刚躺下，手机响了。是李太太打来的，问她是不是生病啦担心死啦想死她啦。说到底，就是想跟她玩牌了，想她的人民币了。衣莉莎抵不过对方的诱惑，就去了茶楼。几个太太往机麻桌边一围，麻将稀里哗啦一搅和，包间顿时热闹起来。衣莉莎呢，抽着万宝路薄荷香烟，啜着红枣茶，她空落落的心，就被什么填上了。特别是接连自摸两把牌后，人都神清气爽了。

这一口气玩到傍晚，刘嫂忽然打来电话说，莉莎，刚才我去集市买豆腐，路过燃灯寺，遇到昨天那小子了。他说，你答应帮他找人，硬拉着我问结果呢。衣莉莎强装镇静地说，他在那儿干吗呀？刘嫂叹口气，这下雨天的，他居然在寺院边讨钱呢。衣莉莎脑子里一下跑起过山车，有了一种被悬空的心慌意乱。她胡完一把带番牌，忙说，哎呀，差点忘了，我还得赶个宴席呢！不好意思呀，我得先走了，你们，你们玩三家吧。也不等众人答应，她起身就溜了。

一路的雨，打在街边的槐树上，碎了一地花瓣。风疾呼呼地吹着，把她的熏香伞晃得偏来倒去。见到夏巴时，他正抱着个纸盒，缩在墙脚边，像极了一只灰不溜秋的小松鼠。他脚前写有几排粉笔字，已经被雨水冲得模糊一团了。她疾步跨上去，用伞罩着夏巴说，你这样，就是把膝盖跪烂，也讨不够钱的。夏巴看清楚是她，浑浊的小眼睛又亮了一下，是你？阿姨，找到额阿娘了吗？找到了吧？她拉他起来说，你阿大，这病，就非要死赖着你阿娘吗？夏巴一袖子甩开她，又蜷回墙边，声音软软地说，额阿大病得厉害。然后头低低地垂下去，仿佛要从脖子上滑落似的。衣莉莎怎么摇他，他都没反应。她急了说，找不到你阿娘，我们可以想想别的法子嘛。不过你得先起来，起来呀。夏巴这才抬起头，很吃力的样子，目光也松松垮垮的。衣莉莎感觉有哪里不对劲，用手探了探他额头，烫得一下缩回来。夏巴似乎还想说点什么，却忽地晃两下，倒在墙边了。

衣莉莎送夏巴去了医院。夏巴凉凉的，靠在她身上，像块冰。她就搂着夏巴，紧紧拽住他的手。他好瘦，肋骨把她顶得痛痛的。那痛撞进了她的骨缝，渗进了她的肌肤，像一团团火，燎得她心窝直疼。倒是医生诊断道，就是急性感冒发烧。打一针，吃了药，好好补一觉，没什么大碍的。又问夏巴是谁？她愣了愣，生硬一笑，你说呢？医生自以为是地哦一声说，马太太实在心善，逢难必帮，难怪这辈子有福气啊。她心儿一酸，啥也不敢说了。

出来，四下街灯已亮。衣莉莎带夏巴回自己家里了。

四

夜湿答答的，雨丝在路灯下晶亮地飞舞着，依然没停下来的迹象。刘嫂见到夏巴时，半张着嘴，眼睛瞪得比灯笼还大。衣莉莎也不解释，只安排她去煮了碗蛋汤面。可夏巴没吃两口，困得直打哈欠。衣莉莎略一沉吟，又让刘嫂去夜市店，帮他买身内衣和外套回来。等刘嫂一走，她扶夏巴进了自己的寝室。盥洗间里有浴缸，她调好水温，让他洗澡。夏巴一点儿精神也没有，她就帮他脱短衫。她的胸脯不小心贴着夏巴脸蛋了，夏巴脸一红说，额自己来。然后摇晃着走进卫生间，掩上了门。她抿嘴一笑说，夏巴，你洗完直接上床睡吧。

衣莉莎还是担心他有什么弄不明白，就在外面等着。她听着夏巴荡水的声音，仿佛自己正在给他擦身子，心里暖暖的又酸酸的。夏巴上床后，很快睡沉了。她摸摸他额头，还是稍有些烫，赶忙换了薄被给他盖上。夏巴那张小脸蛋很快有了血色，呼吸也均匀起来。乍看去，像睡在摇篮里的婴儿。她又摸摸他额头，温度差不多正常了。可依然有些不放心，又将他手露了一小截在被子外面。然后就守在床边看他，心里有了奇妙的感觉。

当年，接生婆从她身下捧出这个沾满胎渍的小家伙时，她顿时陷入了无比的绝望，甚至扑上去想跟他同归于尽。这一来，她根本没机会触碰到夏巴了。只是每天会被逼着挤出奶水，让人端走。逃回到老家后，她患上了抑郁症，长久不敢出门，一听到婴儿哭闹就害怕。医生建议换个环境，她就被送到远在数百里外的甑子场，在二叔家疗伤。二叔是心理学老师，马上给她改了名，说是能加快摆脱心理阴影。二叔还杜撰了一段美好的打工经历，对她失踪一年多的"空白"进行了偷梁换柱。她的创伤，便在一个"全新"的自我中慢慢修复了。如今夏巴的出现，拽出了那段梦魇般的记忆，甚至带给她恐慌。可她也唐突地发现了这样一个事实——十六年过去了，她居然这才跟夏巴有了亲近的接触。这种感觉就像蜗牛的触须，伸进她身子里，唤起了某种她从未体验过的东西。

刘嫂回来后，衣莉莎故意埋怨道，怎么弄这么久呀？我实在等急了，让他去我寝室歇息了。然后开了瓶解百纳，一边啜着，一边抽烟。烟雾弥漫在灯光下，仿佛是被夸张了的梦境。她慢慢有了些醉意，脸颊飘出两团"高原红"。她感觉自己又坐在了那匹马上，还带着夏巴。她身子很快飞起来，飞到了夜空。夏巴紧紧地搂着她，呵呵呵地笑着。笑声里全是幸福，像星星的光芒。正想着，刘嫂忽然怯怯地问她，莉莎，这孩子，难不成是你亲戚？衣莉莎心头一紧，但依然一脸轻松道，啥呀，这孩子的阿爸病了，他找他阿娘借钱呢。刘嫂说，知道知道，下午听他说了。他阿爸也真是怪可怜的。衣莉莎猛啜一口酒说，那也不一定呢。你想，他阿爸要是好人，他阿娘会离家出走吗？刘嫂忙附和道，也是也是。不过有人损这孩子呢，说他既然有孝心，那就去卖肾凑钱啊。他好像当真了，居然问在哪儿可以卖，好恐怖啊。衣莉莎听着，手哆嗦一下，烟头落地上了。她拾起来，狠狠捻灭说，哼，这些人，比他爸还坏呢！

两人默默坐着，都不说话了。就在解百纳快见底时，衣莉莎的手机又响了，是马老四打来的，他说正在回家的路上。衣莉莎仿佛挨了个晴天霹雳，你怎么不早说呢？马老四嘿嘿两声，这雨老不停，估计明天开不了工，就提前回来慰劳你喽。衣莉莎仿佛从梦境跌回到现实，顿时清醒过来。这屋子里，无端端多个孩子也罢，可居然还睡在他们俩的寝室里，这怎么都解释不通。她来回踱着步，心里乱箭飞。倒是刘嫂反应快，她说，要不让夏巴去旅馆歇息，时间还来得及呢。

衣莉莎马上去唤醒夏巴，说了情况。夏巴以为要赶他走，一下苦着脸问，阿姨，你不是说帮额想办法凑钱吗？求求你了，帮帮额吧，额阿大赚的钱，都让我念书了……衣莉莎咬了咬牙，知道了知道了，别老说你阿大了。夏巴却自顾自地继续说，阿姨，求求你了，帮帮额吧，额一辈子都会记住这份恩情的，额下辈子做牛做马都……衣莉莎的心细若游丝地疼了一下，赶忙捂住他嘴说，傻孩子，别说了！

屋子立即沉寂下来。

半响，衣莉莎轻轻抚了抚夏巴的脸蛋，这才缓缓起身，打开衣柜里的一个保险箱，从里面拿出了三摞钱。夏巴呼吸急促起来，直愣愣地盯着她，表情惊讶得跟做梦一样。他忽地滑下床，跪在地板上，不停地磕头。那咚咚咚的声响，像大铁锤，击得她心都快碎了。衣莉莎赶忙扶他起来。夏巴一抬头，注意到床头上方的婚纱照。他凝神看了几秒，眼里有了异样的光。他问，阿姨，这是你吧？她说，是呀，咋了？夏巴又问，后面的大房子呢？她说，哦，这是圣母百花大教堂。夏巴喃喃念道，圣母……圣母百花大教堂，真美，真好听！说着，他神情悠远了，眼里还浮现出一缕梦幻般的光彩。衣莉莎怔了怔，赶忙递去新买回的衣裳，不说了，唠，快换上吧，不然要着凉。夏巴接过来，往盥洗间去，却忽然转头说，阿姨，你可以在外面等我吗？衣莉莎以为他害羞，又是扑哧一笑，好的，我在楼下等你吧。然后退出去，把门掩上。

衣莉莎等了好一会儿，夏巴这才下楼来。刘嫂拉着他就走。可刚出门，夏巴又返回来，对衣莉莎说，额还有个事，想请阿姨帮个忙。衣莉莎有些急了，时间不早了，快走吧。夏巴却掏出那张黑白照片，递给她说，阿姨，能帮额留意着额阿娘的消息吗？要是哪天真找着了，麻烦你把这个给她。衣莉莎迟疑地点点头，接了过来。夏巴眼里一下汪出泪来，转身走了。

衣莉莎窝在沙发上，翻来覆去地看照片。她忽然想起夏巴在楼上耽搁那么久，也不知道做了什么，就跑上楼，进了寝室，左右环顾。墙上的那张婚纱照在柔和的灯光下，弥散出一种淡淡的幸福。当年她身材还很苗条，下巴有些尖，加上额前一绺流苏，衬得她清纯极了。她慢慢举起手里的黑白照。她突兀地发现，眼前的两张照片，一个在天堂，一个却在地狱……衣莉莎脑里一下跳出夏巴的话：圣母，圣母百花大教堂，真美，真好听！想着，她眼里蒙上了一层水雾，忙侧开头，突然瞧见梳妆台的笔筒下压着张纸条。她微蹙眉尖，将纸条轻轻抽出来，上面很工整地写着几排字：

阿姨，谢谢您帮助我。您放心，借您的钱，以后一定会还您。其实刚才还有一句话，好想跟您说：我阿娘要是像您一样就好了。因为我相信，如果真是那样，我阿娘一定不会离开我和阿大的。好想下辈子您做我的阿娘。夏巴。

衣莉莎的身子忽地颤了起来，仿佛有皮鞭在不停地抽打她。她一下冲出门，去追夏巴。雨小了不少，似停非停，飘在她脸上，滑进她脖子里，清凉而又温润。路上，她遇到了刘嫂。刘嫂叹口气说，这孩子真拧，担心他阿爸等不及，非让我唤一辆摩的，送他去火车站了。衣莉莎又往进城的方向跑，还不断在心里念叨，儿子，你还会来找你阿娘吗？还会回来吗？高跟鞋在青石板街上击出杂乱的橐橐声，如同迷失在荒野一般。

到了甑子场口，衣莉莎望着远处。灯光如雾，吞噬了来来往往的车辆。

奔跑的

棋子

一

对我这个瞌睡虫来说，每天最痛苦的事，莫过于早晨七点被闹铃拽醒。一旦醒来，倒计时就启动。我必须在一个半小时赶到工业园区上班。洗漱剃须和蹲马桶，是很难省掉的晨间仪式。在公交站等车，时间可能五分钟，十分钟，甚至十五分钟。趁这个黄金空档，买一盒牛奶，两个羊角面包，或者其他能咽下的食物。公交车是穿着县城中心线走，断断续续的塞车在所难免。每每如此，我会跟渔夫遇到不祥的海潮交汇一样焦躁不安。要知道，上班迟到一分钟，扣一百。

跟我有同样遭遇的，还有职校同学米老鼠和金枪鱼。这当然是他们的绰号。来历嘛，金枪鱼是因为瘦，瘦得连屁股也没有。米老鼠呢，黑黑的矮矮的，耳朵又大又干。至于我，他们说我瞳仁里的褐色深，看着冷，就叫我猫眼睛。我们简称鱼、鼠、猫。这样的绰号我很满意，因为他俩成了我的下酒菜。

鼠最先在园区一家塑胶厂工作，后来厂子缺质检员，他推荐我和鱼去应聘。说实话，有鱼在，我真不想去丢丑。别看他瘦，学习成绩却好，就连游泳长跑也能赛过我。可他偏偏没去，让我捡了便宜。不久才知道，鱼居然暗度陈仓，混进离园区不远的瓦镇水厂，做了维修工。累是累点，那可是企业啊。倒是鼠，一直在生产车间挣工分，每天守着冷冰冰的注塑机，灰乎乎的搅料机，加班加到吐。有时他会趁上洗手间的机会，来质检室坐一两分钟。我就捏着游标卡尺，装模作样地量管样厚度，或者用落锤机测耐压值，看得鼠眼睛射金光，喉咙不停翻滚。离开时，他总是拍拍我肩膀说，好好干。我马上应和道，梦想一定会成真。

事实上，我们很难聚一块，更没有认认真真地谈过梦想。我们各自住在不同的小镇。我家离园区最远，其次是鼠，然后是鱼。我们经常在公交车上碰见，打着哈欠寒暄几句，问问泡马子没有啦，约个时间旅行啦。说得最多的是，有了钱一定买辆小轿车，再也不去挤公交。这或许就算梦想吧。我和鼠，比鱼早一站下车。下了车，常常要奔跑。因为园区是个大棋盘，而塑胶厂处在偏中的位置，这还得花掉我们十五六分钟的时间。后来，鱼住厂里了，不用天天跑来跑去。他炫耀说，咱厂子的单间房多哩。我们真是羡慕嫉妒恨啊！

三年后，我用信用卡上的数字，外加父母赞助，买了辆二手捷达车。我的四条腿开始奔驰在宽阔的工业大道上。这是给园区企业提供的货运道，贴着县城北边走。两侧的草坪，整齐划一的冬青树，还有带状的红花继木，都会带给我美妙的视觉享受。驶入园区，车轮不时卷起一地银杏落叶，简直炫酷了。最重要的是，现在我可以把闹铃调在七点半，赖几分钟床也未尝不可。还能坐在楼下的早餐店里，等着包子出笼，看鲜榨的热豆浆端到我桌前。这在大冬天，就算你每天拿一桶燕窝汤来换，我也坚决不干。

车子刚到手的那天，鼠拍拍我车脑袋，粗野地逼视我说，你小子，挺会享受嘛。他目光锋利，刮得我全身起鸡皮疙瘩。整个秋天，他一见了我，嘴角扯一扯，像有话要说，但又没说。

我心里涌出不妙的感觉。

入冬那天,我刚下班,路过车间。车间主任正比手划脚地冲鼠嚷道,脑袋进屎了?注塑机闪黄灯,还强行启动?色盲了?不想做就滚……他声音夹着机器的轰鸣声,像玻璃碎片一样炸出来。鼠仰着头,木木地望着对方,眼睛浊得像烂梨。我上车等了等。没多久,鼠从车间钻出来,脸泛着白。他伸出沾满油污的手,又准备往我的车脑袋上拍,却缩回来说,老子今天又要加班。你小子买了车,还没有请客。对了,这大冬天冷得真他妈厉害……我听得云山雾罩,他忽地把臂肘支在挡风玻璃上说,明天来接我。我暗自"妈呀"一声,嘴上却说,就这事啊,早说嘛。他嚯嚯两声,你怎么不早说?然后递我一支烟,八点碰头。我说,早了。他学着主任的口气说,你脑袋进屎了,还得请我吃早饭,懂不?我说,你小子是羡慕嫉妒恨。他说,不想接,就滚。我真想发火,可瞧瞧他脸色,忍了。

晚上我把闹铃调到七点十五。因为虽说顺路,但前提得走公交线路。躺上床,又查了查天气预报,明天降温,雾大。我不踏实了。真要这样,塞车会特别厉害,车速也提不起来。于是将闹铃改到七点,心里又"妈呀"一声,这不被杀回原形了吗?

结果气象局耍了我。第二天的确冷,但基本没雾,而且行人也不多,车子甚至能往步行道穿。到了目的地,七点四十分。我心里那个痛啊,这相当于损失了一桶燕窝汤。下车转了转,鼠的家里没一丝亮光。胡同里的风黑乎乎地吹着,直往脖子里灌,击得我瑟瑟发抖。我掏一支烟抽,却冷得嘴对不上烟,烟对不上嘴。我赶忙躺回主驾,刚要跌进梦里,忽然有人钻进车,是鼠。我说,等你半天了。鼠亮亮手里的塑料袋,有热乎乎的气冒出来。他撇撇嘴,你小子是睡着等,我是排着队等,就是想让你这馋猫尝尝我们镇的王包子。

说实话，这真不像鼠的风格。他可以替我们打饭，做卫生甚至抄作业，可一说到请客，从来就是把钱包捂得紧紧的。这会儿我说，你这样折腾，还不如赶公交车呢。他切一声，递来一盒豆浆。我这才嗅到他满身酒气。我问，昨晚狂欢去了？他说，敢跟你比？买辆破车都有赞助。我家里人还要我扶贫呢。我转移话题说，别让领导闻到你身上的骚味，小心被开除。他呸一声，怕个鸟，本来就不想干了。一会儿找主任，让他给我换个岗位。

鼠是异想天开。厂子最讨厌有非分之想的员工，挨顿训是小事，没准会被踢。我一下替他紧张起来，却不知道怎么劝。我们都不说话了。只有嚼包子和咽豆浆的声音，在狭小的车厢里，听着像一桌人用餐。完了，鼠打个响指说，出发。又手一挡，慢，老子再去喝两口酒。然后风一样溜回家。过了一会儿，又风一样跑来，朝我喷两口气。除了酒味，还有牙膏香，我哈哈笑起来。

一路上，鼠不时从车窗探出头，冲路边的小妹吹惊艳的口哨。哨声在到达对方耳朵前，早被风吹得灰飞烟灭了。就这样一路吹到厂子，他又说，月底领了薪，我要干件大事，就是去买，买辆电瓶车。我说，没追求。他说，绝对有追求。早想好了，买到车之前，你天天来接我。

我看看天，一朵乌云从头顶飘过。

二

最初几天，鼠都提着早餐等我。不过包子变成了花卷，花卷又变成馒头。我干脆说，算了算了，以后各吃各。一拍即合。这一来，鼠钻进车就打瞌睡，有时还滚起细鼾来。一双鼠眼似眯非眯，很迷离的样子。他说，在移动的空间睡觉，似梦非梦似醉非醉，特舒服。快到厂子时，我会故意猛踩一脚刹车。他呢，发梦癫似的一抽搐，拭拭嘴角说，舒服，真舒服。这还没完，厂子生产任务越来越少，到了冬天，鼠几乎不加班了，每天就让我搭他回去。他也在微信圈晒我的车。他说，我专门发给鱼看了。这死鱼，飞黄腾达了，目中无人，必须杀杀他傲气。

想想也是，这小子很久没给我们请安了。鱼喜欢分享他的光鲜，成绩单啦，参加演讲啦，游泳赛啦，还有他的自拍照。穿着宽松的衣服，风一吹，像长翅膀的鱼，看着特别有动力特别有野心。他住水厂以后，也不主动跟我们联系。唯一能洞悉鱼的渠道，就是他在微信圈上的各种晒。戴着头盔坐在工程车上啦，穿着反光背心抢修水管啦，不久又摇身穿白大褂，坐实验室了。人也胖些了，玩的设备全是洋货，写着"Hach"一类的字样，显摆得很啊！有同学点赞，夸他水中游的，赛过陆上走的。这意思是说，他比我和鼠能干呗。他居然回复，必须的。现在，我终于有拿得出手的东西了，就是这辆车。所以，我附和鱼道，对，杀杀他傲气，必须的！

不过，不提鱼还好，一提就"出事"了。领薪前几天，鼠下班，当真要去瞧瞧电瓶车，命令我搭他去。我一下像灌了浆的植物，特有精神，连说，舍命陪君子。我们往工业大道拐，那边有好几个车行。还没出园区，在等一个红灯的时候，鱼出现了。他正从车子的观后镜里走来。鼠说，咦，这死鱼怎么在这呢？我说，别出声，看看他啥德行。鱼快到时，一下微弓着腰，朝后窗玻璃看了看，看了又看，然后特务一样转了身，朝相反方向走去。鼠探出头喊了一句，金枪鱼。他中弹似的，身子一硬，转身看看我们，慢慢走来。走到一半，这才跑到车子跟前，呃，是你们啊。然后摸摸我车说，哇，你小子混得不错。我阴笑两声，呵呵，必须的。

鼠拉他上车，说送他一程。我明白鼠的意思，是要红红他的眼。我就故意说，这天气，要是天天赶公交车，真够呛啊。鱼说，是喽是喽，本来打算买辆爱玛电瓶车，战鹰形的。可霾太重，等过了春节再说吧。我心一惊，这款式三千以上啊。鼠猛吸一口烟说，切，电瓶车多掉价啊。要买，就买小轿车。然后也不提去车行的事，倒探起鱼的工作来。原来他刚到园区的净水剂厂上班。我问，是水厂的子公司吗？他清清嗓子说，前端生产线哩，给水厂提供原材料的。

短暂沉默。鱼忽然提出请客。一拍即合。我们挑了家烧菜馆叙旧。鼠搓搓手，要让鱼陪他喝二两。鱼点了两杯散装泡酒，鼠手一挡，你们垄断企业，就喝这个吗？然后也不商量，直接改成了半斤装的泸州老窖。酒至半酣，鱼问了一箩筐问题，你们加班多不多啦，拿多少月薪啦，混到什么职位啦……鼠抛了一粒花生米在嘴里，斜乜着眼说，你混到哪一级了？鱼说，我这三年做了很多事哩。读了电大本科，过了化验工中级，够带劲吧？可，可瓦镇水厂神经衰弱，被县自来水公司合并了。他妈的，没编制的全被打发走了。要不然，凭我的实力，以后没准混个……他说到这里，卡壳了。鼠大着舌头问，切，那是说，净水厂跟水厂根本没关系喽。鱼眼睛一下泛红，望着空气中的某一点，感觉随时要射出飞镖来。

我侧过头，装着没看见。鼠马上谦虚起来，特别是提到我的二手车，他说，全靠猫的家里人赞助呢。鱼埋着头，目光偷偷地瞟着我们，眼神透出疑惑。半晌又说，他舅舅家的脐橙刚收果，明天送我们一些。鼠吸两下舌头，连声叫好。鱼忽然问，明早能搭个顺风车不？把东西给你们捎上。

我看看天，头顶一片黑，分不清哪是乌云。

接下来的事，或许你猜到了。第二天，鱼顺理成章又得寸进尺地提出请求，说买到电瓶车前，想搭我的便车。我说，你弄套单间来住啊。他说，哪有这好事哩？我和鼠异口同声地问，那以前在水厂呢？他吞吐道，那是化验室要求值夜班。正式工找人替，我想着多挣点补贴，一周就包了四天夜哩。这一来，鼠月底领了薪，也不买电瓶车了。或许是因为那天他吹了牛，或许舍不得破费，鬼知道！

整个冬天，我成了他们的专用司机，包送包接。没完没了的红灯，胡乱穿斑马线的行人，见缝插针的电瓶车和摩托车，这一切让人烦透顶了。鼠和鱼呢，刚开始还在门口提前等我。可没多久，他俩嫌冷，非要我打电话才晃悠出来。最要命的是，雾真的渐渐大起来，霾也前所未有的重，一直持续着。这意味道，我每天七点起床，时间也紧巴巴的。上了车，鼠依然冲路边的小妹吹口哨，乐此不疲。鱼很快也不老实了，居然打开窗户，说是无阻碍透视美女，这才够带劲。隆冬的风又干又冷，抽得我身子直颤，发型也乱了阵脚，他俩却越看越热乎，还闹着要去酒吧退火。下班返程，花样更多了。路过刚建好的公厕，他们会让我刹一脚，进去享受享受。经过电影院，十有六七要去溜达一圈，对着海报上的一个个美女瞧上老半天。还记下热播剧的名字，然后拉我去夜市，买四元一张的盗版光盘看。我懒得下车，就伏在方向盘上假寐。这是想给他俩一点温馨提醒——我很困，我坚持不了多久了。鼠就不停递烟给我抽。我不接，他就硬塞到我嘴里，说不抽，就是看不起他。鱼还把搭车的事晒到微信圈，取名"锵锵三人跑"。许多同学点赞，称我雷锋猫，都嚷着要跳槽，来我们县的园区上班。

我决定给他俩一点"压力"。车子剩半厢油，我便去加油站"充电"。完了,在小本子上记账,又拉高声音说,走县城中心,油耗高啊!鱼忙说,要是跟厂子签了合同,马上买电瓶车。光想想,都够带劲。我说,希望菩萨保佑你,明天就签吧。又补一句,今年油价涨两次了。鼠说,切,三个人坐是涨,一个人坐还是涨。

我只有耐心等,等地球一圈圈地自转。

转眼年底了。厂子开总结大会,说塑胶管行业竞争日益剧烈,利润每况愈下。尽管如此,厂子仍然尽最大努力,保证员工福利……结果,我领到八百块奖金,鼠只有六百,因为上次的违规操作被扣了分。回去的路上,鼠沉默地望着窗外,眼睛死定定的,生锈一样。鱼却特别兴奋,说厂子发了两百块奖金给他。要是全年做满,应该领到两三千哩。车里忽然安静了。过了一会儿,鱼递来四张红大头说,据不完全统计,你两月半加了六百二十元的油。去整化零,这是我和鼠应该支付你的油费。鼠干笑两声,反正是用你的油熬你的汤。

当晚,我请他俩去吃了羊肉汤。这次鼠主动点的散装酒。我咬咬牙,换成了泸州老窖。鼠吃得特别多,却说,真不敢吃多了,不然骚劲没处使。鱼喝得过了量,又说,签了合同,马上去买电瓶车。鼠马上踢他一脚。结账时,老板去零化整,收了我四百。鼠赶忙转过身,缩着身子,把手紧紧地揣在衣兜里。鱼忍不住想打饱嗝,却用手捂住嘴,硬生生地压了回去。我笑道,反正是用你们的油熬你们的汤。

上了车,鼠和鱼不愿散伙。我犹豫道,要不去喝茶,AA制?没响应。去玩牌?两人切一声。我们就望着黑乎乎的天发呆。远处偶尔有烟花绽放,在上空一隅映出星空的气象,转瞬又变成灰烬,融化在黑夜里。鼠忽然唱起歌来,糖高宗的糖,姜你军的姜。月月月光光,神马都在涨,只有我的薪水,薄薄两三张。月月月光光,神马都变样,只有我的梦想,停在老地方……

我和鱼就跟着唱，一直唱一直唱。什么时候睡着了，也不知道。

三

翌年开春，天气晴和了，骑电瓶车的人多起来，满街跑，在阳光下活泛地闪着光。鱼终于如愿以偿地签了合同，他却告诉我们，他买不成电瓶车了，因为厂子让他跑销路。鱼说，够带劲，我是销售经理了，天天云游四海。明天出发，去甘孜阿坝。

我们送鱼回去。他家附近的蝴蝶花开了一片，跃跃欲飞的样子。我们默默看了一会儿，鼠问，啥时候回来？鱼说，怕是十天半月喽。那声音小成鱼吐泡，又看我们一眼，目光松松垮垮的。然后往屋里去了，那样子像冲进雨里似的。我们抽了一支烟，鼠忽然说，明天不用来接我了。我犹豫着不知说什么好，他唰地掏出一张信用卡，切，怕我买不起电瓶车？这里面的钱，能砸死你。

我假装相信了鼠了话。按理说，我这下解放了，该轻松了，可心里却一会儿沉甸甸的，一会儿又空荡荡的，那感觉真说不好。我重新回到了久违的工业大道上。货运车稀稀拉拉地跑着，看着远没有路边的花花草草热闹。这不是什么好事——只能说明整个园区不太景气，好多产品的销路不理想。我们厂子同样不容乐观，从去年开始，生意一直温暾水。一晃月底，鼠没买电瓶车，也不来质检部了。有时我们在洗手间碰上，他生硬地笑一下，一副很忙的样子，匆匆离开了。这搞得我心里就七上八下，像有乱箭飞。

倒春寒刚来，我找到鼠说，这天冷了，接你不？鼠问，切，干吗？我说，切，让你小子免费搭车，行不？鼠眼皮一努说，切，老子现在要当先进，每天准备提前半小时上班。我知道他的想法。领导已经吹出风说，到了夏天，如果销量还上不去，车间没准裁员。鼠去年有"污点"，要保住饭碗，必须捞回形象。我咬咬牙说，你提前，我也提前，不影响接你。他说，你祥林嫂啊，烦不烦？我说，行行行，夏天接吧。他软声道，我们就他妈一颗棋子，等着摆布吧，鬼知道还有没有机会。

那段时间，活儿不多，大家却干得特卖力，还早早到岗。我依然七点起床，出门也天光大亮了。阳光薄薄地洒下来，带着几分凉意。有大货车偶尔响一声喇叭，把工业大道衬得更是寂静。进了园区，会经过鱼的厂子，但一次也没碰见他。在微信上，知道鱼跑了好几个地方，不过都铩羽而归。他晒的微信照，没一张是风景，全是快餐店或者火车站的场景。他还患了一场重感冒，人更瘦了，侧面看着像一张扑克牌。这些天，他们厂子正在疯狂投标，鱼深更半夜还在赶标书。

周末，鱼和鼠忽然拉我进城，说是想去一个大型招聘交流会上看看。到了现场，人密密麻麻的，挤成一锅粥。招技工的真不少，待遇却不咋样，而且地方老远。我们转了老半天，鱼揣了几张招聘单，跟我们撤退了。上车后，他俩累成牙膏皮，软软地倒在座位上。我不小心拐进了单行道，好一会儿才退出来，手都急出汗来了。我嚷道，亏大了！鼠和鱼没吭声。我一瞧，他俩睡得跟死猪一样。

没多久，厂子果真有了动作。六七个工人暂时回家等消息，鼠却很幸运地留了下来。而我，领导找我谈话了，你啊，业务还，还算行吧，可看着就是没什么激情。我们琢磨好半天，想着你年轻，决定抽你到售后中心，再锻炼锻炼……我一听，头都大了。这部门就是跑客户现场，一个月有大半时间都出差，天南海北都得去，处理管材质量投诉啦，提供技术支持啦……这非常麻烦，既要让客户满意，又要最大限度地维护厂子利益。领导问,愿干不?我却想都没想,不停地捣头,也记不清说了多少遍谢谢。

当天下午,我就接到任务,明天跟中心主任去雅安,说是一个工地上的大水管接头破裂了几个。我给鱼打了个电话,问,你小子还去应聘吗?鱼说,搞不赢哩。上月联系过的一个小水厂,忽然要用我们的净水剂了,现在正赶过去谈合同。呵呵,要成了,底薪加提成,够带劲。我刚要挂电话,他又说,鼠跟我说了你的事。加油啊!

下了班,鼠忽然搭我的车。我以为他要大谢菩萨,也要大势安慰我,可一路沉默。偶尔有违规超车的,他隔着车窗骂两句。分手时,他说,回来我请客。我嗯一声。他说,男子汉,拿出点儿熊样来,行不?然后抛给我一包娇子,说,难受就抽烟,酒可千万别喝。

我跟主任是坐大巴车到的雅安。管件破损,是施工不当造成的,但厂子决定免费送新货过来,让我们指导安装。这耗了我们三天两夜,晚上住廉价旅馆。空调是摆设,厕所在巷子尽头。主任打鼾厉害,我在"雷声"中恍恍惚惚过了两夜。主任问,这苦,吃得消不?我又咬咬牙,切,小意思。忙完一切,回到厂子,所有人都下班了。我的捷达车铺满了灰,像动物空壳,孤零零地蛰伏在车场,看着萧瑟极了。主任摆正脸色说,以后老这样占着车位,影响不好的。

我像被什么抽了一鞭。

第二天,我赶公交车了。下了车,远远地,看见鼠和鱼正往园区里跑。我马上去追,脚却有些沉。再看看他俩,踩在弹簧上似的,步子轻盈有节奏。我猛提一口气,加快奔跑,撵了上去。

阳光穿过银杏树,落在我们身上,一闪一闪的。

燃
灯
梦

一

　　那年春天，简珍带着豆豆，嫁到了阿旺家。阿旺就在他家的石头巷口卖凉粉。没多久，旺母让他俩到八角井街做生意。她说，我以前就有这想法，只是阿旺腿脚不方便，拉货架太麻烦了。又盯一眼豆豆说，如今赚钱要紧啊。简珍忙说，妈，您放心，这事儿难不到我呢。简珍明白，要不是阿旺脚瘸，离婚五六年了还单身，旺家也不会接纳她母子俩。今儿她不卖力，日子就会过得磕磕绊绊。

　　这一来，简珍每天蹬着三轮车去摆摊儿。阿旺抱上豆豆，坐在车厢里，不断提醒她，珍妹子，小心哟；珍妹子，慢点……遇到坡儿了，他赶忙下来帮着推，可简珍还是累得胸脯一起一伏的，像鼓动的风帆。阿旺马上掏出手巾，给她擦汗。有时候，简珍噘噘嘴，把他手掀开，阿旺就说，珍妹子，现在苦点儿，往后日子会越来越好哩。

　　简珍心头一美，脚上又有了劲儿。

　　这八角井街呢，热是热闹，可卖凉粉的三四家，都相互眼绿绿地盯着，生意比以前也好不了多少。倒是豆豆很闹腾，一会儿要拉便便了，一会儿要吃奶了，忙得两人团团转。快中午的时候，简珍还得回家提饭菜。一到夏天，热得她浑身冒汗，裙子贴在肉上，惹得一路目光追逐。阿旺就不停地给她摇蒲扇，搞得自己也满头大汗。

回了家，比白天还忙。简珍亲自动手制凉粉，才知道工序麻烦着呢。头天泡豆，第二天磨浆，第三天才加工。花椒末、辣子粉、豆豉酱一类的佐料，也各有各的加工法子。晚上，阿旺给她捶背说，珍妹子，咱家的秘方可都传你了。简珍拧他一下说，当我是外人呀。阿旺说，不是，我先前那女人，就没教哩。简珍撇嘴道，哼，你心里还想着以前呀。说完，却扑哧一声笑了。

转眼秋天，豆豆该上幼儿园了。简珍选中"阳光宝贝"，离摊儿不远，接送也方便。阿旺却嫌学费贵了些，让读"向日葵"。简珍不高兴了，说，贵的那点儿钱，每天多卖一碗凉粉就够了呀。她这就每天可了劲地吆喝，来哟，黄凉粉，又香又辣的黄凉粉。有时真能招徕到客人呢。阿旺只好顺了她的意，可旺母却坚决不答应。简珍生了整晚闷气，翌日出门也不唤他。过了好一会儿，阿旺一颠一跛地追上来说，珍妹子，那坡儿你蹬不上去的。简珍心头一暖，这又扶阿旺坐车里，然后乐颠颠地上路了。阿旺又说，等日子好了，不会亏待豆豆的。

好日子说来真来了。第二年，甑子场大改造，成了客家旅游名镇。对于他俩来说，最实惠的是凉粉摊生意红火了。两三年的时间里，凉粉的价格涨了四五倍。那会儿，豆豆念小学了，简珍隔三岔五给他一点儿零花钱，阿旺也给他挑新衣裳。吃过晚饭，一家子人坐在巷里的黄槐树下歇凉，笑得跟蜜糖一样甜。每年正月初一，一家子人都会去三峨山的燃灯寺烧香拜佛，点一盏心愿灯，保佑日子平平顺顺。阿旺还自信地说，珍妹子，放心，跟着我，好日子少不了嘞。

这话没说多久，阿旺忽然感冒咳嗽，还视力模糊。简珍赶忙陪他去看病，没想到挨了个晴天霹雳：竟然是尿毒症，还晚期。现在阿旺要么做透析，要么换肾。可医院最缺的就是肾源，这只能排队等，而且得预交十万块。有了肾源，还必须配型成功。阿旺要是不想等，可以找亲属捐肾。医生又说，换了肾并不保证身子就万事大吉；捐了肾的人，健康方面也有很多不确定因素……

简珍听着，泪水纷纷扬扬地落，跟刹车失灵一样。

二

旺母第一个去配型检测，这得到市里的三甲医院做。一周后拿到结果，却没成功。那段时间，阿旺开始做透析，简珍就陪着他。弯弯扭扭的软管，一头插在阿旺手臂上，一头连着透析机，血液在管道里流动，像滚烫的火焰，滋滋滋地灼着简珍的心。她眼里一下汪出泪来，赶忙躲廊道角哭去了。没多久，阿旺的大舅又去配型，还是没成功。大家沉默了。旺母忽然说，上次听医生讲，配偶的肾比亲属的还好，叫什么情感肾，移植后少免疫排斥……简珍脸不争气地涨红起来，下意识把豆豆抱更紧了。旺母又把这话说给街坊邻居听。这一来，简珍一出门，老感觉背后有目光在盯她，吓得头也不敢抬。

那天晚上，阿旺软在沙发里，像瘪下去的牙膏皮。简珍给他按摩，轻轻搓着他脚问，做透析能适应不？阿旺没吭声。简珍又问，要不去找老中医开点方子？阿旺忽地用脚一掀盆儿，水洒一地，还溅她脸上了。旺母听到响动，走出来看。她站了一会儿，脸板成一坨冷石灰，什么也没说又回屋歇息了。阿旺这才清醒过来似的说，珍妹子，对不起，对不起……简珍听得心里乱箭飞，赶忙扶他去歇息。

忙活儿完，简珍依然纠结着，就去屋子外转悠。夏天的夜闷沉沉的，没有一丝风，倒是槐树的花儿在月光下开得正热闹，一簇簇的，仿佛大大小小的梦境，浮在空气里。巷口坐着几个歇凉的街坊邻居，非要拉她聊天，而且话题很快扯到阿旺身上。简珍说，我是想着豆豆太小了，万一我身子有个啥儿，谁来看顾他呀？有人讨好地说，珍妹子，捐是情分，不捐是本心。再说，没血缘关系的，配上型的概率也就千分之一。去了，表明个态度嘛。

简珍心儿猛颤了一下。

第二天，简珍真给家里人表态了。旺母马上烧鸡煮鱼，欢喜得跟过年似的，还不停地给她夹菜递水，又对着墙上的菩萨画，拱手念叨了老半天。简珍心里像西红柿，又酸又甜的。

从医院回来，简珍有事没事就喜欢抱着豆豆，还抱得紧紧的。晚上呢，老睡不踏实，一睁开眼，就叫豆豆的名字。第二周，两人去取结果。阿旺扣着简珍的手，一路沉默。简珍的手指在他掌心里不安地摩挲着，都沁出汗来了。快到医院的时候，她脸一下又红了，还红到了耳根子，脚也陷泥淖里似的，有些迈不动了。阿旺缓缓松开她手说，珍妹子，那，那我们回去算了，你想来的时候再来吧。简珍恓惶地笑了一下，摇摇头又点点头。阿旺转身往回走，简珍犹疑地跟了上去。

到了家，阿旺沉默得像块石头。午后的阳光躁动不安，打在窗台的绿萝上，火星子一样跳闪。简珍身子却浸着冷，目光透出慌乱。旺母问，是个啥情况啊？堂屋一下沉寂了。过了好一会儿，阿旺忽然挑高声音说，医生也讲了，透析有透析的好处。你老想换肾、换肾，烦死了！然后进了卧室。旺母去劝慰，门却砰地关了。简珍忙说，妈，您放心，我会好好照顾阿旺的。

三

阿旺每周做两次透析，花销七八百不说，也不敢像以前那样操劳了。他白天跟简珍卖凉粉，回家就安安心心地养神。简珍经常配一些中药丸子，给他敷肚脐，买麻黄、桂枝、红花一类的药材，熬成水给他洗澡。阿旺调理得还不错，这日子慢慢恢复了"平静"。

可冬天的时候，阿旺不小心感冒了。他元气大伤，一下蔫成霜茄子，快春天了还没恢复过来，这再也不敢去守摊儿了。简珍就每晚给他"报喜"，今儿卖了多少碗凉粉，赚了多少钱。说来真不少哩，存折上的数字都累到了十几万呢。阿旺抿了抿嘴唇，像有话要说，却又忍住了。简珍望着窗外说，你瞧，槐树都发芽了。好兆头呀，就跟这日子一样，一天比一天好。阿旺抽了抽嘴角，似笑又似嘲讽。简珍又说，阿旺，要不去医院排个队吧，没准哪天就有肾源了呢。阿旺沉吟片刻，随你便！简珍打个寒噤，心里的泪儿，暗暗涌到眼里来了。

过了几日，简珍还是去了趟市医院，交了十万块，替阿旺登了号。路过化验区，好些人坐在排椅前等结果。她站了一会儿，疾步离开了。那以后，简珍中了魔似的没日没夜干活儿。从八角井街收工回来，又在巷口接着卖凉粉。她切葱捣蒜剁辣子，累得手腕又酸又胀，有时连都刀拿不住。实在难受了，就用热毛巾敷敷手腕，然后接着干。睡觉前，她总会对着墙上的菩萨画，拱手念道，保佑呀，保佑呀。

甑子场的人气越来越旺，简珍的黄凉粉也被评为"客家美食"，生意更火爆了，简珍却越来越俭省。豆豆要买新衣新鞋儿，不到迫不得已，她都不答应；老师组织春游，让交活动费，她说省了；学校让孩子扶贫捐款，她咬咬牙说，捐别人，谁来捐我们呢？阿旺实在看不过去，就让她取存款用。简珍坚决不同意，说万一哪天有肾源了，就攒的那些钱，还差好长一截呀。旺母呢，脸长久地枯萎着，跟丢了喜怒哀乐似的。简珍伺候她洗澡睡觉，她只是木讷讷地配合，稍不中意还会发脾气。她对豆豆也显出刻意的冷淡，说话显得特别不耐烦。简珍非但不敢计较，还得老妈长老妈短地唤个不停。

那天，豆豆回家，说班上要组织单车比赛，让简珍给他买辆车。简珍哪肯答应，好说歹劝，豆豆都不依。他还哭道，别人都说你只顾爸爸，不顾我。简珍急了，操着扫帚要揍他屁股。阿旺忙走过来劝，豆豆掀开他说，就怪你，就怪你……旺母插了句，要不是你爸爸，你跟你妈还在山里干苦力活儿呢。豆豆嚷道，再苦没现在苦！

简珍跌沙发上，心都碎了。

四

槐树花开花落，一季季的，总绽放着细碎的热闹。生活却始终静如死潭。一晃五年过去了，简珍忽然收到了医院打来的电话。对方说，现在有一个肾源，跟阿旺的能配上，但匹配值不高，要换也行。这就是说，排斥反应是预期的，后续的用药费会极高，每个月可能上万元，请阿旺考虑后回复。

接完电话，简珍呆呆地坐在沙发上。夕阳的余晖从瓦屋顶投进来，像一根根飘带，无力地在空中浮动着，抖颤着。阿旺跑出来问啥事儿，她忙说，是，是山里的亲戚打来的，拉拉家常呢。等天彻底暗了下来，她这才掏出手机，拨了过去……

那以后，简珍的心绪常常无端端地恶劣着，她也不敢对着菩萨画念保佑了，更不敢去燃灯寺点灯许愿了。实在憋得难受，她就掐自己的腿，用牙咬自己的舌尖。尖锐的刺痛，钻进身子里，反而会产生一种古怪的轻松感。只是她一点点消瘦下来，跟扎紧的麦穗一样，又干又涩。阿旺呢，透析的次数越来越频繁，有时还会胸闷发干呕。他开始抵触治疗，每次都得简珍拉着他去。有一天，豆豆放学后，悄悄问简珍，妈，爸爸是快不行吗？简珍眉头一竖，你再乱说，非揍你不可！豆豆噘嘴道，爸爸真要长命百岁，那我是不是永远都穿不上新衣裳呀？简珍涌了涌火气，去拧他耳朵，可手刚贴他脸上，又缩回来，一下抱住他说，豆豆，今儿妈就带你去挑一件新衣裳。豆豆朝她吐下舌头，捂住屁股说，你骗我！简珍却拉着他就走。

从服装店出来，简珍又问豆豆，想吃点儿香东西吗？豆豆猛点头，点得脖子都咔嚓一声脆响。他说，我想，想吃麻辣冒菜，光吃素菜，不点荤的，行不？到了餐馆，简珍点了好些牛肉串，火腿肠。豆豆吃了一碗，连辣子汤也喝了。简珍心儿一酸问，还想吃吗？豆豆点头又摇头，怯怯地说，不吃了。简珍说，妈再给你点一份。豆豆大快朵颐后说，妈，我算了个账，我们每个月吃一次，一年就五百块，十年才五千，这只相当于爸爸一个多月的透析钱呢。简珍眼一下润了，她哽咽道，妈再给你买辆单车，这次就彻彻底底满足你一次。豆豆手舞足蹈，妈，以后我赚钱了，就请你吃麻辣火锅，还给你买小轿车哩。

简珍听得眼睛都亮了，像星星的光芒。一阵风吹过来，她幸福地眯上眼，眼角有泪水涌出来。

两人回到家，旺母盯了豆豆一会儿，问，学校又要组织车赛了？

简珍说，不呢，可他好多同学都骑单车上学呀。旺母冷冰冰地哼一声。豆豆忽然捧着肚子说，糟了，吃冒菜辣着了，肚子好痛。然后往厕所跑。旺母挑高声音问，家里不是有饭菜吗？简珍脱口道，妈，豆豆也是阿旺的儿子呀。旺母瘪了瘪嘴，不吭声了。

晚上，阿旺靠在床头发愣。一灯如豆，依然照出他苍白的脸色。简珍心里锥着痛，轻轻抚他的脸，还探到他眼角零碎的潮湿。阿旺从衣兜里掏出点小票儿说，给豆豆当零花钱吧。简珍接过来说，日子过得好快呀，再过几年他都大小伙儿了，到时让他也给你按摩捶背，陪你去医院看病。阿旺说，我怕是等不到那天吧。简珍说，你傻呀，没准哪天医院就，就有合适的肾源了。阿旺苦笑道，这可是比千分之一的可能还小，小很多很多啊。简珍一下把头埋得低低的。阿旺又说，珍妹子，还记得上次去医院配型吗，这都过去五六年了，我，我怕是没那个福分。简珍的心剧烈地跳起来，一记记的，像拳头，打着她心壁。她说，阿旺，我会一直陪着你的。阿旺却蜷进被窝，拉起被角，遮住自己的头。

等阿旺睡熟了，简珍打开他的药箱子。里面塞满病单，像一堆凌乱的枯叶儿。倒是箱底，平平整整地放着一份病历，是市医院的。简珍翻开病历，瞧见了当年去配型的取单凭据。它在暗灯下泛着光，看得她心儿钝钝地痛，眼也模糊起来。那光影开始闪烁，变成无数个亮点，不，是无数个"千分之一"，在她脑子里跳动，跳得有些恶劣的顽皮。忽地，它们聚成一股洪流，在她身子中来回涌动，又密密匝匝地朝外喷薄汹涌。简珍对着墙上的菩萨画默然良久，心一横地想，我就不信，老天爷连这千分之一的机会也不放过我，不放过豆豆！

天一亮，简珍就去了市医院。医生说，检测报告一直没人取，早销毁了，不过数据保存在电脑里。简珍赶忙递上阿旺的肾指标数据，医生对比后说，双方的指标是匹配的。不过如今换肾，需要重新做检测。又说，一般说来，只要身子没有大的变化，依然能匹配上。

简珍走出医院，心里一片灰霾。天空却特别明朗，阳光刺得她细眯上了眼。她这又回味着豆豆的话，妈，以后我赚钱了，就请你吃麻辣火锅，还给你买辆小轿车哩。

那是幸福的芽，我一直等着它开花呀。

简珍回到家，阿旺正坐在堂屋的桌前，罩在一堆苍白的阳光下。他头蓬着，像一株杂草，脸却比往日多了几分精神，甚至眼里还弥散出淡淡的兴奋。简珍这才注意到，桌上有份病历，正是市医院的。阿旺问，珍妹子，你去取检测结果了？简珍沉默片刻，点了点头。阿旺马上斜探出身子，腿叉得开开的，像紧张的树丫子。简珍咬咬牙说，阿旺，知道你一直在盼，一直在等。我去拿结果，其实是，是想让你断了那个念头，安安心心做治疗。阿旺一下脸泛青色，身子微微抖瑟起来。简珍去开窗户。槐树抽出好多新枝，在阳光下绿得好醒目好温暖。简珍又说，阿旺，我会照顾你，会一直陪着你的，因为我是你老婆，我是爱这个家的。可我也是豆豆的妈妈，我也要看顾豆豆，也得一直陪着豆豆呀……阿旺重重叹了一声，仿佛树丫子忽地断了，露出白生生的茬儿来。

有微风拂进来，在屋子里漾起一阵阵波澜。

五

阿旺做透析，并发症越来越严重。腿抽筋，腹部痉挛，痛得汗珠子直冒。治疗经常中断，进行急救措施。他脾气变暴躁了，一旦钥匙手机什么的找不到，就掀抽屉踢凳子，胡乱骂人。他也整天把窗户关得密丝严缝，灯也不拉，屋子阴暗得像地窖。

那天，旺母央求简珍道，珍妹子，你是他老婆，现在只有你能帮他，你就顺了他的意吧。简珍低头不语。旺母又说，下辈子我给你做牛做马，这总行了吧？简珍说，妈，这是在逼我呀。旺母忽地抽噎起来，像岩缝的滴水声，苍老混浊。半晌，她从牙缝里蹦了句，当初就不该收留你们。这话像一股冷气，浇得简珍透心凉。

阿旺彻底抗拒治疗了。简珍怎么劝都没用，只好找医生求助。医生说，如今只能做好心理疏导，这决定他剩下日子的生活质量。简珍心咚一声问，剩，剩下多久呀？医生说，他如今病情很不妙，不过从他之前的治疗来看，他求生欲很强烈。如果保持良好的心态，再活两年也是有可能的。

第二天，简珍对阿旺说，再熬两年吧，我们多攒一点儿钱，那会儿豆豆也初中毕业了，到时我去换肾，行不？阿旺紧抿着嘴唇，苍白的脸色慢慢有了血色，仿佛冰层里蹿出了微弱的火苗。旺母也走到菩萨画前，拱起双手念叨起来。简珍却在心里说，老天爷，请原谅我！

阿旺按时去治疗了，回来后大把大把吃药。他吃得很认真，甚至吃得很满足的样子。他没事儿就坐在窗户前，看外面的世界。阳光跳下瓦檐，淌了一地，温暖而透明。槐树呢，一年到头总是努力坚持着它的绿，释放出一团团橙黄的温馨。这一切，看得他的眼睛碎碎地闪光，冷冷的又灼灼的。

街坊邻居再次"盯"上了简珍，那眼神几乎跟阿旺的一样，冷冷的又灼灼的。仿佛所有人都在等，等这既短暂又漫长的两年。日子仿佛成了一罐药剂，放在文火上慢慢熬着，还熬出一点儿热烈的期盼来。

只有简珍的心里眼里，全是雪花儿。

转眼一年，雪花儿里见到一丝阳光。豆豆拿到了学校单车赛第三名。简珍又带他去吃冒菜。豆豆说，我还要参加县里的比赛呢。简珍欢喜地说，好呀，你再获了奖，还奖励你吃冒菜呢。

可是这奖励永远不能兑现了。周末，豆豆跟同学去三峨山骑游，别人的是自行跑车，他就一辆普通单车，却学着样从坡道俯冲。轮子一打滑，豆豆连人带车摔下去，刚好碰到一块带钢筋的水泥块，扎中后脑勺丧了命。简珍几乎疯了，她扯下墙上的菩萨画，撕掉，撕得粉碎，又冲天空呸了几下。声音扑出一串血腥，扑得天空也颤动了，云也乱了。那段时间，阿旺母子俩像用人似的，给她倒洗脸洗脚水，陪她聊天。特别是旺母，成天跟着她，嘘寒问暖，生怕她有个三长两短。

简珍慢慢平静下来。继续摆凉粉摊，料理家务，伺候一老一少。不久，她去市医院里取回了十万块押金，还买来一张菩萨画，贴在墙上。画里的神仙却是哪吒。她又开始去燃灯寺烧香叩头了。这头一直叩到约定的限期，阿旺不仅活着，还活得好好的。他的并发症也缓解了不少。医生开导说，人的意志很重要，心态能改变一切。当初他即使换了肾，也不敢保证能活到今天。

家里呢，一下有了生机。旺母下厨了，她苍老的身子不知哪来的活力，把锅碗瓢盆弄得玲珑脆响。阿旺窝在屋子里的时间也少了，有时还到凉粉摊前坐坐。只有简珍沉默着，凛凛的，像块冰。那天，旺母说，珍妹子，阿旺换了肾，就跟正常人一样了。到时，他一样能跟你生个儿子呢。简珍笑了，笑得很破碎，露出凄凉的底子。

她忽然问，妈，我这个老婆只是用来捐肾的吗？

旺母手中的碗咣地滑在桌上，饭粒儿震得惊慌乱跳。阿旺呆呆地看着她，眼神茫然起来，甚至透出一丝惊恐。简珍轻声说了句，懦夫。像是对自己说，又像是对他说。阿旺的脸顿时煞白，比月光还要白。

　　天黑了，巷子特别热闹。旺母拉着街坊邻居滔滔不绝地说着话，声音沙沙的，却歇斯底里。屋子里，阿旺依然靠在窗边，眼睛在帘布缝儿里不安地转动。简珍坐在沙发上，持之以恒地沉默，一种冷的力量对抗着外面的热烈。

　　天亮了，像说破的谎。简珍把这些年攒的钱，理出清单，连同折子压在了床柜上，然后出门了。她每一步都走得备受瞩目，一路都有目光朝她聚来，一路都有窃窃私语。她深吸一口气，旁若无人地穿过青石板街，登上三峨山，来到燃灯寺前。她俯视山脚的甑子场，隐隐看到了石头巷。巷里的槐树，似乎抽出好多绿芽。清晨的阳光映在她脸上，投进她心儿里，光芒整个把她照亮了。

　　后来，有人说简珍那天进了燃灯寺，就没有再出来。可年复一年，到寺里烧香拜佛的信徒，却都没见到过她。

圣光

一

我常跟阿妈去三峨山晨走。山腰有福音堂,礼塔如针尖,直刺苍穹。堂内陈旧,墙有裂痕,地板像碎蛋壳似的布满灰斑。不过四周的橙树,花绽枝头,洒下浓荫,飘满芳香。我们走累了,就站在树下,静静听教徒唱圣歌。歌声轻柔,宛如祥云,能驱散阿妈脸上的阴霾。她也喜欢听晨祷,那声音仿佛从大海深处浮上来,灵异而神秘。阿妈会禁不住合拢双掌,紧贴额头,对着远山低诉,泪水在脸上散开,像一道道无声的符号。

牧师每天都站在布道台前,领诵圣经:爱是恒久忍耐,又有恩慈……凡事包容,凡事相信,凡事盼望……阿妈就跟着念,语调和牧师的丝毫不差。

阿妈叫雪珍。她清瘦,深眼窝,眉心有深纵纹,看上去比实际年龄大一些,但说话清脆:阿亮,起床了!阿亮,去睡觉!阿亮,快做作业!吐出的字像玻璃珠碰撞,嘣响嘣响的。只是我从没见过阿爸,就连户口簿上,也没他的名字。阿妈却从不解释,只说阿爸叫于心昭,我跟他是一个模子刻出来的,皮肤都很黑,胆子忒大,像野性的马。我问,阿爸干吗不回家呢?她说,在外面辛苦赚钱呗。

我不相信，因为真要这样，阿妈就不会没日没夜地做鞋垫了。阿妈手巧，能剪纸花，能画鸟画花画人。特别是做鞋垫的手艺，在甑子场很出名。阿妈糊好布骨，也不要模板，操着大剪子，手腕流畅地弯几个弧度，就裁出鞋垫样了。纳线时，针在手里，像蜻蜓，在发丛中不停地飞起落下。有时阿妈指头刺出血珠儿了，她甩甩手腕，吮吸一下，接着又干。实在累了，就用针钳子夹住针尖拉线，也不歇息。即使除夕，阿妈依然坐在床头，埋头做活儿。昏黄的灯在她眼中映出斑斓的光，沉静温煦，又有淡淡忧伤。

要是阿爸回来了，阿妈一定不用这么辛苦了。我常常这样想。

二

转眼我十一岁了。深秋的一天，阿妈去朋友家打丧火，早早出了门，说是很晚才回来。我放学回家，见门锁边被人画了一弯月亮，下面是个空心十字，俨然童话符号。

晚上，月亮出来了，冷峭苍白，透出谜一般的余韵。我索性带上电筒，往山腰去。有风袭过，树林发出细密的振翅声。空气凉瓦瓦的，在我身边荡来荡去。没多久，我看见夜色下的教堂了。月光直刺刺泻下，映得屋顶的十字架闪闪亮亮。教堂也镀上一层银辉，仿佛被遗弃的城堡。正看着，忽地一柱光射来，打在我脸上，吓得我拔腿欲跑。这时，有一个男子从草丛中钻出来，举着电筒，一瘸一拐地朝我走来，挡住了出口。暗色中，我依然能感到他火辣辣地盯我。走近后，我看清他模样了。瘦瘦的，头发像灌木丛，下颌留一小撮须，仿佛是沟里爬出的小米虾。

我身子发起颤来，半张着嘴想嚷救命，瘸子连忙摆摆手，低声说，不要怕，我迷路了。可我还是想跑，他马上递我一块面包，问饿不？我背过手，猛摇头。他就自个儿吃起来。我说，让我，我要回去了。瘸子说，等等。然后他拾了块小石子，在地上画出了我家门上的那个符号，问见过？我打个战栗，点了点头。瘸子拨开电筒，在我脸上晃了几下，开始问我在哪儿读书，妈妈平时做些啥，家里还有什么人……他声音沙沙的，目光也松松垮垮。我老老实实作答，还说，阿妈一年能做上千双鞋垫，不过还得批发布鞋搭着卖，才能应付开销。她颈子有毛病，有时疼得饭都不想吃……他听着，开始频繁换站姿，一会儿把脚左右叉开，一会儿又前后放着。不过他左腿瘸的，重心只能在右腿上。

我没那么紧张了，问他是干吗的。他说，修铁路的。我又问，在哪修？他说，准备去……坦桑尼亚。说完，他猛咳两声，可能是被面包噎住了。过了一会儿，他抬头望着十字架，十字架立在那里，像一个孤独的老人。他问我，你阿妈还念经吗？念的什么？我不知道该不该告诉他阿妈天天在念什么，就说，阿妈念的都是爱来爱去，还有爱很长很长……他点点头，揉了揉鼻子，转身往山里走了。我似乎明白了他是谁，点亮电筒照过去，你是？他转过头看着我，说，好好读书。

我到家后，阿妈已经回来了。听完我的"奇遇"，她拧着我耳朵说，干吗不让你阿爸到家里来？！我嚷道，他说要去修铁路，很急的样子！阿妈一下啜泣起来，我很识相地闭了嘴。她马上出门，借了辆单车回来，又从箱里拿出几双鞋垫，一小卷钱，然后拉我去洪安乡火车站。她说，你阿爸真要急，只能从那赶车走。

火车站离甑子场只有几公里。我们快到时，远远地看见铁路上有煞白的光划过,像子弹,将黑夜打得粉碎。轰隆隆的声音如巨雷,在空中不停打旋。阿妈说,糟了糟了,火车走了!她飞快地跑进候车厅,寥寥几个乘客,都在打瞌睡。她找到穿制服的男子,问有没有看到跛脚的人。对方摇头。她又问坦桑尼亚是不是要修铁路,对方挑她一眼说,那是上世纪的事儿,离现在二十多年啦。阿妈立刻转身出门,又忽地拍下自己脑袋,对了对了,你阿爸抄山路来,还没到呢。

阿妈拉着我往山路去。天太黑,根本看不清,走了一两里,我们就靠在一块大石头边等。也不知道过了多久,我迷糊中听到阿爸的声音,说是昨天下午,在什么地方闹出了人命……这话彻底把我激醒了。阿妈说,要不去自首?阿爸把脚移到山边说,那不如让我跳下去,省了受累!阿妈扯住他衣角说,别急啊,一块想办法啊。我哭道,阿爸,回家吧!他沉默半响,蹲下来,摸摸我脸蛋说,这样吧,你和阿妈把教堂的十字架取下来,我就回来,好吗?我问,真的?阿爸狠狠点两下头。阿妈掏出那卷钱,连同鞋垫递过去。阿爸接过来,真走了。

回去的路上,阿妈说,今天发生的事儿,你不能对任何人讲!

三

阿妈变得很神经质了。只要听到巷子里有脚步声,她会屏住呼吸,手摁在心窝上,直到声音消失。看见警察模样的人,她马上迈上街沿,紧贴着屋檐走。她还老对我念叨,记住,不要对任何人提起阿爸。我听烦了,就撇嘴道,才不说呢。阿爸那样子,根本没你说的那么帅!阿妈气得腮帮直哆嗦,这才讲了她和阿爸的往事。

原来阿爸以前就住我家隔壁,跟阿妈同班同学。阿爸是后进生,可跑步厉害,打算毕业后考体校。

阿妈说,你阿爸爱穿白校服,跑起路来,风鼓起衣裳,那样子仿佛白龙马呢,眨眼就飞到你面前了。你阿爸想见我了,就在咱家门口画十字架。我就提个篓,假装上山扯兔草,偷偷去教堂边找他。

阿妈讲到这儿,目光灼灼的,沉浸在难得一见的愉悦中。可慢慢地,她眼里挤撞出灰暗,声音也涩了。阿妈说有天晚上,她睡觉前忘了封炉灶,估计是猫咪跳进去,把火星甩到草堆上,惹出火灾了。她醒来的时候,满屋都漫着浓烟,火舌也封住了大门。她只好往阁楼逃,从天窗钻到屋顶叫救命。阿爸听到后,马上跑过来救她。可她胆小,在瓦檐顶逗留了好久,这才往下跳,砸到阿爸怀里。刚站稳,她一下被阿爸推开。身后砰一声巨响。回头,前屋已经坍塌,把阿爸的腿压住了。后来才知道,是大火蹿到了阿爸那边,引爆了他家的汽油桶。阿爸的父亲当场就没了命,阿爸的左腿也被压瘸了。按别人的说法,阿昭一家子,全毁在阿妈这灾星手里了。

那时教堂刚建没两年,好些一知半解的老年人就说,阿妈得背着十字架,绕甑子场走一圈,才能消除罪孽。阿妈当真去教堂,乞要十字架,牧师当然不会答应!阿爸呢,没法考体校了,念完初中就玩社会,对阿妈的感情也复杂了。他心情一不好,就找阿妈出气。醉了酒,又整夜待在阿妈家,让她伺候。阿妈逆来顺受,盼他振作起来,还说一辈子也不离开他。可阿爸也不提结婚的事儿,后来又说要干大事业,跟着一些不三不四的人离开了甑子场。他刚走不久,阿妈却发现怀上了我,只是阿爸再没回来过。

你阿爸现在闯了大祸,我们哪能丢下他不管啊?!阿妈眼睛雾蒙蒙地说。

可一个月、两个月、三个月过去了，没有阿爸的任何消息，也没听到任何风吹草动。阿妈忽然拉我进县城，说是去批发鞋货。

下了公交车，阿妈一路找黄凉粉店。到了那地方，她也不进去，却往旁边的窄巷拐。巷道清冷，瓦墙上有陈年雨水的斑痕，屋檐下长满杂草。巷尾坐着个老太婆。稀乱的白发，瘦脸，眼神有些敌意，让人想到世界尽头的守门人。老太婆觑眼看着我们，问找谁？她声音尖细，但吐词硬，像高压枪射出的水。阿妈说，找，找黄凉粉……老太婆举起拐杖，往外一指说，明明在外面，咋往这儿走？！又捏着右腿哎哟一声。阿妈忙搀她，老人家咋的了？老太婆说，去年遇到长毛贼喽，把我腿搞成这样子。阿妈目光抽搐了一下。老太婆说，逮住他，我要刮他皮，剁他手。阿妈也不接话，拉我去了凉粉店。

凉粉刚上桌，老太婆又来了。老板唤她声胡婆，然后端了张小木椅给她。胡婆射阿妈一眼说，那长毛贼是跛子，身形跟你倒有点像。阿妈的脸马上涨得通红。胡婆又说，那跛子肯定踩过点，晓得我隔壁家白天没人，下午蹿到他屋里偷东西，被我碰见了。他转身就溜，一下把我撞倒在墙角。我当场就昏过去，差点见阎王哦……她说话很密很激动，还不停跺拐杖。

胡婆说累了，这才坐下来，愣愣地看大街。老板就低声讲胡婆的情况。说她早年是做烟生意的，没生育，就抱养了一个儿子。养子成人后却跑了。胡婆心善，遇到讨饭的，多少会打赏点零票儿。但那晚受了惊吓，看谁都瞪着个眼。见了警察，就问逮住那长毛贼没有。阿妈问，那逮住了吗？老板说，我也盼着呢。阿妈哦一声，舒了口气。老板又说，胡婆现在走路不方便，上街少了，经常吃冷牛奶和面包填肚子。一到重阳、中秋、春节什么的，胡婆就袖着手坐在门口，等民政局的人来看望她。

阿妈听着，抽出餐巾纸拭了拭眼角，说，这凉粉真辣！

四

翌年，我考上了县城中学。开学前，阿妈接到一个电话。完了，她嘴角颤着，眼睛结出一层冰花。我问，咋了？她眼里的那层壳一下碎了，哗哗哗地往脸上打。她说，阿爸惦着我们的！惦我们的！我问，阿爸要回来了吧？阿妈打开箱子，一边翻一边抽泣道，他说活儿难找，让打点钱过去。

那时，我多少懂得点法律常识，就脱口道，寄钱，包庇罪吧？阿妈燎我一眼说，我不包庇他，那谁包庇他！又哎哟一声，我忘了给阿爸说，胡婆婆还活着，活得好好的……她马上给阿爸报了"喜讯"。阿爸却说，老太婆残了，我一样会判很重的……阿妈蔫在椅子上，脸扭得像揉过的纸。晚上，她开始做祷告：爱能遮掩一切过错，爱能遮掩一切过错……她一直念一直念，声音像坠进深渊一样低沉。睡觉前，阿妈又说，你开学的时候，我们顺道去看看胡婆。

那天，胡婆家的门却关着的。木窗台上有落叶，一只蜘蛛正在窗角上织网。阿妈敲了一会儿门，没反应。她就用力推，门框晃得吱吱响，还是不见动静。我问，胡婆生病了吧？她愣了一下，手慢慢往回缩，又回头看看巷子，唯有一只花母鸡，在屋檐下的阴影里蹲着。

阳光穿过巷外的槐树叶，明明灭灭地落在阿妈脸上。阿妈脸一侧说，时间不早了，不早了，去报名。快到学校时，阿妈像是问我，又像问自己，胡婆真要老了，那案子怕是搁一边了吧？说完，她擦了擦额头，好像很热的样子，眼里又蒙了层水光。

好长时间，我一想到胡婆，心里就直冒凉气。我一提到胡婆，阿妈就把话岔开，好像只要说她，她就会从哪里跳出来。倒是阿妈和阿爸联系多了。阿爸一直没找到稳定的工作，阿妈又打了两次钱过去。阿妈更拼命地做活儿，还批发了廉价鞋垫，按手工价混着卖。她眼窝越来越深，颧骨也突出来了。她早晨祷告，中午祷告，晚上还祷告：爱一个人，那门是窄的，那路是长的……她每次都要念老半天，仿佛陷入了很深的梦魇，醒不过来似的。

第二年开学，我忍不住去了胡婆那儿，想看个究竟。她还是坐在巷尾，似乎坐了很久，微微打起瞌睡了。见了我，她精神一下来了，哎哟哟，我的乖孙孙，听说你学习很紧哦。我吃惊地问，谁说的啊？胡婆说，你阿妈说的嘛。她好人，好人哦。去年我肾病犯了，迷糊了两三天喃。她送你报完名，还专程来看我，不然我真见阎王喽。

她拉着我进了屋。客堂简陋，八仙桌，两张藤椅，垃圾桶和盥洗架，凌乱地摆着。她说，我腿利索的时候，到处都打理得清清爽爽哦。然后问我上学的事儿，问阿妈怎么也不来了。问到阿爸时，我赶忙说，胡婆婆，我走了，不然要迟到了。胡婆取出一个牵引器说，你阿妈有颈椎病，用这个试试，效果很不错的。我接过来，她又掏出一张五十元的钞票，塞给我。我推辞，她就凑到我耳边说，拿着，我的乖孙孙。我不领政府补助，钱也够用的。我被"腐蚀"了，就说，胡婆婆，我有空还来看您。

胡婆每周五下午都坐在巷口，买了卤菜等我。吃得我回家也没了胃口。阿妈从我嘴里闻出了秘密，我只好坦白交代。阿妈骂我，你要谁的钱也不能要胡婆的，吃谁的也别去吃胡婆的！我说，那退她就是了。返校的时候，阿妈跟我一块进县城，说真要退钱，怕她生气，就买了几袋萨其马和一箱牛奶去看她。

胡婆肾病又犯了。阿妈帮她把药买回来，又接到阿爸电话。完了，阿妈红着眼窝说，阿爸咋得肺炎了！然后来回踱了几步，便要急着回家取钱。胡婆说，好不容易来一趟，多待会儿嘛。要是钱不多，我先垫着。那次，胡婆借了阿妈一千块。阿妈手头紧，就分两次还她。第二次，胡婆不收了，说等我们日子好些了再还。

这一来，阿妈到县城进货，都去帮胡婆拾掇家务，还买栀子花挂在她床头，满屋间都飘着淡香。她也给胡婆擦身子，掏耳朵，剪指甲。阿妈用力轻巧，又有耐性。胡婆每次都笑得像西红柿，连说，雪珍是我的乖女儿，阿亮是我的乖孙孙！还经常向邻里夸我们。只是天气一变化，胡婆腿就疼，走路也困难。她就咒那个长毛贼。阿妈气得脸上旋出青，却什么也不敢说。

五

有一天，县报记者来到我家，说是春节前领导慰问了胡婆，知道了我和阿妈常去看顾她。县报要宣传这事儿，标题叫《最美的心》。阿妈赶忙推辞，可支吾半天，却找不到合适的理由，只好配合了采访。

报道出来后，附上了我和阿妈的照片，还贴在政府的门户网站上。全县的学校大肆宣传，好多同学的QQ和微信都转载了。评论里有人问，阿亮的爸是谁？这问题就像煮开的水，不断冒泡。没多久，网上爆出了阿爸的名字，还有他早年救阿妈的事儿，也描述了他的长相，比如瘦瘦的，小眼睛，左腿瘸的……据说，这些情况是从甑子场的老年人那儿听到的。也有人呼吁，一定要抓到弄残胡婆的贼。警方回应说，这事儿一直在调查。但接到报案，是事发后的第二天了。而且，胡婆对那个人的特征记得不多……

警方又找过胡婆两三次，还拿了几张嫌犯的照片让她辨认，胡婆都摇头说不是。

隔了几天，阿妈给阿爸打电话，问他那边情况怎么样了。阿爸说，在一家机修厂找到活儿了。阿妈说，好想看看你现在啥样了。阿爸说，还那样，不过身体好多了。阿妈说，去剪个平头吧，人要活精神些。阿爸真剪了，还发回照片说，他想春节回来一趟，看看我们……阿妈眼亮了一下，又黯下去说，但我还没拿到十字架呢。有了圣光，上帝才会护佑你。阿爸又说，雪珍，谢谢你，一直护佑我。阿妈也不说话了，只紧紧捂住嘴，不让哭声漏出来。

中秋那天，我们又去了胡婆家。胡婆把门窗敞得开开的，仿佛恨不得让全世界都知道家里来客了。阿妈忙了一会儿，忽然问，对了，胡婆，那个贼，跟你说过话吗？胡婆摇头说，他闷炮……阿妈又问，你不说他是长毛贼吗，那会不会是女的啊？胡婆一愣说，啥子哦，应该不会。阿妈说，可真要男的，胆子大得多啊，不会看见你就开溜。毕竟你这把年纪，对他构不成威胁。胡婆沉吟了一会儿，哎，记不太清喽。阿妈说，这个马虎不得啊，弄明白了，警方才好破案呢。

那段时间，阿妈常给胡婆"讨论"这事儿。时间稍长，胡婆似乎认可了阿妈的判断。阿妈这才从手机里翻开阿爸照片，拿给胡婆看，说阿昭这些年在外面打工，太辛苦了，我想让他回来找活儿做。胡婆看了半天说，他真的好精神，好精神！你们夫妻相，幸福哦！

我悄悄问阿妈，阿爸可以回来了吧？阿妈笑道，胡婆好像蛮喜欢你阿爸……再等等看吧。

不过，阿妈当天就做了些香肠。晚上她梦里都在笑，仿佛幸福破

140

土而出，开出花了。

六

转眼初冬，胡婆在巷子晒太阳，不小心跌了一跤，在家里躺了个把月，身体越来越差，这才住进医院。她像海底的刺参，苍老了很多。医生说，她被送来的时间晚了些。加上受凉，患上坠积性肺炎了，现在只能维持一天算一天。胡婆最后一次睁开眼时，阿妈说，阿昭要回来了，到时一块儿来看你。胡婆在空中停出一个苍凉的手势，嗓子里飘了句：阿昭……就是……那贼……说完，她慢慢垂下眼睑，手软下来，轻轻搭在阿妈的手背上。

胡婆过世后，阿妈去了一次山上。牧师说，教堂太旧，准备维护，暂时关了。我们站在桃树下，挖掘机扬臂驶过，有灰尘扬起，扑在她脸上，飞进她眼里，落在她嘴角上。过了好一会儿，阿妈忽然掏出手机，递给我说，给你阿爸打个电话吧。

我问，是让他回来吗？

阿妈颤了颤，像被什么抽了一鞭。她说，你阿爸老躲着，也不是办法啊！

夕阳几近凋零，映在十字架上，却闪出圣洁的光。

蜜

一

薛老太每天都要练字。一去二三里，烟村四五家；亭台六七座，八九十枝花。薛老太原本斗大的字识不了几个，这诗是她老伴教的。老伴以前做过乡村老师，跟她结婚后，就用小黑板教她识字，说这不光能陶冶情操，还防老年痴呆。但她刚学会写几十个字，老伴却中风走了。那会儿薛老太已年近七旬，练不练字根本不重要，只是一拿起小黑板，她会感觉老伴在身边，心里便没那么空了。薛老太也常到三峨山边散步，去瞧瞧老伴的坟。有时候，坟边的落叶被风卷得到处飞，跟闹鬼一样，她就对着坟包说，老头子，是我哩。你听：一去二三里，烟村四五家；亭台六七座，八九十枝花。念够了，才拄着拐杖，打道回府。

薛老太住在山脚的石头巷。巷子逼仄，两壁满是青苔和杂草，在阳光下闪着绿荧荧的光，像无数幽灵眨眼。要是下了雨，壁缝又会滴水，听着像苍老的人哭泣。巷里原来还有两户人，后来相继搬走了，门常年锁着，结满蛛网。这就是巷子里的全部风景，薛老太早就看得索然无味。不过巷子外面临着三峨路，是山里人去甑子场赶集的必经之道，每天人来人往，很有几分热闹和生动。薛老太喜欢坐在巷口，看农夫快活地赶路,看鸡公车吱吱呀呀地跑,也看卖糖葫芦的,烤烧饼的,煮茶叶蛋的,一个个涨红了脖子吆喝。巷口左侧是一排人力三轮车,薛老太特爱尖着耳朵,听车夫们闲聊,哪儿闹架了,哪家娶媳妇了,哪天舞水龙了……她足不出巷,也能知晓甑子场的事。只是薛老太瓦沟脸,鱼泡眼,双手疙疙瘩瘩,像极了千年老树,很难有人跟她搭讪。倒是巷口偶尔有歇脚的,会看稀奇一样盯着她看。薛老太被看得不自在了,就站起来,左右张望,做出一副正在等人的样子。

薛老太这样日复一日地"等",今天上午还真等来一个哑巴。约莫十五六岁,瘦成皮包骨,一双小眼睛却滴溜转,像个小鬼精。他蹬了辆三轮车,就在石头巷口卖蜂蜜。盛满蜜的白塑料桶,一大堆空玻璃瓶,整齐地摆在车厢里。蜜桶上贴有大标签:百花蜂蜜。车后蹲了只小土狗,两只耳朵耷拉着,鼻子黑乎乎一团,仿佛丑陋的小老头。这狗有灵性,一旦有人经过,它马上汪汪叫两下,像是招徕生意。哑巴听烦了,就虚踢它一脚。土狗一避,知趣地闭了嘴。

过了好一会儿,终于来了顾客。哑巴跳下车,揭开桶盖,哼哼嗯嗯地打手势。薛老太猜他的意思是,这蜜25块一斤,买2斤以上就20块。盛蜜的玻璃瓶免费送。可对方却皱着眉,似懂非懂地看着,站一会儿便走了。哑巴不悦,冲843人歪歪嘴,又坐了回去。

薛老太替哑巴急,甚至比他还急。她赶忙回屋,拿出小黑板,标上价,然后把它立在蜜桶前面。哑巴看了,朝薛老太竖了竖大拇指。那只土狗也跳几下,冲她摇尾巴。薛老太更有兴致了,就跟哑巴"聊"起来。哑巴比画道,他念书少,这是第一次出来做生意,也不知道能成不。薛老太指着土狗说,狗带财哩,肯定能成。土狗一下汪汪汪几声,耳朵竖了起来,原来是又来顾客了。薛老太马上指着小黑板说,这蜜好得很,黏得能拉出丝哩。哑巴附和地点点头,打开桶盖,用提勺舀了几下。对方凑到桶口闻了闻,让薛老太便宜点。薛老太摆手说,这蜜不够卖,不讲价哩。哑巴缩缩下巴,也不点头了。没想到,对方说,来两斤。哑巴跟分到糖的小孩子一样,乐得手舞足蹈。

薛老太立了首功,索性把小矮椅挪过来,坐在车边。可这一坐大半天,无人问津。哑巴苦抽着脸,眼睛也不滴溜转了。土狗爬过来舔他鞋,他这次真踢了它一脚,土狗咕一声,委屈地钻进车底。哑巴干脆松开刹柄,准备换地方。薛老太抬头看看天,日头正当空,把她眼睛扎实晃了一下。她忙对哑巴说,你要不嫌弃,我去弄些饭菜,凑合着吃?哑巴一愣,又拉住了刹柄。

薛老太长年吃素食,喜欢熬粥烙饼。但是现在,她担心来了生意,哑巴应付不好,就煮了一小锅面。端出去的时候,才想起忘了给土狗准备一份。土狗也不闹,只眼巴巴地望着他俩吃。哑巴嗞嗞嗞地吸溜着,吸得肩胛骨一耸一耸的。完了,他一抹嘴,指着大路对面比画说,去甑子场转转。薛老太脸沉了沉,盯着车厢里的那块黑板,嘴瘪了几下,像是有话要说,又咽了回去。哑巴一下明白过来,眼一闪,比画道,要是生意不好,还回来。薛老太一跺拐杖说,好!要不把狗留这儿,我喂它点儿东西,你回来再带走。哑巴忙对土狗比晃,别乱跑,婆婆伺候你。薛老太又说,晚上烙饼给你吃。

哑巴走后,土狗果真不追。薛老太赏了它几块面包,然后一直坐在巷口等哑巴。到了黄昏,她忍不住打起盹来。也不知过了多久,土狗爬到她身上,挠醒了她。天已经暗下来,路上只有稀稀拉拉的人影。薛老太张望好一会儿,这才唤上土狗,回屋了。

晚上,土狗躺堂屋的天井边,很快打起细鼾来。薛老太却翻来覆去睡不着。她想,哑巴一定是遇到什么事了。

二

　　第二天,薛老太的生活有了微妙变化。首先没了黑板,她写不成字了。其次也没去山边散步,她担心哑巴回来,刚巧错过时间。薛老太整天守着巷子,直到暮色染黑了三峨路,哑巴却没有再出现。

　　薛老太白等了一天,但心情并不算坏。因为土狗整天围着她打转。薛老太就陪它在巷里溜达。土狗一蹦三跳,阳光把它的影子映在地上,投在石壁上,忽大忽小,忽浅忽深,这幽寂的巷子一下有了生机。土狗也不挑食,面包稀饭青菜,都吃得鼻头畅快地一呼一吸。薛老太看得笑眯了眼,给它起了个名字:黑鼻子。

　　晚上,薛老太给黑鼻子洗澡。黑鼻子非常配合,擦脑袋的时候,乖乖地蹲着;擦肚子了,马上站起来,欢喜得直舔她的手。薛老太又翻出老伴生前的旧棉衣,反复拍打了几下,然后铺在堂屋里,给它做睡垫,黑鼻子刚爬进去不久,有凉丝丝的风从天井口吹进来,薛老太赶忙抱它进卧室。黑鼻子高兴得一会儿钻桌子,一会儿跳沙发。闹腾半天,薛老太吓唬它说,再不睡,让你去堂屋。黑鼻子马上摇摇尾巴,钻进窝里,温顺地闭了眼。

　　七八天过去了,薛老太终于很不情愿地接受了这样的事实:哑巴不会回来了,他骗了我!她心里像塞了块冷猪油,又闷又烦躁。那天早晨,薛老太带着黑鼻子去甑子场赶集。薛老太很少赶集,她平日吃的用的,三峨路边的杂货店和小商贩就能满足她。可这会儿薛老太唤了辆人力三轮车,去买棒子骨。一路上,她左右环顾。她在找哑巴,这是她今天最重要的事,甚至比买棒子骨还要重要。车夫说,前两天碰到过那小子。可哑巴加上一辆三轮车，这么大个目标，现在就是闯不到她视线里。从集市出来，薛老太让车夫又逛了老半天，还是没见人。车夫解释说，他摆摊不固定，肯定换地方了。薛老太递去车费说，不用找零了。哪天见了他，麻烦你捎个信，让他来找我。

回去的路上，黑鼻子紧紧跟在后面，不时冲她手中的口袋扑跳着。薛老太一下闪出个顽皮的主意：赶快把黑鼻子喂胖些，到时候哑巴找上门，非让他买块大黑板来换它。这样想着，她奇妙地觉得，就找哑巴这点儿小事，居然变得越来越有趣了。

三

黑鼻子打了几顿牙祭，真长壮了一点儿，玩得也放肆起来。它跟耗子一样，没事就乱咬木桌椅、沙发腿，还乱拉屎尿，搞得薛老太整天瞎忙活。而且不管白天晚上，黑鼻子老爱汪汪叫，叫得老远的地方都有狗声应和，此起彼伏的，听得薛老太心里一会儿热乎，一会儿烦躁。就这样过了半个月，哑巴始终没有"自投落网"。

中秋刚过，下了几场雨，天有点冷，薛老太心情正坏着，车夫却主动找上门，给她带来了好消息。他说，碰见哑巴了，那小子在北干新区摆摊，话给你带到了。薛老太一下伸直腰板，有了精神。车夫又拿出块黑板，得意地说，我帮你要回来的。薛老太眼睑微微跳几下问，他人呢？车夫耸耸肩说，哑巴不来找你了。薛老太忽地愣住了，两眼放着空。黑鼻子冲她叫了几声，还用尾巴扫她裤腿。半晌，她一跺拐杖说，走，带我找他去。

到了北干新区，云层透出几缕阳光，很清淡地照下来，反倒给人添了几分凉意。在休闲广场边,薛老太见到了哑巴。正巧有几个顾客围在他车前,哑巴就不停比画,有些应付不过来的样子。薛老太看明白了,蜂蜜的价格没变。可那些人还是翻来覆去地问。薛老太走过去,把小黑板往蜜桶边一立,摊儿前一下安静了。黑鼻子呢,见了主人,不停摇尾巴。哑巴却缩缩脖子,把目光滑开。这时,有顾客让哑巴便宜点,哑巴指指蜜桶,又竖起大拇指,然后朝对方摆摆手,意思是不讲价。对方犹豫片刻,买了一斤。薛老太的脸一下笑成葵花。这一招不正是跟她学的吗?她想,这小子有点儿悟性。

等人散了,薛老太问,这狗,咋办?哑巴不利索地打着手势,这狗,流浪狗,路上碰见的,非要黏我。薛老太瘪了几下嘴。哑巴接着比画,我不喜欢狗,没时间养狗。她一抬拐杖,却又软软地放回去,你瞧这狗,我喂了不少棒子骨,它才长得这么好哩。哑巴还想比画点什么,眼睛忽地滴溜转两下,骑上车就跑。薛老太狠狠一跺拐杖,你小子真不实诚。说音未落,却见两个穿制服的人追上来,是城管员。他们扣下哑巴的三轮车说,警告你好几次,还乱摆摊!薛老太赶忙走过去求情,对方说,必须到城管队交了罚款才还,不然这小子不长记性。哑巴怔了一会儿,忽然从车厢里抢回黑板,紧紧抱在怀里。

等城管走远了,哑巴铁青着脸,把黑板递给薛老太。薛老太去接,手却在空中停住了。片刻,她把黑板塞回哑巴怀里说,取回货,还要用哩。哑巴下掰着嘴,眼角有了零碎的潮湿。

往回走,薛老太对黑鼻子说,你主人现在没时间照顾你,乖乖跟着我,少不了你的棒子骨哩。到了石头巷,天又阴了下去,像结束的梦境。

四

转眼入冬，三峨路的杨槐树纷纷扬扬地掉叶，上山下山的人也少了，三峨路很是冷清。倒是石头巷渐渐热闹起来，隔三岔五跑来一两只狗，跟黑鼻子里应外合地叫着。黑鼻子不安分了，每次都跟着狗友溜出去玩，有时一两天不见个影儿。

薛老太很清楚，黑鼻子正一点点长大，有发情期了，所以她从不阻拦。她太了解狗狗的脾性，知道它一定会回来。可她还是裹着厚实的棉袄，坐在巷口等。风呼呼地吹着，吹得她皱纹越来越多，纵横交错。她甚至能听到脸崩裂的声音。这种声音，跟灰鸟一样，在她身子里横冲直撞，让她坐立不安。

要知道，薛老太这辈子没有生育，结过两次婚都离了。不过薛老太很自立，学车工，开面馆，卖酒糟，也跟哑巴一样做过蜂蜜生意，还拉过人力客三轮车呢。而且她喜欢养狗，哈巴狗、狮子狗、京巴狗都养过。她甚至打算跟狗生活一辈子。好不容易晚年遇到个老伴，日子有了诗情画意，他却说走就走了。薛老太从此不再养狗，她怕自己哪天去了，狗狗没人照顾，就跟她如今一样，天天赖活着。

现在，薛老太见到那个车夫拉客回来，老爱问，哑巴还摆摊没？车夫总摇头说不知道。有次他忍不住反问，哑巴是你谁呀？薛老太木木地嚼几下嘴，什么也没说，也不知道说什么。这以后，薛老太恢复了往日的老僧入定。倒是那些车夫，闲时冲她搭讪道，嗨，老太，还记得哑巴不？薛老太一侧身说，不记得了。车夫们就蚊子声一样窃笑起来。笑着笑着，天更冷了，薛老太没事就带上黑鼻子，去看老伴的坟。黑鼻子很快记住了路，每次都跑在前面。到了坟边，薛老太还是一遍遍念诗。黑鼻子就蹲在坟边，竖起耳朵听。听着听着，就催眠似的闭上了眼睛。

那天，薛老太刚从山边回来，哑巴蹬着那辆三轮车，很突兀地出现在了巷口。哑巴更瘦了，他送给薛老太一袋棒子骨。薛老太乐得跟孩子似的说，我们来个约定，狗还是留在这儿，你帮我买棒子骨，钱哩，由我付。哑巴摇头比画，生意不好做，年后打算到外面去打工。薛老太沉默着，一会儿把拐杖放在左手，一会儿换到了右手。哑巴又从车厢拿出黑板，还给薛老太。薛老太却一跺拐杖说，蜜卖完了，再还我。黑鼻子一惊，冲哑巴汪汪叫几声。哑巴蹲下来，拍拍它，又指指薛老太手里的棒子骨，再朝自己翘了翘大拇指。黑鼻子就随着他的手，瞧过来看过去，不停冲他吐舌头。薛老太这才想起什么似的问，这狗咋黏上你的？哑巴比画说，那天蹬着三轮车，有大黄狗追我，我拿着舀蜜的提勺，吓跑了它。没想到，车屁股后面却钻出了这只小狗。薛老太笑道，原来你是它救命恩人，这可要珍惜缘分哩。哑巴挠挠脑勺，呵呵笑。薛老太又一跺拐杖说，哪天我没力气了，你把它接回去，好不？哑巴低下头，还是呵呵笑。

哑巴走后，薛老太望着他背影，眼里雾霭霭的。她想，就算这小子答应了她的要求，可自己真没了力气，又怎么能找到他呀。

五

隆冬来了。只要天不太冷，薛老太依然守在巷口。黑鼻子就蹲在她脚边，沉默得像枯树下的石头。薛老太有时会打小盹，可车夫们一八卦，她马上睁开眼，竖着耳朵听，甚至走过去听。车夫们眼神对撞一下，话题就转到哑巴身上，一会儿说他在甑子场口摆摊，一会儿说他跑三峨路来了……薛老太左右瞧瞧，车夫们就吃吃地笑。薛老太就抱起黑鼻子，搂在怀里说，哑巴会来看我哩。

这话没说多久，下了场大雪，整个山一片白。黑鼻子第一次见到雪，兴奋得很，就在巷口啃雪玩。快傍晚的时候，薛老太怕黑鼻子受凉，正准备牵它回屋，忽然听到有人唤她。转身一瞧，是那个车夫。他刚拉客回来，又问，老太，还记得哑巴不？不等薛老太回应，车夫接着说，哑巴跟人抢生意，打闹起来了。薛老太抢嘴道，他哑子一个，怎么闹得赢呢。走，带我去找他。然后抱着黑鼻子就上车。

薛老太这次见到哑巴，是在公交客运站对面。果真有两家卖蜂蜜的，夹在卖天麻和野山药的摊子中间。哑巴蜷在墙边，蜡黄着脸，一副营养不良的样子。那个塑料桶里还剩了一大半蜜，小黑板倒在车厢里，裂成了两块。薛老太问怎么回事，哑巴颤了颤嘴唇，盯着他旁边的蜂蜜摊贩，眼里像要射出飞镖。薛老太紧瞪双目，看着摊贩。摊贩鼓着筋说，这小子不地道，价格非要压着我的卖。哑巴一下站起来，晃手辩解。摊贩乜斜着眼，一脸不屑。黑鼻子就冲摊贩汪汪叫。哑巴朝它甩了甩头，黑鼻子马上扑跳过去。摊贩用脚踢它，黑鼻子避开，又扑。薛老太唤它，黑鼻子闹得更起劲了。来来回回斗着，黑鼻子被逼到大路边。它似乎急了，瞅准机会咬了摊贩一口。摊贩发火了，趁一辆中巴车驶过来，朝它猛踢一脚。只听得砰一声闷响，紧接着是急刹声。黑鼻子一下瘫在地上，左后腿被车轮碾过，眼睛扁成菱形，脑袋也微微变了样。半响，黑鼻子蹬了蹬腿，试着站起来。薛老太抖瑟着身子，走上前抱它，黑鼻子却又倒下了。薛老太气得脸发灰，手东指一下西指一下。摊贩慌了，蹬上三轮车就开溜。哑巴跟跄着去追，薛老太唤住他说，回来，救狗要紧呀！

还没赶到诊所，黑鼻子已经僵了，眼睛也直愣愣地瞪着。薛老太把它的脸埋在怀里，声音冷硬地对哑巴说，你走，走吧。然后叫车夫往回赶。进了石头巷，薛老太又让车夫帮忙，找麻袋装狗。车夫说，这狗得马上放血，不然搁久了，只能当废尸扔掉。薛老太瞪他一眼，你见过人死了要放血的吗？车夫沉吟片刻，拎着狗往巷外走，说是去找麻袋。薛老太没有多想，倒是一抬头，看到了哑巴。哑巴站在巷口，眼睛浊得像梨。薛老太问，干吗？哑巴比画说，想把狗埋了。薛老太心一颤，带他进屋。天井口有风灌进来，哑巴打了个战栗。薛老太摸摸他手说，咋这么凉哩。然后拿出件外套给他披上，又烧了一小壶热水让他喝。

完了，薛老太这才出门。车夫已经找到麻袋，把狗塞了进去。这会儿，他蹲在巷子边捣鼓着什么。薛老太定睛一瞧，倒抽一口冷气。车夫居然把黑鼻子的断腿砍了下来，正在剥皮。他眉一挑说，老太，这腿，就当犒劳我，补补身子呢。薛老太尖着嗓子骂道，你个没良心的……说着，伸手去夺狗腿。车夫不停避让，薛老太偏不罢休。车夫怕闹出事，把狗腿扔地上说，谁吃谁哑！然后悻悻走了。

薛老太回屋，哑巴居然躺沙发上睡熟了。她赶忙给他盖上被子，这才打开麻袋，想把狗腿塞进去，却一下瞧见黑鼻子的眼睛，死灰灰地盯着她。薛老太心一炸，马上将狗腿放桌上说，黑鼻子，快睡，啥事儿也没有的。然后紧紧系上袋口，怔怔坐了半晌。哑巴忽然翻了个身。她走过去理被子，又去摸哑巴的手，还是冷得像冰。薛老太知道，哑巴这身子真需要补补，狗肉再合适不过了。她看看麻袋，又瞅瞅桌上的狗腿，心里忽地滚起巨石，轰隆隆地响起来。她赶忙摁住自己心窝，生怕心脏会跳出来似的……

六

火苗在炉里无声地跳跃,屋子渐渐有了温暖的雾气。薛老太炖的狗汤很清淡。几片姜,几粒花椒,一小撮盐。薛老太盛在盆里,又捞出狗肉,切成小块,这才唤醒哑巴。哑巴比画问,这是什么?薛老太说,羊肉哩,车夫帮我买的。哑巴接过来又问,你不吃吗?薛老太说,年纪大了,咬不动。哑巴点点头,很香地吃起来。屋子很安静,哑巴喝汤的声音,像春天的河水流动。昏黄的灯光照在小桌上,是蜜的颜色。薛老太坐在旁边,一声不吭地看着,心里一阵温润,又一阵颤抖。

第二天早晨,哑巴精神了不少。薛老太让他喝完剩下的"羊肉汤",然后带着他,去老伴坟边埋黑鼻子。她自己提着麻袋,让哑巴拿铁锹。到了坟边,哑巴挖坑,薛老太还是紧紧提着袋,不停念诗。坑出来了,薛老太亲自把麻袋放进去,让哑巴填土。哑巴用铁锹填时,仿佛触到什么似的停顿了一秒,然后又用铁锹在袋上轻轻戳几下,眼里闪过一丝碎光。薛老太一跺拐杖说,动作利索点,别磨蹭!哑巴堆完土,忽地跪下来,朝坟磕了三个头。

春天时候,薛老太每天都去山边,看她的老伴,也看黑鼻子。她步履越来越慢,一路走一路歌。那天,刚回到巷口,薛老太不小心摔了一跤。她眼前顿时有很多虫子飞,还有很多面粉飘。谁送她到了医院,医生说了些什么,她什么时候出的院,全都记不清了。但薛老太每天还是会坐在巷口,只是老细眯着眼,也不左右环顾了。夕阳落下山,她这才颤巍巍地拄着拐杖,蹒跚着回屋。

后来,薛老太见有个瘦小子跑来找她。对方也不说话,只把手晃来晃去地比画。薛老太瞧了半天,也没明白,对方挠挠脑勺,这又扶着她往山边走,来到一大一小的两座坟边。坟上长满杂草,草里有星星点点的野菊花,两三只花腰小蜂正嗡嘤嘤地飞着。对方指着坟包比画,薛老太忽然一跺拐杖,念道:一去二三里,烟村四五家;亭台六七座,八九十枝花。然后咧咧嘴,笑了。对方也跟着嘀嘀地笑。

阳光暖暖地照下来,像蜂蜜一样,流淌了一地。

浮萍

碎

一

吃过晚饭，兰玲去了趟宝狮山，问路找着丘吉家，在山脚的棚户区。拐过几条窄巷，见着他了。他正蹲在屋檐下，掏蜂窝煤炉子。炉上有大水锅，飘出艾蒿味儿。兰玲揉揉鼻翼，嗨，丘大哥！他转身愣了一下，玲子！你来，咋不提前说一声？兰玲说，散步，顺道来看看嫂子。

丘吉领着她进了门。客堂静默得有些苍凉，瓦屋顶有光透入，像凌乱的雪花在飘。丘吉拉下墙角灯线，日光灯颤颤亮了。他挪来藤椅，放上软垫，却端了一条长凳给兰玲。然后进了卧室，搀着一女人出来，扶椅上坐下，对兰玲说，这是你嫂子，柳静。

兰玲打量她片刻。脸像萎缩的黄瓜，身子瘦得可怖，窄小的裙子依然显得空空荡荡。兰玲努力克制着惊愕，轻唤了声柳姐。柳姐微微点头，从嗓子里艰难地挤出三字：主，任，好。那声音让人联想到变形的易拉罐。兰玲沉默着，不知说什么好。倒是丘吉给她讲了柳姐的病情，说她十年前得了肌肉萎缩症，跑过很多医院。这病没啥特效药，就长年靠中西药搭配着治……

说着，丘吉迈出门，把锅里的药水倒桶里，添了几大瓢凉水，调合适了，提进卧室说，玲子，不好意思，你先坐坐。然后扶柳姐进去了。兰玲在堂屋转了一圈，悄悄走到卧室前。门虚掩着，她往里瞧了瞧，柳姐坐在桶里，那身架俨然几根变形的木棍拼成。兰玲忍不住打了个寒噤。丘吉正在给她洗肩背，不停地轻轻拍打，又微微抬起她手，擦臂膀擦腋窝……

忙完，丘吉留兰玲吃饭，还解释说，活儿忙的时候，就提一两份便餐回家，想留你还不好意思。兰玲好奇这晚餐啥样，就坐下了。菜很快上了桌。家常猪血和海带鸭汤。丘吉挑出细海带，卷成小团，直接喂她嘴里，又不停夹猪血，在嘴边吹两下，放她碗里。柳姐就笨拙地用勺舀着吃。兰玲看着，心里酸酸的，胡乱扒了几口，借说减肥，停了筷子。柳姐胃口小，提前下了桌。丘吉扶她到门外歇凉。他进来后，兰玲说了工会旦主席要来慰问柳姐的事。又噘噘嘴说，领导都知道了，你就瞒我！丘吉局促道，不，不是。上次跟同事在山边装网线，有附近的村民跑来闲聊，提到柳静了，倒也没细说。兰玲说，知道的，所以旦主席这才让我来确认情况。

兰玲离开时，丘吉送她到巷口，问，慰问的事儿推不掉吗？兰玲迟疑道，真要为难你，我就给领导说嫂子不愿意。他低头不语。兰玲又说，她们来一趟不是坏事吧，没准会多关心你呢。你不一直想有份稳定的工作吗？

丘吉勉为一笑，终于点了头。

二

劳动节前，旦主席带队完成了慰问。回来后，她甩甩花卷头，对兰玲说，丘吉真不简单，十年如一日照顾他爱人，那日子，多难熬啊，你好好写份报道。她做了个刨土的动作，要深挖细节啊。你跟他是老同学，有空多问问他情况吧。

兰玲和丘吉是石磨镇中学的校友。她上高一时，他念高二。他敦实，肤色黝黑，宽额厚唇，透出十足的阳刚味儿。有次在食堂，有两男生插兰玲队，还冲她吹惊艳的口哨，气得她哭了。丘吉沉脸走来，对他俩说，排队去！他声音不大，可芯硬。加上那副身板，一下镇住了堂子。两人犹豫着退了回去。离开食堂，兰玲追上他道谢，知道他是槐树村的人。兰玲眉头一扬，我住小镇下场，回家能同一段路呢！丘吉羞涩地缩回目光，那，那要碰见了，一块走吧。

那以后，下了夜自习，兰玲大多能"碰"着他。她话痨，不停讲自己跟男生斗嘴的事。丘吉就埋头听着，很克制地笑，还夸兰玲丹凤眼，调皮聪明。她更来劲了，要他也说说班上的趣事，丘吉挠挠头，说自己坐最后一排，只顾盯黑板了。然后抿两下嘴唇，显得憨厚极了。兰玲这才发现他极不善言辞。要是上次，那两男生跟他掰几句，他也就"露馅"了。

兰玲常拉着他去附近的书店选书。她喜欢三毛的作品，还让丘吉给她买。丘吉总说，下次吧。兰玲就自个儿掏钱买。丘吉很不自在地站一边，目光都不知往哪放。她一下意识到他家里挺穷。没几天，丘吉拿了包鸡枞菌给她，说野生的，很难挖到。兰玲很是感动，更黏他了。

兰玲读高二那年，一次跟他走路上，遇着她母亲了。她母亲板着脸，目光不停扫他俩，还拉着嗓门说，玲子，谁给你下迷魂药了？丢脸！之后，兰玲很难再"碰"上他了。丘吉高中毕业，打工去了，兰玲跟他没了联系。她感觉世界顿时坍塌了，整个高三是在孤独和沉闷中度

161

过的，更是忍不住想往日交往的一枝一节。

兰玲再次遇见他，是去年春天，在百货大楼里。两人很快认出了对方。丘吉眼皮下浮着淡淡的黑影，没以前精神了。他说，这些年一直跑工地，去过好多地方。跟老婆也是才来县城，在宝狮山边租的房住。告辞后，兰玲刚走不远，他又追上来说，玲子，要有机会，帮我找一份稳定点的活儿，好吗？兰玲含糊地应着，毕竟工作难找，她也没啥人脉。没想到，三个月后，兰玲上班的网信公司从县广电局独立出来，因为人员调整，要招宽带安装工，就让他来应聘，两人不久成了同事。丘吉活儿忙，她呢，那时跟老公的感情出问题，闹腾大半年，前些日子才把婚离掉。所以，她和丘吉一直各忙各的，也没聚一块好好聊过。

三

第二周，兰玲写的报道出来了。丘吉很快成了公司的焦点人物。安装队的办公室在院坝，只要丘吉回来了，好些同事，特别是女同事，会把头探出窗口，眼睛不停在他身上跳跃，那架势就像追星族。丘吉从工程车上卸货，到库房领材料，在水池边洗手……每个动作，都成了大伙儿眼里的特写镜头，完美得无以复加。他仿佛是一块刚切开的玉石，光芒唰地四射开来。领导到工地慰问，第一个跟他握手，切最大份的西瓜捧给他；年底选先进，他榜上有名；安装队也跟着沾光，得了优秀科室奖。

大半年来，丘吉精神了很多，眼皮下的黑影没了。宽阔的后背，浑圆的膀子，看起来更结实更有味儿了。兰玲每次碰上他，都能读到他眼里的感激，那里面又似乎藏着一些受宠若惊的不安。

翌年春天，兰玲接到旦主席的召见。主席眼里金蛇狂舞，丘吉的事迹，影响很大，效果很好！县工会也知道了这情况，劳动节前打算表彰他，我们呢，得有新动作来呼应，充分发挥他的典型示范作用。她起身泡了杯咖啡，坐下，握支笔在手上，月底有高级技工的培训，记得报上丘吉的名。公司决定评他为一线明星，薪酬按规定上调。还有，我马上召开工委会，增补他为职工代表。你呢，有空的时候，拍一些他照顾柳姐的生活照。一定要捕捉温情感人的场景……她像喝了咖啡的鸟，叽喳一大通。兰玲听着，耳朵也被锥胀了。

丘吉的那些待遇很快落实了。这一来，工会的基层调研、职代会，还有技能培训学习，他都得参加。一下班，丘吉就提着个小书袋，急匆匆往家里赶。他眼睛也雾雾的，看起来很疲惫。整个人就像落水里了，又沉又软。兰玲问他，是不是不适应新工作，他赶忙挺直身子说，没事没事，我会努力的！兰玲给他说了主席安排拍照的事。他啊一声，还宣传？兰玲说，别人想还想不到呢。他扭着脸说，下个月要高级工考试，天天都在看书啊。兰玲说，不急，等你忙完再说。

月底时，旦主席问兰玲开始拍照没。兰玲说这段时间腰肩疼得厉害，还没去呢。主席说，我也有这毛病。花市坝有家盲人按摩店，手艺很好，还约着兰玲一块去。那里的巷道七弯八拐，兰玲跟着她转了老半天，才到那店。理疗完，感觉效果不错，就隔三岔五去一次。有天晚上，兰玲和她出来后，天黑透了，一不留神走错路，拐进一条黑黢黢的胡同里。刚准备改道，前方岔口一间小矮房的门开了，有个熟悉的身影出来，疾步离开了。旦主席眼亮，一下认出是丘吉！两人有些纳闷，等他走远了，上前一瞅，是理发店，招牌写着"一剪钟情"。门半开着，里面坐着个女子，蓬着头，艳唇，深眼影。她用职业性的眼神瞟她们一眼，马上侧开了脸。

回去的路上，旦主席又晃晃花卷头说，丘吉这家伙，装着老实巴交的样子，结果把我们都骗了！主席的话像一泼冷水，把兰玲心浇得透凉。两人分手后，兰玲又往丘吉家去。他正在屋檐下洗衣服。有肥皂沫溅到他下巴，他斜着脸往肩上一抹，看到她了，目光抽搐了两下，玲，玲子，有事？兰玲说，散步路过这儿。他说，一个人，别逛太晚。兰玲说，刚才转这来了，没见有人。他忽地弹起身，刚才，出了趟门……兰玲说，没事多陪陪嫂子，别瞎溜达。他哑着嗓子说，知道。

兰玲嗯一声，转身走了。

四

第二天刚上班，旦主席就秘密召见兰玲。她脸罩阴霾，嘴蓄势待发地微张着。兰玲一下紧张了，感觉她嘴仿佛是枪口，不知会射出什么样的子弹。正想着最坏的结局，主席开口了：昨晚的事儿，千万保密！不然会毁了他形象。公司这边，脸也丢大了！兰玲说，那丘吉的事迹就别往县工会报了。她剜兰玲一眼，现在撤回？理由是什么？那等于打自己的耳光啊！兰玲只好闷着不说话了。主席又说，你找丘吉谈谈，让他认识到问题的严重性。兰玲说，我一个女同志，不太合适吧？她说，你跟他老同学，你不去，难道我去啊？

兰玲回办公室后，丘吉还在院坝。他似乎感觉到了什么，不停往她窗口瞄。目光要跟她撞上了，一碰闪工夫，立即缩回去。这一来，兰玲更不忍心找他揭底了。隔了一日，丘吉跑来找她，说给柳静买了辆互邦牌的电动轮椅车。兰玲剜他一眼，你来告诉我这事儿，想说什么？他说，要没现在这工作，不知啥时候才买得起，所以专程来谢谢你。兰玲脸一下松动，扑哧笑出了声。

那段时间，天气慢慢转热。吃过晚饭，夕阳红得像橘。兰玲去宝狮山散步，远远就望见丘吉用车推着柳姐，在山坡边转悠。两人罩在金色轮廓里，充满无限宁静和温情。兰玲趁机给他俩照拍。天天都去，拍他给柳姐按摩、洗澡、喂药、推车，还有伺候她睡觉的场景。丘吉眼神沉静温煦，又浸着黄昏般的忧伤。柳姐呢，经常很自然地伸出手，拉着丘吉，以孩童般的欢心对着镜头笑。柳姐一生的幸福，仿佛都聚在了那一刻。

只是好些时候，兰玲注意到，丘吉的目光碰上她的肩，她的脖，或其他地方，会烫着似的弹开，表情也不自然起来。每每如此，那些和丘吉念书的光景，就像一波波海浪，不停在她意识岸边拍打。

周六那天，绵了一天雨。兰玲晚上打电话给丘吉，问柳姐休息没有。他说，刚扶她躺下。她说，我家的网线头坏了，忙完，过来帮忙看看吧。丘吉不久到了兰玲家，把问题解决了。刚准备走，兰玲端出自己做的泡凤爪，让他尝尝。他也没客气，啃了一个，却辣着了。兰玲假装去倒水，却端了杯葡萄酒给他，自己也来了一杯。兰玲说，忘烧水了，酒甜更解辣呢。他瞧瞧窗外，雨像柳树的枝，轻轻抽打着窗篷。得回去了，太晚了。兰玲温和地白他一眼，你要不喝，就把网线头撤回去。他赶忙接过来，往嘴里送。喝完，又一副要走的表情。兰玲晃晃手中的杯子，不算，没碰杯！然后给他添上，靠他更近了。他僵在那儿，想挪却没挪，一咕噜把酒吞下。兰玲又亲热地拉他坐沙发上，问工作适应了吧？他说，我会努力的。其实，我没你们想的那么优秀。说着，额上渗出薄汗，眼神也黯淡了。兰玲望着他说，你是很优秀的。只是别去那儿了，会坏你名声！他目光倏地散成鳞片，我很少……兰玲说，我理解你，没有指责你的意思。他缓缓欠起身，说要走了。兰玲看准了他的"犹豫"，也跟着站起来，"跌"了一跤，滑他怀里。丘吉忙扶住她，她贴他更紧了。丘吉很轻地推兰玲，兰玲稳着不动。她感到他身子的异样了。有粗粗的喘气扑在她脸颊上，灼得她热热的慌慌的。她呢喃道，你，坏。他连声说，以后不去了，保证不去了。然后真推开她，走了。

望着他的背影，兰玲心里的泪，暗暗涌到眼里来了。

五

县里召开模范表彰会后，地铁广场迅速架起"吾县吾风·十佳模范"的大型展板，丘吉是"头题"。还挑了一张兰玲提交的照片，作为背景，完美地展现在市民眼前。丘吉这块玉，走出了公司的"窗口"，开始以更炫目的姿态绽放光芒。

旦主席问过兰玲好几次，丘吉没再去那儿了吧？兰玲说，他承诺过，我相信他！她说，你拿稳啊，要被抓住把柄……她啜了口茶，吞回了嘴里的话。旦主席的确有"远见"。没多久，公司果真听到了不利丘吉的传言：他去过低俗的地方泄欲。结论便是：理解丘吉的行为，但树立成模范典型，是不适宜的。很快，理发店也被关注了。只是关注刚开始，店子突然关门了，招牌也撤了。

公司这边总是不失时机地"辟谣"。无论什么场合，只要有人拿这事儿置疑丘吉，旦主席会果断抨击，说丘吉出名了，惹人眼红了，不乏居心叵测的人，唯恐天下不乱。丘吉热爱工作，忠于家庭，这是一种境界……她每次都像训练有素的母鹤，高亢激动地说上好半天。

时间稍长，传言没有新的燃料支撑，慢慢熄火了。兰玲暗自舒了口气，可旦主席又召见她说，有人见你天天去找丘吉。说你们像情侣一样在山边散步。你到他家的时候也不少吧？兰玲气得腮帮直哆嗦，我去找他拍照，是你安排的嘛！还有，每次柳姐也在场，光明正大的事，有什么不妥？她挑高声音说，我当然相信你，不过别人说得难听啊，什么勾引、诱惑……兰玲脑里一下跑起过山车，轰隆隆乱成一片，泪水也滚了出来。主席又软下声音说，你现在是单身，可别坏了他形象啊。要知道，那些人，捡半块豆腐，也会熬出半锅汤的！

那段时间，丘吉一直很沉默，听到同事们议论，就低头走开。兰玲傍晚散步，也看不到他和柳姐在山边露面了。兰玲不安起来，周末去了他家一次。进门，桌上有水杯，还冒着热气，屋里飘满烟味。兰玲问他，有客人？他说，走一会儿了。以前的工友，现在当老板了。兰玲笑了笑，明白了，你出名了，他来挖你！他点点头，又摇摇头，就找他……叙叙旧。

兰玲进了卧室，陪柳姐聊了一会。可能天太热，她精神差些了。丘吉扶她睡下后，兰玲正想开导开导他。没想到，丘吉却先说了队长找他谈心的事儿，也还就那些内容。他连声道歉，玲子，对不起，老给你添麻烦。兰玲说，别自责，这邪风过了，就没事了。有什么要帮忙的，随时叫我。

六

入秋后，"十佳模范"的新闻终于像这天气，慢慢降温了。丘吉的生活开始回归"平淡",兰玲也不再去看望柳姐了。快年底时,她忽然接到丘吉求助。丘吉说柳姐病情突然加重,还并发了好些炎症,连胆汁也吐出来了。兰玲心揪成一团,现在情况怎么样?他说,在ICU里抢救,得住很长时间的院,我,我刚缴了五千……兰玲一下明白了,问估计要花多少钱?他颤着嗓子说,医生说没个四五万,拿不下来。兰玲说,好,好,我想办法。

兰玲实在不忍心告诉他,自己离婚后,买了二手房,积蓄真没这么多。她给旦主席说了这事,建议社会募捐。主席想了一会儿,和风细雨地说,募捐会弄巧成拙。丘吉的事,争议还没有完全平息。现在的人嘴毒,没准会说我们树立模范,从头到尾就是炒作……她说,那让职工捐款嘛。主席又说,这也只能自愿。公司就三十几号人,怕很难凑够。再说,要是他老婆下次住院,难道又得……没等她说完,兰玲摔门走了。

翌日,有同事陆续来看望柳姐,旦主席也在其内,都有所"表示"。等他们走了,兰玲把自己的两万块拿给丘吉。所有钱加一块,的确只能应付一时半会儿。兰玲安慰道,也别急,差的钱,慢慢想办法。他红着眼窝说,谢谢你,玲子。我会找……朋友借。兰玲问,上次来你家的那人?他点了点头。兰玲还想问点什么,可见他一脸憔悴,终究作罢。

年后,柳姐身子依然十分虚弱。医生说她很抗拒治疗,建议回家养。丘吉办了出院手续,当天就向单位提交了辞职报告。他告诉兰玲说,柳姐身子越来越差,打算好好陪陪她。兰玲说,要不请个假。现在工作很难找的!他苦涩一笑,在公司压力太大了,还是工地上干活好。兰玲沉默着。他又说,玲子,借你的钱,我一定会还你的!兰玲说,别想这些,先安心照顾柳姐吧。

柳姐的病情比兰玲预想的糟。没多久，丘吉告诉她说，柳姐快不行了。兰玲立即去看柳姐。她完全枯萎的身子，已经无法让人生出任何希望。她拉着兰玲手说，主，任，丘吉，的，那些，事，他给我，说，过。请，理解他，是我，拖，累，他，了。兰玲听着，心里眼里的泪水也凝固了，悲伤无处宣泄。

七

柳姐去世后，丘吉在客堂搭了很简单的灵堂。巷道里的邻居陆续来了。安静地凝望，安静地哀悼，安静地离开。兰玲一直陪着丘吉。天黑了，小巷冷寂下来。有凉风吹入，兰玲打了个寒战。丘吉拿了件夹克披她身上。衣服上的气息，像暖暖的羽毛，轻轻撩着兰玲。她望着柳姐遗像，思绪更乱了，忙垂下了头。丘吉说，玲子，你要困了，早点休息吧。她点点头，准备脱下夹克离开，丘吉又说，外面冷，穿着吧……兰玲脸一热，那我明天再过来。丘吉说，那，我等你。

快到家时，兰玲这才发现手包忘拿了，钥匙放在包里的，只得折回去。他家门窗关了。侧墙那边透出火光，还飘出淡淡的焦味。她走到拐角处，偷偷往里瞧。丘吉蹲在巷尾角，身边有些衣物，全是柳姐的。快烧完时，他又掏出两个红色的本子，打开看了看，然后扔火堆里了。兰玲轻轻叹了口气，那是丘吉得的先进奖状！丘吉回头，一愣说，玲子，你还有事吗？那，那进去坐会儿吧。

兰玲说，嗯，也好，我包忘拿了……

进屋后，兰玲问，你下一步怎么想的？丘吉说，去朋友那打工。其实……去年找他借钱时，就定下来了。

炉坛的香燃完了，两人重新点上。

默默地坐了一会儿，丘吉去了里屋，提出个纸袋说，玲子，都今天了……才，送你。兰玲接过来，打开袋一瞧，是几本新崭崭的书，三毛的！

夜深了，兰玲往回走。灯光像流水一样漫出巷口，涌向无尽的暗夜。

铅球

落地

等

一

赵主任一直在说，脸上保持着温和的笑意。

福祥坐如钟，袖着手听。

祥哥，我扯正题吧。今天就咱俩，有些话我直说。你也知道，公司这些年进了不少人，都是关系户，挡不住的。局上呢，现在定了我们的总人数，老总真没办法了，这才鼓励你们老同志内退，就图腾几个空位出来。效益奖虽没了，工资照拿呀。再说，你巡了十几年的河，不早烦了吗？可别人都交了申请，咋就你没动静？

福祥问，妹子，是老总派你来的吧？

赵主任拂拂刘海，笑道，你这一问，好像我是来作恶的。其实，于公于私，我觉得这不是坏事呀。尤其是你，离婚这么多年，也该考虑考虑自己的幸福晚年了，别天天守着这条河。老总也是这意思嘛。

老总还说了啥？

还说了啥？他这几天出差，不过打了两次电话，问你内退的事儿。估计他手上压了好多简历，急着安顿呢。

福祥问，我的意思是，他有没有特别提到巡河的事儿？

这，我想想……记得上个月开行政例会，他对你们厂长说，下一步,巡河不再设专职人员了,可能让保安兼着吧。不过那是以后的事儿,公司想怎么弄就怎么弄呗。

福祥嘴唇抖了抖,掏出一支烟点上,还说了啥?

这,我真想不起还有啥了。老哥,你到底想问啥呀?有啥我也不会瞒你的。

办公室忽地安静下来。外面下着毛毛雨,雨点打在窗外的芭蕉叶上,窸窸窣窣地响。风涌进来,有一点儿腥,是白条河的泥腥味。半晌,福祥把烟头一灭,起身说,狗屁!又补了句,妹子,别误会,不是说你。然后转身离去,大步流星的,有种义无反顾的力量。

出了厂子,来到白条河的桥廊下,福祥的头上已经铺满一层细碎的水珠,跟孢子一样白。他抹抹头,挺直腰板,举起胸前的望远镜,朝上游打望。河面雾气氤氲,河水冲下来,撞到那些棱尖尖的石头上,立刻撕成几缕涌动的白,发出机子轰鸣般的声音。一阵风卷来,岸上的槐树叶飘到河里,跟波浪一样翻飞。往上不远,有个弯道。桥头到弯道,左岸一百零二个防撞桩,右岸九十个,再朝前经过八十个桩,就到天平桥⋯⋯总之,这里的一切,福祥实在太熟悉了。他又爱又恨,那感觉跟自己喝酒一样,喝多了心堵,不喝又不舒服。

福祥站了一会儿,忽然身子一偏,朝对岸望去。镜头里,依次是菜地、果田、落雀一样的房屋、公路、鳞次栉比的建筑,然后灰蒙蒙一片,什么也看不清楚了。但福祥知道,再远处,就是自来水公司的总部大厦。十五层高,玻璃幕墙。要是晴天,楼宇在阳光下闪烁其辉,绝对算得上县里的一道靓丽风景线。他向很多朋友炫耀过,喏,那就是我的单位。如果对方问,你在几楼?福祥就说,我工作地点在水厂,离总部十多公里,不过它是公司的心脏,县城的人喝水都靠它哩。他嗓门大,中气足,说完还嚯嚯嚯地笑,很自豪的样子。初识他的人，大多能猜出他当过兵。其实福祥矮个头，黑黢黢的脸，其貌不扬。但他的站姿、声音和动作里，就是有一种能对号入座的气质。所以一提到这事，他同样嚯嚯地笑道，咱十七岁入伍，在北方可当了十几年的兵哩。真不是吹，咱驾驶过"大解放"，做过卫生员，军区比武拿过奖，还好几次评为标兵呢。我要一直留在部队，早提干了。不过嘛，呵呵，这些本领，在家乡一样可以干番大事业嘛。

这会儿，福祥却怎么也笑不出来了，那股自豪劲儿也在动摇。他左右环顾，很想找个人说话。可偶尔有庄稼汉走过，瞟一眼福祥，又匆匆赶路，根本没搭话的意思。不是对方跟他不熟，是太熟了，就像看到桥头的水源标识牌一样，熟得无话可说。当然也有例外，那就是瓦镇水厂的老李。他们厂子的水源，取自河道下游的一湾分支。老李每月会跑来巡一两次河。两人见了面，就你一支烟、我一支烟地抽，聊上老半天。可后来呢，老李巡河的次数越来越少，只是十天半月打个电话给他，问问水源情况。他说，福祥老弟，河水有啥异常，记得第一时间通知我哦。还叮嘱道，我们厂长有时也会到上游瞧瞧，你要是碰见他了，就说经常见我在巡河。福祥哭笑不得，但依然照办。

三个月前，公司宣布内退政策。福祥马上打电话给老李，说了这事儿，那意思是，以后帮不上他忙了。老李笑道，我也快退了，正式退呢，以后有空，聚一块喝小酒吧。没多久，老李真约他，福祥却推辞，说手续还没办完。其实，福祥早就写好申请，只是到现在还没交。因为他心里塞了个铅球，一直等着它落地。

二

　　福祥退伍后，落脚到老家的县自来水公司，在综合办搞后勤。没多久结了婚，老婆做建材生意，能说会道。五年后，县里越来越重视水环境保护，福祥就调到水厂，当专职巡河工。他每天开着长城皮卡，沿着河岸，在黄泥路上颠簸。有些地方不通路，就绕道走。他快速准确地转动方向盘，避开一个个坑，拐过一个个弯。远远望去，他仿佛驾着一朵金黄灿灿的祥云，在河边飘来飘去，梦幻而神圣。

　　白条河四十公里，福祥每月至少巡一次；穿县境的河段十公里，必须天天跑一趟。河水出现异常了，就来回找污染源。他步子大，走如飞，在乡间小道穿梭，像一团光，闪来闪去。有时候，他还跑到河道的上游入口，守在闸门前，观察水质变化，那感觉如同侦察兵，在敌营前打探军情。平日里呢，厂子防洪抗汛，垒沙袋，疏浚水沟，转运应急物资，福祥在部队实战过无数次，动作比谁都麻利。每季度开展应急演练，他懂一点儿医，模拟人员抢救，也能派上大用场。

　　一晃五年，福祥四十二岁。厂子推荐他当先进，职代会也通过了。据说公司还会优中选优，确定两名额，登县报宣传。真成了，走到哪儿都有回头率。再说远点，以后提拔干部，也是优先考虑对象。那几天，老婆瞧他的眼神特别热腾，还备了好菜好酒，给他预庆祝。福祥一高兴，喝多了，倒头就睡。手机响了几遍，没接。上班才知道，当晚白条河上游发生泥石流，可能会对河水造成影响。厂长连夜打电话，是让他马上到单位，进入"战备"状态。他关键时刻"脱岗"，老总大发雷霆，取消了他评先资格。

福祥的梦一下醒了。

接下来五年，变化很大。先是河段建了水质在线检测设备，实时监控水源状况。河道两岸也拓成红砂道，巡河任务又分解给沿线各乡镇，公司只负责三公里长的水源保护区。福祥的岗位远没以前那么重要了，单位也不再配车，让他走路巡。而且那个时候，厂子分工越来越细，成立了应急分队、维修班、治安保卫组，很多事用不上福祥了。他闲下来，厂长交了份新差事给他。河水流进厂子前，先经过一条进水渠，渠里装有钢筋格栅，会挡住河面的浮渣。福祥的任务，就是每隔两三小时打捞一次。上级领导随时来视察，看着就清清爽爽的。捞完了，他将渣转到垃圾间，用火钳刨一刨，看有没有疑似毒害杂物，比如化学试剂瓶、不明塑料袋，或特殊异味的东西。福祥从不马虎，每次检查完，结果要记在巡查表里，他认为这是评价自己工作好坏的重要依据。只是有一次，他老婆给客户送货，路过河边，顺道来瞧他。福祥清楚地记得，当时老婆掩住嘴，皱着鼻子问，你就做这活儿？声音很沉，像铅球，打进他心窝，永远地塞在了那里。

几天后，福祥申请换岗。他巡了十年河，这要求真不过分，可最终却没成。因为这活儿单调枯燥，没人愿意替他，加上想到公司上班的人排着队，岗位缺人，轮不到福祥去补空。老总对他掏心掏肺地说，老福啊，巡河这份特殊的工作，相当于守护公司的边疆，是保证老百姓安全用水的第一道防线。没在部队历练过的人，他想干，我还不放心呢。福祥不吭声，老总又说，一旦找到合适的人，马上换！对，我们是国计民生行业，县报每年会给公司一个版面，等你功成身退了，一定好好宣传宣传你。福祥心里咚几下，那个铅球也猛晃了晃。要知道，这表态对他来说，是润物无声，是春风化雨，甚至催人奋进，给了他一份动力，一个希望。

福祥继续巡河。

他每天都在想象，自己上了县报，老婆对他又热腾起来的样子。这样想着，他觉得自己必须做出点成绩来。福祥开始主动找活儿做。每天巡一次河，改成两次；红砂道的落叶多了，环卫工没及时清扫，他自个打理；还有那些下河洗澡的，用电网击鱼的，本来属于沿河乡镇管治，他也越俎代庖。他小眼睛一瞪，连吆喝几次，别人真听话了。这一来，几个乡镇的兼职巡河员"顺水推舟"，经常请他帮忙，把上游的河道一块巡了。

这些事，厂长看在眼里，明在心里。他知道福祥尽职，自然不好多说，甚至不怎么管他了。时间稍长，厂子开会，公司搞活动，也懒得通知他。福祥成了独侠客，渐渐有一种与世隔绝的感觉。回到家，老婆跟他的话越来越少，看他的眼神越来越暗，后来跟断丝的灯泡一样，彻底没光了。倒是福祥的女儿很争气，大学毕业后去北漂。福祥看在女儿的份儿上，对老婆的冷淡就忍了。可第二年，他发现老婆有外遇，窝在心里的气终于爆发了。一阵掀桌踢凳，他提出离婚。办完手续，又指着老婆的鼻子说，别瞧不起我，总有一天，我会证明给你看。

这话没说多久，公司换了新老总。福祥急了，再次申请换岗。新老总表达了前老总的意思，话依然说得掏心掏肺。福祥继续巡河。

三

福祥跟赵主任谈话以后，原以为老总一定会想起什么来。可两个月过去了，啥动静也没有。过了冬至，岸边的槐树的影子，都不精神

178

了。冰凉的河水扑腾着，像旋风一样在他耳边打转，转得他心里一片怆然。

那天，福祥到垃圾间清渣。跟他做伴的那把火钳，"骨架"松松垮垮的，仿佛迟钝的黑虫子，衔着一片树叶，或叼一块烂泡沫，在渣堆前无力地晃悠。晃着晃着，它急躁起来，往垃圾桶里东戳一下西戳一下，咔嚓，咔、嚓、咔。声音卡壳一样。福祥拾块石头，对着火钳上那颗眼睛般的铆钉锤几下说，只要我在，就别想罢工。他已经记不清楚，自己换过多少把火钳，跟火钳说过多少遍这样的话了。

刚忙完活儿，厂长跑来看他，离开时说，老福，天冷，湿气重，没事儿去厂子里烤烤暖。活儿比命长，来日方长嘛。福祥反复嚼着他的话，一股血气涌上脑顶。新老总来了八年，他又继续巡八年河，居然还要来日方长？他蹲在桥头，盯着河面，牙齿打起颤来。那一瞬间，他甚至有一头栽进河里的念头。但这个念头仅仅是一闪而过。他唰地站起来，在心里说了句，我必须得到自己应得的！

翌日一大早，福祥去了趟公司总部。这幢高耸的楼宇，是十二年前建的，对他来说，却十分陌生。因为他总共只来过三次。第一次是被推荐成先进，他来填表。当时，综合办的同事基本是熟面孔，大家围一块，聊了好半天，还预祝他当先进，说以后升了官，一定要多多关照。福祥特别开心，有种回娘家的感觉。后两次呢，却是找老总说换岗的事儿。那会儿，公司已经添了不少员工，综合办几乎换成了新面孔，只剩小赵，也就是现在的赵主任，跟他还熟悉。

这一次，赵主任见了他，依然很热情，给他泡茶倒水，只是目光有点儿躲闪，也闭口不提上次谈话的事。

半晌，福祥问，老总在不？

赵主任说，咋了？不会又想换岗？

福祥摇头，不是劝我内退吗？

赵主任笑了笑，你到底想通了。又低声道，不过，老总不急了。你可能不知道，最新消息，他年后要调走呢，现在已经在跟新老总做交接。那些需要安置的人，他之前解决了大部分。剩下的，局上发了话，这快过年了，要保证员工思想稳定，人事方面暂不做变动。那意思，应该是留给下一任解决呗。

那内退的事儿？

赵主任叹口气，政策宣布了，当然有效。但老总呢，希望你年后再退。因为他懒得动脑筋，另外调人，来补你的空。

福祥一下从座位弹起来，不行，我要去找他。

这么急？年后退也没啥呀，不就一个多月的事儿嘛？

福祥却拉着她说，妹子，陪我一块去，我有话要说，你得支持我。

老总见到福祥时，眼睑跳了跳，马上恢复正常，然后嘴边挂着适度的微笑，不紧不慢地说，老福啊，正打算忙完这两天，到厂子看看你呢。咱们公司的老革命，在一线岗位，几十年如一日，不容易啊。

福祥拉着大嗓门说，没那么久，只有十八年哩。

老总一愣，到你正点退休，就二十三年了嘛，够长。

福祥忙摆手，我内退。说实话，能坚持到现在，全靠老总你当初的鼓励。你的话，我一直记在心里哩。

老总笑了笑，却笑得有些夹生，说，老福，我也记在心里的。然后从桌上拿起一张县报，哎，只是啊，这些年，县里发展太快，县报增添了很多栏目，你看你看，"特别关注""全民健康""全民智汇""环保专题"……版面不够用，以前什么先进事迹报道，给取消了。

福祥盯住老总，那咋办？

我争取了好几次，可是都没成。没办法，我们是服务行业，就必须服务大局，服从大局嘛。

福祥鼓了鼓腮帮，沉默着。气氛有些紧张。

赵主任忽然说，对了，我们公司的门户网站，也可以登员工风采嘛。而且全县人都能看到，比报纸的阅读量大多了。

老总剜她一眼，转头对着福祥说，老福，你决定内退了？

福祥马上掏出申请，在空中停了两秒，这才递过去说，是，赵主任亲自做我的工作，通了。

老总拧着脸接过来，鼻翼边皱出两个小树疙瘩。

福祥又补了句，知道公司年前忙，等你们安排妥帖了，我再退。

老总的脸霎时春暖花开，好好好！小赵，跟老福去趟厂子，了解了解情况。对，挑个好天气，顺道拍拍照。

福祥听了，乐得眼角眉梢都是笑。

四

等到第二周四的下午，太阳终于出来了。天明亮起来，还挂着几团白云。阳光稀薄地铺在河面上，是蜜的颜色，看上去很美。福祥带着赵主任，沿河岸往上游去。他还是大步流星，赵主任连走带跑，依然累得气喘吁吁的。

福祥停下来，解释说，每天巡水源保护区，两个来回，十二公里。我还经常到上游巡，就你那速度，一天的时间就没了。又指着河面说，你看，这水啊，呈淡褐色，流下来像绸缎一样，说明水质好。现在冬季，河堤维修，入口放进来的水少，有时会泛有点儿绿，说明氨氮高，得加大消毒剂量。我也遇到过淡红色水体，那是炼沙厂洗铁粉，偷偷排出来的。对，刚巡河的时候，水体还出现过刺鼻味哩，是挥发酚超标，不过被我找到源头了，是上游一家造纸厂违规排废水……

赵主任一边听，一边往本子上记。福祥一直说，脸上放着光，很投入的样子。完了，赵主任问，老哥，巡河需要什么特别的技能吗？

福祥嚯嚯嚯地笑，点了一支烟说，有，当然有。这河道有坡度，从上到下，每一段的水位不一样。不过，无论巡到哪，我瞄一瞄河面，就知道水有多深，出入不超过两厘米。

赵主任咂舌道，够厉害！这在具体工作中有什么作用呢？

福祥愣了愣，我就是熟悉，有这本领。

赵主任忙说，继续，继续。

还有哩，河道管理处会根据农田灌溉的需要，以及下游一些企业的用水需求，经常调整进水量，一般都在三十到五十个量。一个量是八万方，一天就是二百四十万到四百万方。我呢，看看河水的流速，也就是水势，就知道当天放了多少水，准得很。

赵主任点点头，又问，这有什么作用呢？

福祥还说，就是熟悉。这些情况，我经常报给瓦镇水厂哩。

赵主任想了一会儿说，明白了，这些经验判断，能给水厂的生产提供重要的参考数据。

福祥说，也不算吧。进水渠装了液位检测仪，厂子不用问我的。

赵主任笑了笑，老哥，啥事别这么认真嘛。

走到天平桥，赵主任掏出相机，要给福祥拍照。福祥举起望远镜，刚摆好姿势，手机却响了，是老李打来的。

福祥老弟，忙啥儿？我今天正式退休了，给你报个喜。晚上有没有时间啊?喝酒。

福祥说,我这段时间忙,要忙到年底哩。

呵呵,你这是在岗一分钟,做好六十秒啊。春节期间聚一聚?

不行,女儿让我去北京玩玩,机票都给我订好了。

去北京?老李迟疑地问,还回来不?

回来,肯定要回来。春节一过,喝酒,保证。

也行,等你。其实,一直想找你聊聊……

正说着,赵主任咔嚓几声,抓拍了几张。福祥忙说,老李,这会儿领导来调研,有空再聊吧。然后挂断了电话。

一路走,赵主任给福祥拍了很多照片。返回来,又去瞧进水渠和垃圾间。赵主任看着,神色端穆,紧抿嘴唇,也不问话了。福祥却目光炯炯的,拉着辽阔的嗓门,不停地说,不停地抽烟。烟圈飘到空中,在两人头上萦绕。

赵主任离开时说,老哥,你的事儿,我年前一定搞定。

福祥点点头,没说话。话都在他眼睛里了。

到了黄昏,夕阳清淡地洒下来,把福祥的影子投在桥廊下。有乡下人邀着几只鸭子,从桥上走过,宛如一幅画。他忽然感觉,巡河的日子,怎么一下变得这么美好了呢!

五

除夕前一天,公司召开年终总结会。福祥主动提出去参加。因为今天是最后一天上班了,报道还没出来,他心里急,想去问问情况。

福祥去得特别早,可赵主任一直忙会议的事儿,福祥只好在综合办等。一位小美女员工瞅他一眼,说,看了你的事迹,佩服!福祥脸一热说,普通工作哩。对方咯咯咯一溜脆笑,也不吭声了。福祥却一直回味着对方的话,心里甜滋滋的。过了好一会儿,福祥有些按捺不住地问,小妹,请问,你啥时候看到我的事迹了?小美女说,早看过,厉害,可以参加《最强大脑》了。福祥问,啥意思?小美女说,河里那水呀,你瞧一眼,就知道有多深,有多少体积,能不佩服吗?说完,又咯咯咯一溜脆笑。福祥也笑,却吃不准对方是真佩服还是假佩服。快开会时,小美女往会议室去。福祥正打算跟上,赵主任急匆匆跑来说,老哥,等等。

赵主任从抽屉里拿出一个文件夹,翻开说,老哥,真不好意思,因为报道是挂公开网,老总审了,上级还要审,遇到不少麻烦。还好,总算都签了字,今天能发帖了,只是有些事还得跟你沟通一下。

福祥舒了一口气,没事没事,发吧发吧,不用沟通的。

赵主任说,你对水源污染的判断和处理,删了。因为现在水环境治理得挺不错,你说的都是以前的事儿。如果被其他部门的老领导知道了,会不高兴的。

福祥点了支烟,很香地吸一口说,删了就删了呗,不用沟通的。

还有,你巡河,帮有些个乡镇巡,帮环卫工扫地,写出来,也有点儿揭别人短的意思。

福祥哦一声,明白明白,删,删掉,没关系的。

是,少写点多写点,说来无妨。可改了好多遍,传来传去,公司的人全知道了。好几个科长跑来说,他们部门也有内退人员,工作比你的……一样辛苦,都要求宣传。老总没撤,说干脆都写,写在一个报道里,每人不超过三百字,所以才耽搁这么久。

福祥碾灭烟头说,怎么写都行。

现在还剩一个问题。昨天送局上审,领导忽然问,你巡河十八年,公司为什么不考虑给你换岗?老总解释说,公司主动提了两三次,可你不答应,非要坚持守在一线岗位。反正,定稿就是这么改的,老总说必须这么改,也算是一种美化和升华。我想,这得跟你沟通沟通。

福祥眼角抖了几下,不说话了。办公室沉寂下来。走廊不时传来员工上楼的脚步声,还有嘻嘻哈哈的说笑声。福祥又点了支烟,猛吸一口说,狗屁!然后补了句,妹子,不是说你。谢谢你,辛苦你了!这报道,我放弃。然后朝她鞠了一躬,转身走了。

下午,福祥巡完河,来到进水渠,把格栅前的浮渣清理完,转到垃圾间。垃圾间的窗户没有关,风吹进来,直往他脖子里灌,把桶里的烂树叶也吹了好些在地上。福祥朝那些树叶踢了一脚,然后拿起火钳,准备掏渣,可怔了一会儿,他把火钳摔了出去。咣当一声,火钳碰在墙上,落在地上,张着嘴,一副快要窒息的样子。福祥瞅瞅手表,还有一个小时,他就下班了,永远地下班了。他身子颤了颤,说了句,狗屁。然后竖竖衣领,转身走了。走了一会儿,福祥手机又响了,是短信,老李发的,祝他新年快乐。

新年快乐!福祥回了句,坐在河堤边,又抽烟。抽着抽着,他拨通老李的电话,在干吗?晚上有空?喝酒哩。上次不是说要聊聊吗?

哎哟,早说嘛,已经回家过年了。不过真有事儿跟你聊,不,是找你商量商量。

福祥又拉着嗓子说,老李,我退了,巡河的事,帮不上忙喽。

还真就这事儿。我们厂长呢,早知道你内退的事儿,给我说了几次,想聘你,到他厂子上班。

聘我巡河?

老李哈哈哈地笑，福祥能想象出他笑得肩膀一耸一耸的样子。老李笑够了说，就是巡河，答应不？

狗屁，想气死我？

老李忙说，别急，开个玩笑。我们厂子可没有设专职巡河员，厂长是想聘请你做抽水工。你也知道，这活儿简单，但责任心必须强。

干吗聘我做这事儿？除了巡河，我啥也不会。

嘿，我们厂长就看好你。

我一把老骨头，有什么好看的。

呵呵，好在哪儿，你问他呗。老李说，反正一提起你，他就翘大拇指。这样吧，你也先别拒绝，考虑一下再说。

接完电话，福祥继续往前走。走着走着，他一下笑起来，那笑声里有些苦，有些酸，有些甜，像西红柿加了酸奶。他驻足，站了一会儿，倏地转身，回到垃圾间。风还在往里灌，地上的树叶更多了。福祥关掉窗户，把地清扫干净，这才拿起那把火钳，往渣堆里掏。叶子，叶子，树疙瘩，碎布条，烂棉花，空烟盒……这一次，火钳特别利索，特别听话，三刨两下就结束了任务。完了，福祥来到河边，拾了块小石头，又往火钳的"眼睛"上敲，还说，咋不罢工了？咋不罢工了？忽然，他手一滑，不小心把小石头弹飞起来。石头落到水里，咚一声不见了。

福祥抬头，看看河面，又朝上游望去。

河的远处，夕阳正缓缓地往西边隐退，那团泛着青黄色的光晕，像极了一个正在落地的大铅球。

无花
的
宇宙

一

夜深了，窗前的风铃摇曳，轻奏摇篮曲。雅茗想着虚拟恋人的事儿，睡眠却迟迟不来造访。

这里是AiSoft信息公司，在时光大厦七楼。雅茗是软件工程师，主攻图像处理项目。她加班时间最多，领导分了单间办公室给她，也算特殊待遇。暖色调的工作区，配有衣柜、冰箱、液晶电视和床。窗边是时尚玻璃桌，摆着宽屏计算机，几本女性杂志凌乱地压在桌边儿。公司不打考勤，员工只要按时提交成果，随时可以听音乐，玩游戏，吃零食，睡觉……

上午，楼间电路出故障，大家难得清闲一会儿，就聚在开发部聊虚拟恋人软件，说年前新上市的Home，聘了很多帅哥靓女做陪聊，统称男女电源，还根据各自特长和风格，分幽默型、正太型、总裁型……对方很有素质，就像午夜主持人，生意火到爆……正说着，营养师丁鹏飞推着餐车进来了。红脸深目，络腮胡修理得清爽整洁。他插了句，看来你们经常玩。雅茗说，我没玩过。丁鹏飞说，说明你不寂寞。她低头道，我就一码农，寂寞被代码吃掉了。丁鹏飞说，代码是寂寞的病毒吧！有同事逗趣道，那雅茗就是鹏飞的病毒，因为他喜欢玩Home，所有人笑成一片。

其实,雅茗半年前玩过一款叫"花开"的交友软件。很长时间里,两人面对虚拟土壤、一块松土、浇水、挖虫……据说,花开了,才可以看到对方的资料,还能相互交流。她喜欢这样的慢交友方式,有安全感和信任感。可跟她搭档过的,坚持不到两月就撤了。她又尝试派派、陌陌、探探……注了册,马上有很多异性黏过来,玩法简单粗暴,她从此不玩了。这会儿,雅茗掏出手机,点进社交产品界面,下载了Home。注册付费后,她选了款逗比型,背景切换到自由风咖啡厅,屏幕送出一排字:亲,我叫开心果,是你男朋友,靠近我,温暖我,来一场奋不顾身的恋爱吧!她噎着似的,好半天缓不过神。开心果说,明白了,你是慢热型。她说,是呆板。开心果说,那叫深邃。她问,有啥区别?开心果说,深邃的女人,一旦遇上知己,吹弹即破。她听着这话,没了兴致,退出来了。然后放手机音乐。她下载了很多卡农曲,写代码累了,就大半天大半天地听。魔力般的音符跳进心间,能将她角角落落的疲惫驱除掉。

第二天,雅茗提交了一个项目成果,暂时不加班了。她换上半袖连衣裙,又从包里取出玉镯,套在葱管一样细白的手腕上,出门晃悠了。路过自由风咖啡厅,有卡农曲的旋律飘出来,挠得耳心痒痒的,忍不住迈进去。刚走两步,见旁边的卡座上坐着丁鹏飞,白衬衣,休闲裤。他络腮胡长得挺快,早晨到现在,露出明显的楂儿了。雅茗下意识想退出,可目光已经跟他对接上,冻僵似的持续了两秒。她走过去问,你约着女朋友喝水?丁鹏飞说,自己跟自己恋爱。你呢?她说,我路过,看到你……络腮胡,显眼。丁鹏飞脸一红,那尝尝这儿的咖啡吧。

雅茗坐下,假装陶醉地听音乐,眼角却瞟着丁鹏飞。他不时挠挠胡楂儿，每挠一下，她就感觉某块记忆的云影在心间漾动。咖啡上桌后，她说，味儿很香，可不敢多喝，怕失眠。丁鹏飞说，那得多吃些猪心。她轻轻晃动咖啡杯，你挺有研究。丁鹏飞说，营养师嘛，习惯从健康角度跟踪和引导客户的饮食习惯。她脸上浸出羞涩，别跟踪，我就呆板一人。丁鹏飞说，那叫深邃。她一愣说，有什么区别？丁鹏飞沉吟片刻，前者理解不了别人，后者别人理解不了你。她呛了一下，都说你喜欢Home，这些话是网上学的吧？丁鹏飞笑了笑，我是陪玩。她问，啥意思？丁鹏飞说，几个月前，有个女同学突然电我，说要离开这世界，临走前，唯一想起的人就是我。我不擅长交流，劝不好她，急得快哭了。没想到这一急，她反倒放弃了轻生的念头。雅茗说，因为你的情绪告诉了她，这世上还有在意她的人。丁鹏飞说，我这才上Home做男电源，开始学着跟别人分享心灵秘语。雅茗掩下嘴，男电源？！那现在你跟她……丁鹏飞蹙眉道，那次她就跟男朋友闹别扭，现在没事了，都快……结婚了。说着，眼神黯淡下来，透出忧郁。雅茗忙岔开话题，我以前玩过花开，比现在这些交友软件更有意思……

两人又默默坐了一会儿，雅茗说，太晚了，得回去了。丁鹏飞说，那下次早些来吧。她心颤了两下，逃离般告辞了。

二

翌日中午，丁鹏飞送餐饭时，冲雅茗眨了两下眼。雅茗纳闷着，刚吃几口，见盒底压着猪心，冒着姜葱味的香。她马上去开发部倒水，偷偷瞅同事的餐盒，只有白米饭！雅茗心里掀起海啸，感觉这挺

191

刺激，像潜伏人员在敌营悄悄传递爱情。她想找个人分享这事儿，可翻遍通讯录，大多是不再联系的同学，也有同事的电话，却没私聊过生活。剩下就是家里人，可他们理解不了这些事。

雅茗的老家黄土村，跟都市是两个不同的世界。村里人谁丢了鸡，谁谈了恋爱，谁去了寡妇家，要不了多久便传遍。她长相不差，而且刚念初中，身体就开始枝繁叶茂地绽放。可初二忽然开始脱发，老治不好。大伙说她因为玩过盲童卜吉的小鸡鸡，才得这病。她喜欢跟卜吉玩，觉得他可爱。一次卜吉撒尿，她就大大方方去瞧，还告诉他，说那地方长得也很可爱。没想到，卜吉炫耀般跟他阿爸讲了，他阿爸又添枝加叶跟村里人讲，她成了大家眼里的小骚货。她从此不再跟村人玩，把所有时间泡在书本里，学业上一路高歌，最终进了电子科大，开始清心寡欲般地修行。她的头发也不断脱落，到都市后就开始戴假发。这是她的秘密，特别在男生面前。

午休时，雅茗想找虚拟恋人吐槽，又怕"闯见"丁鹏飞。思忖片刻，她拨通软件商的电话，说之前跟一个男电源聊得很投机，可自己换了手机，忘他网名了。对方让她提供几次聊天时间。她说，忘了，但我知道他真名叫丁鹏飞。半分钟后，对方回复说，是有这人，网名叫聆听。雅茗找着他，头像也是络腮胡，像马克思，还暖男型！惹她笑了好一会儿。接连几天，她避开聆听，把正太型、总裁型、幽默型……玩个遍。也当补恋爱课，想着跟丁鹏飞"下次早些来"的时候，不用那么怯场了。

可丁鹏飞一直按兵不动，只是雅茗的饭里隔三岔五爆出惊喜：鸡心、龙眼肉、炒山药。七夕快到时，她按捺不住了，干脆选了聆听。聆听说，亲，灯火深处，倾听你内心花开花落的声音。雅茗像被什么撞了一下，说，我心里没开过花。聆听说，我也一样。这些年，奔于生计，早淡漠了离散聚合，习惯做独行者。雅茗问，干吗不多跟别人接触？聆听说，我一直不太适应都市生活。以前住过You+，就是厂房改的青年公寓。一群合租人，男男女女的，常待在公共区域，过着群居生活。不到一年，决定单住了。雅茗问，为什么？聆听说，规矩太多，走了家友，来了新人，都要Party。每季度还要考核，不活跃不合群的，会被踢。而且，满空间的荷尔蒙分子碰撞，好些事超过我的接受程度……雅茗问，就没遇到心仪的女人吗？聆听又讲了跟他女同学的事儿，还说，都快住一起了，可后来她又回到原男朋友身边了。

聆听的话，像夏夜的雨，抽打着雅茗的心。她让聆听放音乐，还是选了卡农曲，*This Song For You*、*Always With Me*、*Life Is Color*。

过了许久，聆听问，能听听你的心路历程吗？雅茗开始快速叩击键盘，告诉聆听，自己上班后，跟有个同事成了最好的姐妹。不久彼此都交了男友，经常约一块玩。有次醉得厉害，男友送她回住所。恍惚中，她感到对方用络腮胡扎她，鲜活奇妙的感触涌遍全身。然后她承受了狂野的楔入……完了，发现对方居然是同事的男友，一耳光掴了过去。对方捧着脸说，你跟谁较真啊？其实你男友早睡过你亲爱的姐妹了。她辞职信也没写，跳槽了，然后沉寂下来，边工作边学习，沉浸在代码的海洋里……这些年，习惯了一个人上下班，一个人过情人节，一个人唱歌，一个人生病痊愈。这一晃，三十岁了，成了圣母玛利亚。有时闷慌了，就疯狂看电影。带上满壶柠檬水，到人少的电影院，看《一代宗师》《企鹅》《荒野生存》……看得都分不清是在现实还是虚幻里了。她又说，自己痛恨那晚的罪恶，却又无比痴念那次的疯狂，无数次在意识里狂热地重演那一夜，以平息体内的卵子们不断发出的自然呼唤。聆听说，亲，我听到了你对爱情的呼唤！雅茗眼润了，说经常加班，没时间呼唤。

两人沉默了一会儿。聆听说,我唱哄睡歌给你听。也不等雅茗同意,就吟起《亲亲我的宝贝》,一遍又一遍的。雅茗把手机贴耳边,感觉对方像舔着她耳垂,吹进温润的暖气。她又倚在窗边,俯视都市姿影。大街小巷如缀满萤火虫的河流。路对面的青年公寓依旧闪着多彩的光。她看着,神经慢慢舒缓下来,躺回床上,很快进了梦乡。

三

一晃七夕。单身同事约着过节。雅茗死活不去,说要加班,晚上却在电脑前发呆。快十一点时,丁鹏飞忽然进来了,身上透着酒味。雅茗心头一热,你加班?丁鹏飞说,散步路过这儿,见灯亮着,就,就来瞅瞅。雅茗说,哎呀,加班太投入,忘关掉一些灯了。说着,往墙边的那排灯按钮走去,丁鹏飞正站在那儿,一挪脚,胡茬不小心扎到她脸颊了。那一瞬间,雅茗感觉心里某个冰封已久的洞被扎破,涌出狂潮。她忽地拍下按钮,在黑暗中把脸贴过去,声音水荡荡地说,你,坏!丁鹏飞猛烈地拥过她,用胡子扎她的脸,扎她的脖……雅茗迷醉好一会儿,忽地推开他,不行,太罪恶了。你常这样吗?丁鹏飞说,我是宅男。雅茗问,明白了,你玩Home,网上猎艳。他说,咋会!现在没玩了!

雅茗狐疑地看看他,笑着撇了撇嘴,走了。

第二天,同事们回味着昨晚的聚会。雅茗这才知道,丁鹏飞也去了,是被两美女"诱逼"的。雅茗醋劲一下来了,中午也不理他。可看到他络腮胡,身子却有些酥软。晚上加班,丁鹏飞又出现了,说,小心累坏身子。她心里一甜,却嘟着嘴说,我就要这样!又转身丢了句,没事去跟其他美女拼酒量吧。丁鹏飞说,真那样,猪心就藏别人饭里了,然后一把拽住她。雅茗打个趔趄,跟他脸贴上了,醉了似的黏过去……

雅茗迷恋上了加班。一加班,丁鹏飞会等她,要是没其他人,雅茗就让他上来。她沉醉于他络腮胡带虐般的挑逗,短暂的黑暗,短暂的刺激。几次后,她终于彻底坠入他荆棘般的胡子,跌入狂野的旋涡……她软在床上,脑里忽地闪过那段特殊的记忆,心里又不安起来。分手后,雅茗想着又该换洗衣服了,就回租住的东山小区。下了车,见旁边楼盘大门有熟悉的身影。是丁鹏飞,错不了!她一下莫名紧张和兴奋,悄悄尾随上去。丁鹏飞上了靠门边的单元楼。不久,十三层的房间亮了。

周末,雅茗跑到物管处租房,说要向着对面楼盘的。拿到钥匙后,又买了架望远镜。晚饭后,她来了新房,进了主卧,拉开窗帘,举着望远镜,调了几下角度,脸上一下溅出惊喜——厨房清晰地装进了镜头里。厨台上摆着微波炉,还有小型清碗机。墙角有迷你洗衣桶。她缓缓移动镜头,卧室出现了,亮着灯,却有窗帘遮住。她哨兵似的守着。十点,丁鹏飞在厨房亮相了。他放了件T恤在洗衣机里,又往微波炉递进一杯牛奶。片刻,取出来,关灯离开。十几分钟后,卧室灯熄了,仿佛电影闪过片花,谢了幕。

雅茗守了两天,一无斩获。第三晚,她又加班,忙完,拉丁鹏飞逛街。雅茗晃眼睛似的望着他,哎呀,你脸色不是很好吧。丁鹏飞说,没透着气吧。她说,亏你营养师呢!在家得开着窗户。这些细节对健康特别重要。丁鹏飞说,那还不如去郊外清清肺。她撒娇道,哎呀讨厌,我就要你这样嘛。

第二晚,丁鹏飞的窗户"芝麻开门"了,雅茗成功地捕捉到了秘密。他背靠床头看电视。一连两天都这样。有时他也玩手机，可聆听一直是空闲状态。他果然没玩Home了！

周末，丁鹏飞约着雅茗踏青。两人去了郊外仰天山。树林里，低矮的农舍像蘑菇一样冒出地面，有鸟儿飞过，在上空划出优美弧线。雅茗看得怦然心动，说简直是世外，好想在这待一辈子。丁鹏飞笑道，那你要消失了，我就来这儿找你。雅茗娇嗔道，你不消失，我干吗要消失。

回来后，她又用望远镜看丁鹏飞。他房子的门窗却关掉了。一周后，门开了，却是一对年轻人。雅茗有些失落，不久退了房，把望远镜束之高阁。

四

转眼仲夏。软件部接到两个急件，雅茗和几名技术员连续加班，还熬到凌晨。她没法跟丁鹏飞一块儿了。天闷得慌，开着空调也难受，她就关上门，取掉假发，透着气，脑子也没那么沉了。

有天大清早，走廊上闹哄哄的，楼下的保安也来了。一问才知道，丁鹏飞在街对面的青年公寓里，用望远镜偷窥公司。雅茗说，认错人了吧。保安叹口气，你还替他说话？！他就对着你办公室窗口看。雅茗猛吸一口气，凉得牙也酸了。有同事问，这事有多久了？保安说，前几天发现的。我用望远镜反窥探，才确定出对方身份。以前他晚上好像也上过楼，以为加班，倒没在意。你们公司领导翻了监控录像，资料只能存三十天，查出丁鹏飞半月前上来过一次。待有半小时多。他要么变态，要么是……商业间谍！

雅茗回办公室，关上门，脱下假发，对着书柜玻璃门看自己，稀拉的头发像枯草，把整个人衬得像苍老的魔女。她背脊升起寒意，又感觉丁鹏飞正贴在天花板角，偷偷盯她，心里顿时生起无名火，呼吸也急促起来。

中午，丁鹏飞推着餐车进来了，眼神散着，透着一种干了坏事的慌。她接过饭盒，正想问他点什么，却注意到他目光在她头上划了一下，雅茗马上转过身。等他离开后，她砰地把门关了。第二天上午，雅茗又听到了同事们议论，说丁鹏飞否认自己是商业间谍，解释那天房东忽然收回租房，当晚没找到新地方，就到厨房借宿，又觉得不妥，便离开了……这个解释实在太牵强，领导扣了他手机，说是待考证。中午，餐车推进来，是其他人——丁鹏飞被辞退了。

几天后，雅茗试着给他拨电话，提示关机，一连几天都这样。她身子咯嘣咯嘣直响，仿佛无数链子震断了，内心的狂躁如潮水迅猛退岸。她倒满杯解百纳红酒，大口啜饮，又疯狂玩虚拟恋人，跟对方谈流星划过夜空般的感伤话题，重复疯狂的赤裸的火焰般的情话。完了，卸掉 Home，盯着屏幕发神，忽然想到"花开"，打开一瞅，除了她，只剩一个用户了。对方三个月前就向她发出种花的请求。她算算时间，正是跟丁鹏飞喝咖啡的那晚。她默然良久，赶忙加上。

隔了一天，对方开始浇水了。雅茗悸动着，一有空，也开始除草，挖虫……一周，两周，一个月，两个月……植物发芽了！等到开花，她就能和他对话了！可又三个月过去了，芽绿得欲滴，却就不开花。她联系软件商问情况。对方说，"花开"因为没有用户市场，早下架了。三个月前，服务器到期，准备彻底关掉，却发现还有两人。老总一感动，想看看他们到底能在这个无花的宇宙坚持多久，决定给服务器续费。雅茗问，那什么时候开花啊？对方叹口气，开不了花的，因为最初上架时，开花这个功能没做。现在，更不会研发了。雅茗央求道，我付钱，你们完善功能吧。对方呵呵两声，不是钱的问题，没市场，不可能再投入精力。

"花开"宇宙里，"丁鹏飞"似乎也着急了，一天浇十几次水，有时半夜三更也除草挖虫。雅茗也浇水，却感觉这仿佛是对绝望的祭祀，心里愈发荒凉。倒是跟丁鹏飞一起的那些光景，宛如一波波海浪，在意识岸边不停拍打……

几天后，雅茗退出"花开"，请了两周假，去了趟仰天山，租了间农舍房。天色已经暗透，山的夜，铺满恬适的月光，静得令人惬意。雅茗心里像被什么填上，温暖踏实，很快进了梦乡。少顷，她看到太阳从山边探出头，溶解了夜的暗色。逆光中，一个颀长的背影，正在草地里忧伤徘徊。她心弦一跳，跑了过去。那背影却在一点点拉远缩小，变成小黑点。她倏地变成一朵绽开的花，轻声呼唤：回来啊！你不是说要来找我吗？

影点一闪，化成一缕阳光，向她投来，直射她心间。

影子

一

凌晨，孟宇被一阵急促的铃声吵醒。接完电话，他马上走出值班室，登上警车，驶出派出所大院。

车载液晶屏的时间恰好跳到六点整。天空有熹微的晨光投在小镇鱼鳞般的屋顶。青石板大街上，传来窸窸窣窣的声响，那是看守石塔的老头正在清扫落叶。

车子行至报警现场戛然停下。孟宇跳下车，环顾四周，两个看上去情绪还不算太坏的人即刻走上前来。披着灰外套的矮女人胖得甚为惬意，旁边的老头留着短须，一如彬彬有礼的山羊。

女人领着孟宇进入住所。

孟所长，你看，到处翻箱倒柜乱成一团。女人耸耸肩说，可家里的钱，一个子儿也没少。至于首饰啦家电啦酒啦烟啦，也一概安然无恙。

我屋子里也是如此。老头摸摸胡须，这位梁上君子，到底在打什么算盘呢？

孟宇的眉宇顿时绞成一团，听见什么响动了吗？

肯定没有！

肯定没有！老头附和道，不然早吵醒我了。

你怎么知道不是被吵醒的？

睁开眼，正好五点半。五点半，自然醒，我一直都这样。

孟宇喟叹一声，很不情愿地认可了对方的判断。然后开始对两人的住所进行巨细无遗的检索。所见之处确实乱得一塌糊涂。壁柜大敞四开，抽屉纷纷落马，衣物用品散成一片，书本账簿扔得满地开花。

半晌，孟宇走出住所，站在屋檐下抱臂沉默良久。

当晚，派出所增派警力加强夜巡。可长长的青石板街，除开冷风肆无忌惮地东奔西窜外，实在没有任何可疑的迹象。警察徒劳无益地监视了一夜。凌晨六点时分，派出所再次响起刺耳的报警铃声。

窃贼故伎重演。一个大胡子男人醒来后，家里翻箱倒柜的表演已安然谢幕，屋内阒无声息。细细盘点，财物仍无缺失。一个个壁柜像受到惊吓的脸孔，茫然空漠地望着对方，似乎在说，看我们干吗，快去报警。

派出所迅速成立专案组，警局也援派了一位颇有侦案经验的女警官。下车后，她对孟宇莞尔一笑道，我叫秋韵兰，叫阿兰即可。说罢径直走上前来，微微摇摆的身姿如一缕春光，让人赏心悦目，孟宇精神为之一抖。

孟宇继续增强警力，昼夜监巡，又挨家挨户通知居民做好安全防范。可连续几天，凌晨六时左右，派出所电话总会不依不饶地响起来。警员们风急火速地赶至现场，苦苦搜寻一番，均是无功而返。

阿兰坐在警车上，目光扫视窗外。路过石塔，她眉头不易察觉地微微一蹙。

小镇居民开始热衷于盗窃事件的传播。那些天，全世界的任何一条新闻，无论是火山爆发，还是陨石从天而降，相比此事，在大家看来皆微不足道。只是夜幕笼罩下来，老百姓无一不安分守己地待在家里，把门板关得严严实实。一些警察则躲在暗处，伺机而动。

二

同仁堂药店正要关门，阿吉进来了。黑脸，蒜头鼻，头发微卷着，像刨木花。他在玻璃柜前稍站片刻后，指着一盒杜蕾丝避孕套说，就拿这个。

柜员刚嗯一声，阿吉手机响了。

沈叔好。阿吉问候道。

快过来，工地上出事了。说完，对方挂断电话。

阿吉心里涌上不祥的预感。他立刻迈出大门，跨上三轮车，飞快驰离青石板大街。

柜员一愣，连声呼道，你东西还没拿。

阿吉已消失在夜色里。

阿吉来到离小镇两公里的工地上。一大堆人围在灰暗的灯光下，吵闹已渐次收兵。沈叔缩在地上，头发乱成杂草。

沈叔，怎么回事？阿吉问。

沈叔指着一个瘦得像金枪鱼的男人说，他，放狗咬人。

金枪鱼眯细眼说，狗自己蹿出来的，它咬谁，关我屁事！

阿吉绷紧腮帮，不停吞咽口水。几个民工喘着粗气。少顷，他把沈叔扶上三轮车，刚蹬几步，链子"咔嚓"一声断掉。他见狗桩旁停有单车，就对金枪鱼说，救人要紧，借车用一下吧。

金枪鱼晃了晃脑袋，这才嗯了一声。

阿吉搭着沈叔急奔医院。沈叔一路抱怨，无非是说工地拖欠薪水，开发商、总包方，还有分包方相互推诿，大闹三国演义。闹了半天，谁都有理由，就民工遭殃。

阿吉听着，火气冲了上来，妈的，不给钱还放狗咬人，老子明天找他算账！

沈叔赶忙说，你小子，就爱冲动。我可不想闹事，就盼着把工钱领到手，好回趟老家啊。

阿吉叹道，是啊，有钱没钱，也该回家过年了。

去年初，阿吉跟着沈叔离开达马乡，来到千里之外的石塔镇打工。那时候，小镇正值大改造，到处都在大兴木土，活计不缺做，只是工钱很难拿到手。每月结薪，比挤牙膏还难。好不容易熬到年底清账，老板却一张欠条打发了事。家里人天天催着要钱，搞得阿吉鬼火直冒。一怒之下，他把工头打伤在地，自己也被丢进拘留所。沈叔出面协商，赔钱道歉，总算息事宁人。但工地上的那些老板无不将阿吉划进了"黑名单"。阿吉只得购来一辆旧三轮车，靠收荒谋生。如今又到年关，他和沈叔的境况却依旧没有改善。

思忖间，一股灰尘迎面扑来，阿吉呛出一个喷嚏。

你们的影子，浓度比常人高出了一半。石塔边的老头挥舞着扫帚说。

阿吉踩住刹车，弓腰瞧瞧地上。影子就是影子，实在正常不过。他揶揄道，浓度也是可以勾兑的吧？

浓度嘛，若是酒或饮料，从量筒里倒一点点水，摇匀后即可改变。至于影子，得靠意识来调整。老头停下手上的活，拘谨地站立在那里。他略微带白的头发在冷风里瑟瑟飘动，一如微微燃起的火苗。

沈叔催促道，走吧，这老头神颠颠的，不要浪费时间啦！

阿吉加速驰离了古塔,留下一串嘲讽般的铃声。到了医院,阿吉扶沈叔进了急诊室。

医生扶扶眼镜问,什么名字?

沈得富。

住哪?

铁树村棚户区。沈叔一卷裤筒,亮出伤口说,快到家时,被狗咬伤了。

医生的目光顿时变得慎重起来,什么样的狗?

疯狗,见人就咬。

医生不再多问,把沈叔带到消毒间,拧开龙头,用手撑开他的伤口,一边冲洗一边使劲挤压周围的软组织,你真是一点常识没有,受伤后应立即冲洗。

路上没水。

处理完后,还得打疫苗,一共三针,单子上会写明每针注射时间。对了,还要留院观察几天。医生扫了眼墙上的日历,还有半个月就春节了,必须认真治疗。你总不希望大年三十也躺在床上吧。

沈叔板着脸说,知道了。然后闹着要上厕所。

阿吉扶沈叔去,沈叔却拽开他的手,往医院大门走。他说,还拿狗屁单子。这里除开撒尿,其他都得付费。

我这有啊。阿吉说。

省省吧,回家的路费还得靠你。

阿吉只好跟着出来,却发现单车不见了。他忽地想起,刚才太着急,停车的时候忘记上锁。

天上无星无月,暗色愈发浓厚,层层叠压下来。他和沈叔在夜宵店买了几个馍,囫囵吞枣地塞进肚里。一路沉默,两人如同并列的冰山。

三

孟宇、阿兰和两名警官准时来到会议室，端坐在咖啡色的长桌前。天花板的枝形吊灯，把地板照得镜面般闪亮。

每个人的面前都摆着一份资料。最边上的胖警官认真翻看着，除了眨眼本身，目光一刻也未从纸页上移开。另一个略微秃顶的警官，下颌拘谨地向内收紧，摆出一副沉思状。阿兰坐在孟宇右侧，支颐凝视着空间的某处。

约莫七八分钟后，孟宇看看手表说，各位，上午好。然后将手上的钢笔在桌上敲两下说，相同的作案已连续发生四天，在座各位都到有关现场查勘过，具体情况在资料里有详细记录，也归纳了几处疑点。到目前为止，尚未找到任何线索。今天这个会，就是想听听大家的意见。

在座警官一本正经地点点头。

案件确实难以用常理来推敲。至少嘛，存在三个疑点，一是窃贼的搜寻有破釜沉舟之势，但盘点下来，钱财物品却无一缺失；二是窃贼无所顾忌地翻箱倒柜，拍手安然离去，其声响却未能惊醒住户，或者说，住户未能听到任何响动；三是找不到任何理应存在的蛛丝马迹。比如，在现场提取无色指印，对物体上的汗渍、毛发进行化验，均属住户人员所有。孟宇双手一摊，总之，一切皆无。

我想，如果能合理解释其中一个疑点，其他问题便迎刃而解。秃顶警官接过话头。

说到底，还是要寻找有价值的线索。胖警官说。

阿兰的目光像风一样扫过每个人，确实有悖常理，但情况实实在在如此，与其说难以推敲，倒不如说是行为的完美。只不过这一切缺少现实感，终究发现不了人的气息。

大家的眼神浮出极为中立的光，沉默着静待下文。

阿兰忽地扬头，两个耳环在灯光下闪了闪，我们首先得分析窃贼的作案动机。我想，他似乎在寻找什么重要的东西。

两个警官钦佩地点点头，或者装出钦佩的样子。孟宇将手中的笔上下颠转，这个假定能解释我们提到的第一个疑点。

秃顶警官顺势询问，有什么东西值得这位窃贼如此劳神费力呢？

应该不至于价值连城。否则，如此愚蠢地打草惊蛇，物品早就被转移，或被看管起来。孟宇说。

现在这事闹得满镇风雨，但窃贼依然我行我素。我推断，一来，窃贼确定所寻之物一定在小镇；二来，极有可能，目前物品的拥有者并不知道此物在他手上。秃头警官说。

我们暂且认定这样的动机。这位梁上君子嘛，只要没找到所寻之物，应该不会就此作罢。他藏身之处也不会离小镇太远。否则，长距离地来回作案极易暴露目标。阿兰说。

大家低头不语，似乎在分析阿兰的推断是否合理。

窃贼每晚会光顾哪家，我们难以预断。阿兰呷了一口水，但撤回的藏身处应该不变，否则频繁更换地点，势必增加暴露风险。

那接下来？秃头警员问。

掌握主动权，孟宇说，想办法找出窃贼的藏身之处。

阿兰不置可否，用眼神向他作出一个暗示。孟宇心领神会，宣布会议鸣金收兵，却独自和阿兰留在原位。

你一定还另有高见。

阿兰望了望天花板上的枝形吊灯,刚才说的都属一已之见,至于其他想法,没一个成形,所以还想了解一下小镇上的情况。

悉听尊便。想了解哪方面的?当地治安?商业或旅游发展?还是民风民俗?

对小镇石塔倒是蛮有兴趣。

石塔?孟宇一脸多云,对它的历史感兴趣?小镇市民图书馆里有大量记载。

哪有工夫去看,又不是搞研究,听听即可。

嗯,试试。孟宇开始搜索记忆,小镇的地方志记载,这座石塔建于三国时代,应为佛寺所造,规模不大,毕竟是战争年代,人力物力财力十分有限。用途嘛,估计超过佛塔限制,具有登高看远、瞭望军情之类的用途。刘备称帝后,一直忙于攻打东吴,很多壮年男子被派到前线。所以,石塔断断续续用了五年才建成。那时刘备的儿子在后方协助他父亲管理国家。塔建成后,他登塔巡察多次,还留下衣带作为镇塔之用。也难怪,两千多年过去,经历无数战乱,佛寺早已消亡,唯独石塔却依然幸存……

那个守塔的老头,能谈谈他的情况吗?阿兰打断道。

他嘛,说来话长。老头受聘于当地政府,负责石塔的守护。听说他原是一名物理学者,妻子早年病逝,儿子不久夭折,他因此受到打击,心智变得鲁钝。政府见他身体倒也健朗,便把守塔的活儿交予他。塔底的小屋是他值守和休息的唯一之处。老头对工作恪尽职守,十几年如一日,每天的生活千篇一律。

那是说,他精神受到打击,见人便会紧张?

恰好相反吧。他生活孤独,性格乖戾。任何人,只要在石塔旁逗留,他总会上前搭讪,如迂腐的学究,煞有介事地讲述石塔历史,偶尔也会说一些让人摸不着头脑的事儿。

石塔就他守着,不会有其他人进出?阿兰警觉地问。

差不多如此吧。石塔作为一个免费景点对外开放,早晨八点半准时开门,晚上八点准时关闭。开放时段老头寸步不离,对工作墨守成规得近于迂腐。

阿兰把右手指放在桌面上,如试钢琴音色一般轻轻敲击几下,用不太确定的语气说,这几天我经过石塔,发现老头看到警车或身穿警服的人,眼神很是躲闪。

孟宇眼睛一亮,你认为石塔是一个藏身之处?或者,这事儿和老头有关?

捕风捉影的猜想罢了。

马上走一趟,看个究竟?孟宇欠起身说。

嗯,得防止打草惊蛇。我先去探个头阵吧。

四

回到棚户区,正好零点,新的一天还完整无缺地保留着。一大片旧瓦房正沉睡在夜色里。房顶横着几根电线,上面挂有一些内衣,在夜风中有气无力地晃悠。

阿吉和沈叔迈过脚下随处可见的坑洼,摸索着开门进屋。沈叔回到房间,倒头便睡。阿吉同样倦怠不堪,意识里存在多时的尿意也难得理会,连人带皮钻进了另一个房间的床窝里。

一双肥胖而炽热的手立即从他背后滑过来,急不可耐地入探到他的身下,骚扰了他的睡意。手的主人叫李翠芳。天黑后,她从自己的租住房跑过来,蜷在被子里,守候阿吉对她的侵占。这是今早和阿吉约定好的,但超过预期的等待让她变得燥热而潮湿。

快点儿,把裤子脱掉。女人剑拔弩张。

今天遇上些麻烦事,忘了买套。阿吉打了个哈欠,实在太困,下次吧。

下次?老娘的大姨妈快来了。再说,你和沈叔再过几天就回老家了。把粮存着给你老婆享用?想得美!女人动起手来,开始履行欲望的使命,不带套,感觉更好。

阿吉很快被撩拨起来。他恢复了主导剧情的角色,女人变得跟跳蚤一样兴奋……

天刚蒙蒙亮,翠芳起了床。窗外鸟鸣声不断,阿吉依然滚着细鼾。翠芳听着,内心涌上莫名的空洞感。她老公前些年出车祸,落得终身残疾。她被迫离开故土,到异乡打工。和许多聚集在这里人一样,过着乱七八糟的生活。这会儿,她草草洗漱完毕,一声不吭地离去了。她和阿吉就是这样,约定时三言两语,离开时也无须告别。

一小时后,阿吉也出门了。他甚至暂时忘记了翠芳。到工地取三轮车时,金枪鱼趁机提出索赔条件,单车是工地的财产,必须买辆同样牌子的回来。赛克牌,明白不?他接过阿吉递来的一包香烟,又说,二手的也行,不过至少八成新。

中午送来。

拿不来就从沈叔的工钱里扣。

阿吉到车行挑了一辆单车,立刻赶往工地交货。路上,阿吉有了尿意。他将车停在路边,锁好,用最快的速度跑进竹林里。忽然听到有急促的刹车声。返回时,单车面目全非地躺在路边,一辆大货车正飞驶而去。

阿吉一下陷入了无可救药的绝望。昨天和沈叔商量返乡，兜里的钱刚好凑得够路费。可如今再去买辆单车，回家只能化成泡影。

思忖间，阿吉来到集市，在车棚附近兜转大半天，终于不动声色地偷走了一辆赛克牌单车。把车交给金枪鱼后，他取回了三轮车。就在此时，一辆尖锐啸叫的警车阻断了他的去路。

五

从会议室出来，阿兰立刻赶去石塔。她身穿白色羽绒服，肩挎大提包，右腕上吊一串有小熊挂坠的钥匙，俨然旅游爱好者。

老头正坐在塔门前的木椅上，抽着叶子烟。

伯伯，您好。这塔，可以上去看看吗？

当然可以。它的门，还有每扇窗，向全世界开放。老头吐出一团白烟，露出几颗仿佛退化的白骨般牙齿，历史从来都属于每一个人。

阿兰先是绕塔一周，饶有兴趣地打量一番。塔身八层六面，每面刻有佛像。塔门石阶左侧立着一盏杆灯，仿佛戴着盔帽笔挺站立的卫兵。尔后，阿兰拾级入塔，环视四壁，砖石满铺满砌，没有任何灯饰之类挂于壁上。正对塔门便是直通楼上的阶梯，侧面是间小屋。阿兰佯装不识，推门欲入。

老头一本正经地说，那是我的值班室，闲人免进。说完，又换上一副缓和的语气，不过，我并不介意。塔的每个角落，都留有历史的痕迹和韵味。

阿兰略一沉吟，掩回小门，开始沿单筒式塔壁拾级盘旋而上。每层楼皆有小窗，外装护栏，透光度差，塔内昏暗，难怪八点以前便闭门谢客。塔顶一层有佛龛,但放置的不是佛像,倒似帝王,其貌威严,按孟宇所说,应是阿斗。置身狭小幽暗的塔身,凭窗远眺,小镇概貌尽收眼底,街巷的繁闹与鳞次栉比的建筑相得益彰。耳边隐隐涌动着鸟鸣声以及各种来历不明的声响,使眼底景象尽显几分扑朔迷离。

阿兰返回塔底,假装惬意地说,这里可以登高望远,是观景的好地方,只是塔楼装饰过于简单。

老头朝阿兰笑笑,石塔没有过多装点,是为了保持历史的原貌。如果你对它的故事感兴趣,我可以略叙一二。

下次行吗?我得赶回去收拾行礼,明大早要乘火车回大南市。

下次我未必有兴致介绍。老头略显不满。

阿兰歉意一笑,离塔而去。

石塔大门在晚上八时准时关闭。小屋有昏暗的灯光溢出。片刻,石阶旁的杆灯亮起,屋内光亮倏然消失,老头悠然入睡。四周一片静谧。

凌晨五时左右,老头被一阵敲窗声吵醒。他打开小窗,从屋里探出头来,再次看到阿兰。她身旁的一辆轿车转头驶离。

伯伯,深夜打扰,实在抱歉。

车跑了。老头指指她身后的车,其尾灯已被黑暗吞没。

哦,我大哥送我来的,走得太急,路上发现油不够,赶去加油,稍后回来。还记得我吗?

老头走出小屋,打开塔门,当然记得。不用抱歉,只是我的记忆还在酣睡,这会儿若要我讲述历史会十分吃力。

呵呵,历史嘛,下次一定来讨教。下午我可能把钥匙丢在了塔里了。还有半小时得赶到火车站,路过这里,顺道来找找,实在不好意思。阿兰抬起右手，刻意摇摇空无一物的手腕。

进来吧。除开我的值班室，塔楼各层都没有灯，拿支电筒给你。老头返回小屋，阿兰紧步跟随。

阿兰环顾室内。二十余平方米，小木床邋遢得无可救药，两个矮书柜，一如丑陋的双胞胎。墙角堆着扫帚和垃圾桶，靠窗的木桌上凌乱地摆着厨具。

这么小的房间？

小有小的好处，显得紧凑。

你喜欢看书？阿兰指着书柜问。

什么书都看，形式上是书就行。后来，觉得只有历史可以反复嚼读，比如三国。

嗯，三国里面确实有好多耳熟能详的故事。

老头摸摸脸上的胡楂儿，摆出一副准备大江大河谈论的架势，可话还没出口，又想起什么似的从枕边摸索出手电筒，走到屋外，顺势按下开关，黄色光柱笔直地射向塔壁。

时间不多了，你快去找钥匙吧。老头说。

时间不多了？阿兰满腹疑惑地掂量着老头的话，走向塔楼。

她上楼搜索，依然没发现任何异样。倒是手机忽然收到短信——派出所再次接到报警电话。她把提包里的钥匙套在手腕上，迅速跑回塔底，电筒光柱亦随之上蹿下跳。老头依然站在原地。阿兰没有理会，径直走进小屋扫视一圈，伯伯，找到了，钥匙掉在了佛龛前。

门外响起了喇叭声，是孟宇驱车归来。阿兰跨出塔门，对老头说，实在打扰您了。下次来这里，一定向您请教三国历史。说完，钻入车里。

老头站在门口，挥手作别后，拖着身影转身入塔。塔门再次闭合。

213

六

　　一个警察端来碗米饭放在桌上。阿吉垂头丧气地坐在那里，全无响应。整天没吃饭，他却毫无食欲，甚至对呼吸也感到厌烦。昨晚被带到派出所，警察对他的审讯和训诫持续了三个多小时。阿吉对一切供认不讳。

　　今天，这位警察径直走进所长办公室，汇报了事情的来龙去脉，所长，昨天下午，单车主人发现失窃后，向我所报案。我们赶到现场，调出监控系统，确定了作案对象，顺利将案犯逮捕。

　　准确无误？所长问。

　　已到工地、菜市和车行进行了现场调查，确认案犯的交代并无虚假，单车已物归原主。

　　所长点点头说，审讯已快二十四小时，按《治安管理处罚法》办。

　　阿吉勉强用完餐，最终交上一笔罚款，走出了派出所大院。沈叔正在门口等他。

　　早上好，沈叔！阿吉僵硬一笑。

　　晚上好！出来就行了。沈叔纠正道。

　　阿吉这才注意到，小镇的夜幕已从容降下，毫无相让地扩充着自己的领地。四下的街灯炫耀般点亮自己。一股冷风扑来，没有轮廓，却在他心里划出一道苍凉的痕迹。

　　两人往铁树村走去。阿吉忽然拍拍脑勺说，哎，金枪鱼一定等着我赔车呢。可现在什么也没了。

沈叔双手缩在袖里说，车子的事处理了。上午去了趟工地，金枪鱼嚷着不要车，说怕又是盗来的赃物，最终赔给他四百块。

工钱拿到了？

拿了张欠条。哎，不想再闹下去了，过了年再说吧。

那赔车的钱？

以为你一时半会儿出不来，今大早找人借了两千块……还是想回趟家。

借钱？谁啊？

就这镇上的人，是个木匠。和我一起在工地上干过活儿。沈叔顿了一下，昨天硬着头皮找他借钱。好人啊，他爽快地答应了。

接下来怎么办？

明天去买票，尽早回家喽。好多工友都离开了。

翠芳也走了？阿吉这才想起似的问。

应该是吧。中午见她提着一袋行李出门，说老公病重，年后暂时不回这儿干活儿了。

阿吉叹了口气。跟翠芳的事，他对家庭有难以补偿的愧疚；对翠芳老公，虽素未谋面，也怀有深深歉意。这种无可名状的感受常在内心徘徊，既无法将其排遣于外，又难以将其深藏于内。

沈叔只当他舍不得翠芳，忙安慰道，哪有不散的筵席，各自平安就好。

阿吉抿抿嘴，未置一词。

你看，那老头天天守着石塔，孤零零一个人，心里连个惦记的也没有，比我们还可怜。沈叔指着前方说。

阿吉循声望去，老头正盯着他俩的脚下，仿佛苍蝇盯着苍蝇拍似的说，你们的影子越来越浓了。

四下一片昏暗，阿吉又低头看了看，两团如浓墨般的影子在青石板上晃动着，比他们本身的动作还显得夸张。

也是，这老头天天找人搭讪，无非是闲得难受。阿吉说。

回到棚户区，往日飘荡在电线杆上的衣物已不知所踪，整片房屋见不到一丝光亮，破顶棚在夜风里瑟瑟抖颤着。

人差不多走空了。早点休息，明早还要去买车票呢。沈叔打了个险些脱落下巴的哈欠，站在门前掏钥匙。

阿吉忽然觉得有什么不对劲，做出侧耳谛听的样子。

咦，你看，阿吉，今早向木匠借钱，明明打了张借条给他，怎么这会儿还在我身上啊？沈叔从兜里拿出张纸条，轻声叫道。

阿吉沉默着。

糟糕，我把借条递给木匠时，他说不用，塞回我的衣兜，我又摸出来，放在桌上就走了。没想到，这推来攘去，我把工地打给我的工资欠条给他了。哎，明早还得先跑一趟他家里，把条子换回来。

阿吉将右手食指竖放在嘴边，轻轻嘘了一声。沈叔也做出聆听的样子。果然有杂乱的脚步声传来，少顷消失。隐约有拉扯声响起。

过去看看。阿吉猫着腰，循声走去。

算了吧。沈叔不想惹事，可脚步已经跟上。

巷尾拐角处人影闪动。一个短发女人倒在地上，雪白的屁股在冰冷的月光下仍散发出蓬勃的肉感。两个假面人，瘦高男紧捂着她的嘴，另一个矮个头已褪下裤子，气势汹汹地往女人身上压去。

沈叔摸了摸自己的裤裆说，看得我这儿又发脾气了。

不行，得报警。阿吉掏出手机，妈的，没电了。

沈叔没有搭话，只是不停地咽口水。

不会是翠芳吧？阿吉心里咯噔一下。

啊……说不准，是个短发啊。

阿吉忽地跳出去，却有些不知所措。两个假面人立刻摆出对峙的姿态。

沈叔跟上前来，大声嚷着，阿吉，报警！

阿吉再次掏出手机，放在耳边说，我，报警了。

呵呵，你忘拨号码了。瘦高个捕捉到他的慌乱，松开女人，嘲笑道。

短发女人趁势推开身上的矮个头，拉上裤子，烟一样溜掉。

阿吉这才看清，她不是翠芳，心里的石头这才落了下来。

矮个头歪歪扭扭地站起来，收起探头探脑的阳物，马上掏出一把刀，弹出鞘，走到阿吉面前，卖弄似的挥舞两下后，用不算快的速度向阿吉的肚子刺去。或许对方只是吓唬吓唬他，阿吉有足够的时间躲开，不料，沈叔自作聪明地推开他，抵在了刀尖上。矮个头手一抖，马上抽出刀，鲜血像打散的果冻，从沈叔的肚子飚了出来。

两个假面人傻眼了，转头就跑。

阿吉，救，我……沈叔呻吟道，明早还买，买车票。

阿吉背上沈叔往大路去。有汽车驶过，无视他的求救。他左摇右晃地奔跑着，空气也随之颤抖。也不知过了多久，到了小镇医院。几个白大褂把沈叔送进了急救室。

半小时后，医生走出来，摘下口罩说，病人是腹部开放性刀刺伤和失血性休克，送医院的时间晚了点，我这边需要立即安排手术，你得先缴三千块押金。

我身上没那么多钱，求您了医生，您先做手术，我会尽快补上的。

这，我要请示领导。医生说完，走到急诊室打电话。

几分钟后，医生同意了，不过说，明天上午必须把钱付清。

阿吉哀求道，我们是外地来打工的，工钱没拿到。年后一定补上。

你刚才又不说清楚。这还得请示领导。医生再次返回急诊室。

过一会儿，医生又出来，说领导同意了，这才开始实施抢救。阿吉躺在担架上，脸白得像纸，阿吉，明早，帮我换，换回欠条。

翌日凌晨，沈叔因抢救无效死亡。阿吉像一袋大米，瘫坐在手术室前。

院长提前赶到了医院，对阿吉说，昨晚，急诊医生对患者迅速进行了止血。按照医院规定，需交押金才能安排手术，你提出延缓缴费的请求，我们立即同意，对不？但是，你知道，他送到医院已错过最佳抢救时机。我们真的尽力了。

阿吉几次欲言又止。

院长又慷慨道，这样吧，我们先把沈叔的遗体送去火化。费用嘛，医院先垫上。

阿吉无奈地点了点头。

院长忽然把手上的笔往桌上一敲，对了，你报案没有？

阿吉这才想到报警。半小时后，警察赶到医院。询问，安排法医鉴定。赶到现场查勘、拍照、取样、再次询问。阿吉一一应对。

忙完一切，阿吉返回医院，办理账目清算手续。急救费、手术费、火化费、骨灰寄存费……阿吉签字认可，只等来日补还。

七

阿兰回望了一下紧闭的塔门，心有不甘地软在座椅上。

发现什么了？孟宇迫不及待地问。

一切正常。

孟宇把车停在对面,熄火关灯后说,等等再走,看老头什么时候出来。

两人静静注视着塔口。一小时以后,塔门打开,老头探出身子,拿起扫帚,挥舞起来。

两人一脸失望。孟宇驱车而去。

快中午的时候,两个年轻人来到青石板上街的公示栏下。黑西装,系斜条纹领带,胸前挂着工作吊牌,其模样一看便知是政府社区人员。他们煞有介事地往栏板贴上一纸,端视片刻后扬身而去。很快,一些闲来无事的人凑上前来围观,栏板前挤得一塌糊涂。

那位山羊老头也被吸引过来,却因一时人多难以挤入。见到有人钻出来,正是他隔壁的女人,便立刻拉住她问,今天小镇喜气洋洋的,有什么新鲜事?

大家只是议论纷纷,喜气洋洋是你老人家的判断而已。

案子有了进展?

和案子有没有关系,我不知道。只是一张失物招领而已。

哦,吸引这么多人,想必物品价值一定可观。

女人不置可否地说,社区弄得神神秘秘的,什么东西只字不提,只让失主前去认领。

老头摸摸胡须,摇头晃脑地说,以我看来,招领之物,正是窃贼连日之所寻啊。

此时,人群出现一条缝隙,老头马上钻进去,站在公示板前念道,青石板社区办事处收到小镇居民交来物件一样,请失主前来认领……又嘀咕道,该不会是我去年丢掉的手表吧?

消息很快从上街传遍下街。居民得出三种不同看法:一是前后两件事都显得扑朔迷离，但彼此毫无关系，小镇是屋漏又遇北来风；二是可以肯定，窃贼一直在寻找重要之物，现在失物现身，但派出所必定会设下天罗地网，请君入瓮，破案指日可待；三是窃贼作案来无影去无踪，必然会夜闯社区办事处，轻松盗走所寻之物，了却心头事。小镇可得安宁。

夜幕降临，谈论渐渐消停。孟宇和阿兰待在社区大厅里的值班室，不停看墙上的时钟。凌晨四点时分，两人身边的红外报警器闪动起来，阿兰赶忙按下开关，大厅一下通亮。两人四下环顾，却空无一人，只是文件柜的门敞开着。阿兰定睛扫视，一条影子贴在文件柜上，正滑向地面。

踩住它！阿兰嚷道。可大厅里并没响起她的声音。阿兰清清嗓子，再次喊话，依然如故。

孟宇从阿兰嚷叫的嘴型猜测出意思，立刻跨步向前，踩向影子。影子纾解酸胀感似的扭动几下脖颈，钻过他的鞋底，从卷帘门的缝儿溜了出去。孟宇拉开大门，开闸泄水般的声音哗地打破了夜的沉寂。影子混在暗色里，全然辨不出轮廓。孟宇和阿兰搜寻半晌，无果而终。

返回大厅，阿兰这才缓过神，惊讶道，居然是条光溜溜的影子。她声音已然恢复正常。

孟宇摇头又点头，半张着嘴接不出话。

两人来回踱着步子，脸上凝固着惊愕的表情，努力消化着眼前的事实。

过了好一会儿，阿兰这才长叹一口气，妥协似的说，或许，影子本身具有独立的意识和生命，只是平时关注太少。想来，其实它和我们的身体一直同在。

那是说……孟宇困惑道，影子和它的主人多数时间和睦相处，可是一旦弄不好，便会分道扬镳？

沉默。时间顺着各自的思绪无声流淌。

孟宇忽地指着文件柜说，影子爬过服务台，贴在柜子上，红外线报警器全然没有反应。

阿兰沉吟片刻，如此说来，影子应该没有厚度。报警灯闪亮，是因为打开的柜门阻断红外线引起的。不仅如此，影子出现时，我们说话全无声响。

不可思议！孟宇舔舔干涩的嘴唇，影子在光照下会显身，混于黑暗则无从辨认，它深夜作祟，堪称来无影去无踪。

阿兰将目光投向门外的夜空深处，那影子到底藏身何处？即使找到它，如何制服？他的主人又是谁？下一步该怎么办？

孟宇抱臂说，影子多次造次民宅，却不图钱财，也不知道它主人是干什么的。还有，影子好像没有想象的那么敏捷……他还想说点什么，终究作罢。

阿兰眼神略微闪动一下，上次你说小镇市民图书馆里收藏了许多书籍，我想去看看。

市民图书馆是一幢三层高的仿古建筑。在小镇湿地公园旁边。阿兰进入馆门，一个苗条女子刚把今天的晨报摆在大厅的报架上。阿兰亮出警官证，和她低声寒暄片刻。女子恭恭敬敬地引她上楼。

阿兰走出馆门，天色已经暗下来。她穿过草坪中间的碎石小径，返回警车旁，用力敲了几下玻璃窗。

孟宇从主驾座弹起来问，现在去哪儿？

趁时间还早，去一趟石塔。

又去石塔？

阿兰不置可否地抿嘴一笑。

八

阿吉走出院门，夜色再次降临。他环顾四周，一切变得格外陌生。这里俨然不是他生活两年的地方，或者说，置身于其中，他却不属于此处，更不属于这个世界。

路过石塔，他忍不住又垂头打量自己的影子。影子也依葫芦画瓢地耷拉下脑袋，其摆动的幅度依然比他实际动作还要夸张。阿吉揉揉干涩的眼睛，睡意锐不可当地席卷而来。

你的影子走不动了，它需要休息。老人从塔底的窗口探出头说。

阿吉转身回看，影子与他拉开了一段距离。他即刻停步，影子如同刚跑完马拉松比赛一般，跟跟跄跄地跟上前来。

奇怪。阿吉应道。

有什么奇怪。你影子积累的疲劳比你预想的多。

所以浓度高？

是的，所以浓度高！老头的语调给每个字加上了着重号。

睡一觉，影子应该会恢复正常吧？

不，疲劳只是表象。究其原因，是由于影子沉积太多的压力、痛苦、失望……老头想再物色一些词语，却一时想不出，转而说道，总之，人们总是忽略了对影子的关注。

呃，这倒是，影子是身外之物，难得关注一次。

老头呵呵两声，影子与生俱来。

听你这意思，影子就像人的心脏一样。

这个嘛，区别大。心好比引擎，影子好比负荷，如若过重，就是浓度太高，引擎工作起来就特别累。

那我们身体是？

车的外壳而已。

你好像对影子的事儿挺在行？

知道一些常人不知道的知识。

记得上次你说影子不能调淡，岂不是没法解决？

差不多是这样。只能让引擎去适应它。老头说完，把臂肘挂在窗沿边，目光定定注视着灰乎乎的天空。

让心变得更强大？阿吉若有所悟地问。

对，正是如此。老头翘指赞道。

别无他法？

除非……抛弃影子。

嗯？阿吉啜嚅问，把痛苦甩掉？

影子也罢，身体也罢，有时会摆脱意识的控制，各行其是。影子一旦离开，引擎将失去作用。

阿吉听着似懂非懂，摇晃几下脑袋，一屁股坐在了地上，望着摇摇欲坠的天空。老头亦陷入沉思，静静站在窗口，低头望着阿吉。

片刻，阿吉的意识里下起雨来。一个瘦骨嶙峋的女人从雨雾里跑来，厉声质问，为什么还不回家？

阿吉一愣，认出这是离别两年的妻子，一时语塞，迅即起身逃离。刚跑不远，见一个男子蹲在路上，捂着肚子说，阿吉，记得帮我从木匠那里换回工资欠条，年后到工地领钱。家里等着用。

阿吉忙问，沈叔，木匠住在哪里？

沈叔已瘫倒在地，毫无回应。

阿吉蹲下身来，不停摇晃沈叔。忽地有手在他肩膀上一拍。回头一瞧，是个短发女子，脸上没有五官，辨不出模样。

翠芳？

我不能告诉你名字，只是来谢谢你和沈叔。那晚多亏你们搭救。

知道了，是你？警察也在找你，需要你提供口证，两个假面人还逍遥法外。

可女子已经匆匆离去，风一般消失在雨夜里。

空洞洞的大街只剩下他一个人。

你们为什么都不理我？！阿吉连声叫喊，忽地醒来，头痛如裂。

雨还在下，打在地上，发出微量的爆炸声。他欠起身，积在外衣凹处的雨水掉在地上，立刻粉身碎骨。他见塔门虚掩着，便推开进入。一种异样的感觉瞬间涌入阿吉体内，他身体仿佛正在一点一点脱离引力，变得轻盈起来。但另一股强大的力量又拽住了他。阿吉握紧双拳，想稳住身体，然而倦怠的意识在这样的对抗中败下阵来，他双脚不由自主地向塔楼攀去。耳边有呼呼的风声响起，螺旋上升的梯步像倒转的齿轮，以让人头昏目眩的速度后退。少顷，他已置身塔的顶层，某股力量倏然消失，重量的感觉又重回体内。佛龛内的塑像威严地俯视着他。停留片刻，他返回了塔底。

推开大门，外面的雨已渐次收兵。冰冷的空气给了阿吉一个鲜活的刺激。他伸了伸懒腰，身体如释重负般轻松起来。天色渐渐亮开，有单车从他身边擦身而过，刺耳的铃声使他内心隐隐不快，何以至此，却寻思不出原因。走出小镇，目力所及之处，工地也罢，棚户区也罢，似乎在记忆里总藏着之与有关的故事。闭目冥想，那些事情又仿佛是坠入大海的细针，躲在了意识里鞭长莫及的地方。

阿吉放弃思索，信马由缰地逛荡起来。拐入一条窄巷，两个蓬头垢面的人，站在路灯下，正用异样的目光审视着他。阿吉报以同样的眼神。两人的五官和表情藏在厚厚的积垢里，目光皆如锈刀般迟钝。唯有通过身高对他们进行标识。

高个头拍拍手，欢迎加入我们的队伍。

我干吗要加入你们的队伍？

你已经是我们中的一员了，你必须把这个事实输入大脑。矮个子郑重其事地说。

凭什么这样说？

因为你没有影子。高个头接过话头。

阿吉低头确认，奇怪，我没有影子了。对，你们也没有。

矮个子得意道，所以嘛，我们是同伙了。

影子去哪了？

跑掉了呗。高个子又接过话头。

能找回来？

矮个子说，影子早就死翘翘喽。

我的影子也死了？阿吉用眼神向高个子打去一个问号，好像在说，这次该你回答了。

不清楚。不过即使没死，也活不了多久。

可惜。阿吉说。

那玩意，既无重量又无用处，丢了一点儿不可惜。矮个头说。

那是说，对身体没任何影响喽？

当然。你看，我现在没影子，活得多快活。高个子扭扭身姿。

阿吉跟着扭了扭，感觉真的很好。

三个人就这样一扭一扭地并肩走着。高个头忽然指着路边垃圾堆，对阿吉说，去把那个破碗捡来。

225

阿吉悉听尊令。

看到有人，就把碗伸过去，这样每天会有不少收获。

生活就这么简单。矮个头说。

阿吉心里涌上一种妙不可言的感受，是啊，生活原来就这么简单。

这儿，这儿，还有那儿，高个头指指对面的墙角，还有旁边几处杂草丛说，都可以躺下舒舒服服地睡上一觉。

到了晚上，阿吉来到了高个头说的"这儿"，心满意足地躺下，悠然而来的困意将他带到了梦境里。他恍若来到空无一人的青石板大街上，家家户户的大门板紧闭。任何一条门缝，他一侧身就轻轻穿入，在所到之处无所顾忌地翻箱倒柜。

我在干什么？阿吉醒来后，反复问自己。

我总是梦到自己跑到别人家里，好像在找什么。他又问高个头。

是你的影子吧。刚开始都会这样。说明它还活着。不过，终究要死的。

死掉就梦不见了？

应该是的。晦气的影子，干吗要去梦它。

阿吉打了个冷战。

天越来越冷。阿吉和高个子坐在路灯下，分享着拾掇回来的残羹冷饭。

好几天没见到矮个子了。阿吉问道。

死了。高个头说，语气里没有一丝惊叹，好像在说，哦，那儿一只麻雀飞走了。

怎么死的？

冷死、热死，不明不白地死，总是要死的，用不着大惊小怪。

阿吉又打了个冷战。

九

阿兰和孟宇再次来到石塔前。石阶前的杆灯已经亮起。孟宇走到塔底的侧窗下，轻轻叩击玻璃。

大门打开。老人披着厚厚的冬衣，打量两人一番，两位好。

您好，又见面了。阿兰说。

上次说好的，要来听三国故事嘛。孟宇打个响指。

老头似乎感到气氛不妙，语塞道，我，我的历史，开始打盹了。

阿兰退到石阶外，在老头身边来回走动，嘴角浮出笑意说，妙极了，破绽就在这里。

老头有些不知所措，我们每个人都是历史的一部分。

阿兰侧头，对着孟宇说，还记得吗，前天老伯站在门口跟我们告别。然后指指老头的影子说，瞧，影子无处不在，但位置必须符合光的直线传播理论。比如现在，在灯光照射下，他的影子出现在他的身后。

孟宇顺着阿兰的指向瞧去。影子、老头、杆灯三点一线，并无异常之处。

老头眼神透出慌乱，不过，影子本身也是有意识的。

看来，你对影子颇有研究。如果我没记错的话，阿兰指了指石阶，上次你站在这里，也就是和现在同样的位置，但影子却无端端地跑到你的前面了。至于原因嘛，这倒要向你请教。

影子与生俱来，不过有时会摆脱意识控制，各行其是。老头望着漆黑的天空说。

如此说来，上次看到你的影子时，它刚好不受控制，跑到你前面去了？孟宇抱臂问道。

人的影子有别于固液气三种状态，它是以独特的形态存在，本身也具有重量。通过视觉系统辨识的指标便是浓度。浓度越高，影子越深，表明主人意识里承载的东西越多。老头答非所问。

阿兰正色道，现在这个影子，它的位置和浓度都符合当下的灯光环境。但是上次在这里看到的影子，浓度比今天高了很多，应该不属于你的。

孟宇鼓掌道，明白了。上次看见的，跟社区大厅的那条影子，应该同属另一个主人。

老头似乎忘记了自己的处境，略带兴奋地说，爱因斯坦生前做的最后一项研究，就是关于光与影子的课题，人影也是其研究内容之一。可能因为无法将人的影子收集起来在实验里研究，所以他花费了很多精力，最终却半途而废。

早知道你什么都清楚，当初就该来请教你，省得今天在图书馆看了一整天的书。阿兰打了个哈欠，下午还查阅了一篇叫《最怕人类知道的秘密》的文章。里面说，霍金从黑洞的研究中发现，人的影子如果一旦脱离主人，便有类似黑洞的吸附现象，不过这只对声波有效。这一点解答了我们之前提出的第三个疑点。

孟宇咂了下舌头，看来，图书馆确实是一个知识成堆的地方。如此说来，苹果砸中万有引力，黑洞找到影子的吸附现象。又瞥了眼老头说，没想到，影子的秘密却被别有用心的人利用了。

老头的脸抽搐了几下，呼吸变得杂乱无章。

我想，图书馆里的史料里一定还记载有石塔的秘密。不过直接请教这位学者，会省事得多。孟宇有意刺激老头。

阿兰盯住老头说，是啊，一条影子弄得小镇百姓寝食难安，原来秘密全都藏在这里。

可笑！你们该说，小镇的百姓遭到洗劫，这全是我干的。老头一下暴躁道。

阿兰马上和颜悦色道，伯伯，我们相信，你，或许那个影子，都不是有意作奸犯科。

相信？真的相信？

其实，大家只是希望弄清真相。孟宇说。

老头转身回屋，孟宇和阿兰紧跟其后。老头冷静下来，混乱的意识得以恢复，对着两人端视良久，眼里饱含谜一般的纵深感。房间静如海底，只有彼此的意识无声地控制着这奇妙的氛围。

半晌，老头像是浮出海面般深吸一口气，缓缓说道，有关影子的一些猜想也罢，知识也罢，秘密也罢，的确能在石塔这里都得以验证。

那是说，刚才讲到的影子特性都真实存在？孟宇问。

你们实实在在看到了影子，当然不会有假。只是影子一旦脱离主人，便如同离开土壤的植物，生命会一天比一天衰弱，直到消亡。如果受到光照，还会加速消亡，所以影子只能在夜间出来活动。至于它会做些什么，旁人无法摆布，只受其自身意识的控制。

现在这个影子每晚都造次民宅，它意识里到底装了些什么？孟宇又问。

或许在寻找什么丢失的东西吧。这一点我也无从得知，更无法阻止。如果一定要知道原因，除非……老头摇摇头，欲言又止的样子。

除非什么？孟宇追问。

除非它回到主人身边。不过，主人失去影子，记忆全失，找回影子的可能性几乎为零。

阿兰微蹙眉头，你的意思是说，影子离开主人后，会带走主人的记忆？

是的。如果记忆里还存留什么任务，影子可能会受到意识支配去完成它。

孟宇仰头，石塔又扮演什么角色呢？

石塔和影子，它们之间应该有着某种联系。阿兰说。

如果影子浓度过高，石塔会让影子摆脱主人的控制。我也是偶然间发现此玄机的。

短暂的沉默。

孟宇再次抱臂说，愿闻其详。

老头点了一截烟子叶，抽了一口，这才缓缓说道，几年前，这里来了个满脸阴郁的妇女。她的影子看起来特别滞重，这引起我的注意。她上楼的速度极快，仿佛身体失去控制一般。当她返回塔底，影子消失了。我问她，影子哪去了？她一脸茫然，再问下去，我发现她几乎失忆。那时便开始研究有关石塔的历史，也养成观察别人影子的习惯。根据光线的强弱，我能很准确地识别出与之相对应的影子浓度是否正常，由此推断主人的内心状态。换言之，影子的浓度由心的状态决定，也只能由心的状态改变。

孟宇和阿兰的神色变得凝重起来。烟雾在灯光下缭绕。

老头继续说，那个妇女离开后，我立刻跑上楼，在顶层找到了影子。它正在慢慢变小，直到缩成一点，然后移到佛龛里躲起来了。是的，变小，然后把自己藏起来，大概是为了避开阳光。

孟宇略加思索后说，如此说来，它如今又从佛龛钻出来，跑到民宅作祟?

不，它早死掉了。所谓死，其实就是什么也不存在了，或者说，消失在尘世。现在这个影子，是前些天另一个小子留下的。或者说，是影子在这里离开了主人。

孟宇和阿兰紧抿嘴唇，消化着老头的话。

老头掐灭叶子烟，对阿兰说，那天凌晨，影子从外面返回来，你刚好找钥匙下楼，它便溜到我脚下，扮成我的影子。其实当时我自己的影子以正确的位置跟在我身后，只是你们没有注意罢了。

阿兰将左手放在眉心，若有所悟地点点头。

再则，几天以来，影子总是在深夜溜出去，体力消耗很大，生命已经很虚弱。

难怪在大厅里，影子的行动看起来很迟钝。我们该上楼看望看望这个不断衰弱的影子了，不然一会儿它又要溜出去。孟宇说。

三人来到塔顶，借着月光，老头捧出佛龛里的石像，用手指指底部说，影子就蜷缩在这里。

阿兰掏出电筒，摩挲着按下开关，一股刺眼的光柱如同巨石般压在影点上。它微微挣扎几下，便定在那里。老头保护婴儿似的用手罩住它说，强光照射，它很快就会死亡。也许，它找回主人也未必不可能。

阿兰把光柱移开说，新年就要到了，我们很难保证，它在余下的存活时间里不会继续扰乱大家的生活。

一般说来，影子在消亡前，会挣扎着寻找主人。这就是意识，如同人离世前想回到故乡。影子如若在死前找到主人，便会复生。你们惩恶扬善，最终目的并不是要消灭坏人，而是挽救他们，难道不是吗? 老头哀求道。

孟宇说，马上就除夕了，为了防止意外，必须得带回派出所监守起来。只是，该放在哪里它才不会跑掉？

用盒子装上，趁天黑前带回去，用保险柜锁上。柜外用强灯照着，这样它跑不出来。阿兰说。

老头沉默着，一脸失望。

几天之后，除夕如期而至。孟宇在派出所值守夜班，铃声忽然响起。循声望去，电话依然如一只海底动物，趴在桌上瑟瑟发抖。

他迟疑地托起话筒，用干涩的声音"喂"了一声。

辛苦了，除夕还在值班。

孟宇听出是阿兰的声音，轻松起来，谢谢问候，职责所在嘛。你也在警局值班？

在家里。不过上次结案后，回到局上，一直放心不下影子的事。

嗯，还在保险柜里，我每天都要看一次。如老头所说，它离消亡的时间已经不远了。

其实……阿兰说，它应该找回自己的主人。

嗯？

以它现在的体力，连爬行也十分困难，与其让它消亡，不如给它一个重生的机会。

重生？

你想想，法律上，哪来处理影子的条例？

所以，我们抓了影子，属于滥用职权？

也不，惩恶扬善，无谓滥用权力。

孟宇"唔"了一声，找不到合适的话语应答。

准备挂掉喽。你再想想吧。

电话发出忙声，如一串求救的信号叩击着孟宇的神经。他放下电话，看了看窗外四散的烟花，犹豫地走到保险柜前……

十

每次进入梦境，阿吉依然会从意识里走出来。但情况发生了急转直下的变化。他置身一片黑暗，没有方向，没有出口，没有边际，没有声音，甚至没有时间。他感到自己越来越微弱，几乎连坐以待毙的存在感也找不到了。

那晚，阿吉又回到了"这儿"。我的影子快死了。他喃喃自语道，对梦境已心生抗拒，久久不愿闭目合眼。小镇渐渐喧闹起来，鞭炮噼里啪啦地响个不停。

我要去找影子。这样的想法强烈攫住阿吉的内心。他从地上翻身起来，走到高个头睡觉的"那儿"。高个头正蜷缩的身子，上面盖着芭蕉叶，与四周的杂草丛显得相得益彰。

高个头。阿吉蹲下身，用力摇他。芭蕉叶发出窸窸窣窣的声响。

高个头嘴唇微微颤动。

阿吉把耳朵凑上前，听到比蚊子还细弱的声音，我快要死了。

阿吉点点头，不知如何回应。

还，还有……高个头想撑起身体，但手上毫无力气，只得作罢。

阿吉将高个头略微扶起。

沈叔是我们杀死的。

沈叔是谁？阿吉茫然道，哎，冷死、热死，不明不白地死，人总是要死的，不用大惊小怪。

那两个假，假面人，就是我，我和矮个头。

假面人？一高一矮？他大脑有什么一闪而逝，如同蜡烛被吹熄的一瞬间。

去找回你的影子吧。高个头说。

阿吉心里怦怦直跳，却装着毫不介怀的样子，我们在一起很快乐。嗯，至于影子那玩意，既无重量又无用处，干吗要找回来？

高个头没有回应，安静得让人觉得不自然。又一只麻雀飞了！阿吉叹道。少顷，他缓缓站起来，向天空望去。此起彼伏的烟花炫目绽放，把四周闪耀得一如远古的梦幻。地面上，各种建筑的影子在一片绚丽中时隐时现，似乎在向人们昭示自己的存在。

阿吉的意识如沉睡的婴儿开始慢慢苏醒，隐约感到自己正在被一种强大的力量召唤。谁在召唤我？他奔跑起来，不断改变行进的方向。每条街、每个巷、每处拐角，那股召唤的力量忽而出现，忽而消失，似乎与之相互追寻，又似相互对抗。目力所及之处，建筑、工地，还有困顿落魄的棚户区，似乎都在记忆里找到了与之对应的位置和往事。

他驻足片刻，调整呼吸，重新确定新的行进坐标。烟花的啸叫、鞭炮的鸣响，以及种种来历不明的声音交织在一起，宛如多彩的云层笼罩在上空。几个孩子像快乐的精灵与他擦身而过。转头循望，精灵远去，跟随其后的影子也随之消失。此时，阿吉的大脑忽然震动起来，记忆如同无数失散的纸片，从看不见的地方飞过来。一种温馨的现实感涌入体内。

那是另一个自己，是思念已久的影子！

他意识里有了两个自己，开始了愉悦地对话。

你到哪里去了？阿吉问。

我到小镇找欠条，是工地写给沈叔的工资欠条，那可是领回薪水的凭据啊。影子说。

找到了吗?

没有,我不知道沈叔的朋友住在哪里。后来听到大家议论说,社区收到什么东西,也去看过,还差点被逮住。

明白了。我想想……其实不用找,沈叔写给木匠的借条在我这里,上面有他的名字。明天,我,不,我们到小镇打听一下木匠住哪儿,换回欠条即可。

接下来怎么办?影子问。

继续生活啊。阿吉说完,想起什么似的低头看看,脸上迅疾漾出笑容。

寻梦记

一

天皓靠在火车北站的东墙边，半眯着眼打盹。有个瘦小子埋头走来，抓起他身边的布包，嗖一声溜进了左侧的巷道。天皓打个激灵，倦意全无，马上急步追去。刚转过拐角，却跟人迎面撞上。对方踉跄几步，跌倒在地。花格连衣裙、披肩发、圆脸，年龄跟他相仿。天皓忙扶她起来，等少女稳住身子后，他一口气奔到巷尾。四下张望，已不见小蟊贼的人影儿了。天皓冲空中挥一拳头说，可恶！转身，少女正缓缓朝他走来。在夕阳的逆光下，她明净透亮，发梢在秋风里妙曼拂动，如同从梦境里走出来一般。

天皓迎上去说，不好意思，没撞到你哪里吧？

少女摇头，我没事啦。倒是你，以后可要多留心这一带的小蟊贼哦。

天皓一撸袖子，鼓动臂膀的肌肉说，哼，要下次被我碰见，非狠狠收拾他一顿不可。

少女眨动两下象牙色的眼皮说，这些人都有套路的，别去跟他们斗。

两人顺路朝前走，沉默不语。经过岔路口，少女告辞，天皓驻足,左右环顾。少女又转回来说,看样子你不太熟悉路哦。然后伸手一指,喏,右转,就到蓉北大道;左转呢,是荷花街……

天皓打断问,附近有廉价的租住房吗?

少女点点头,明白啦,你是想在这一带找活儿吧?

天皓说,有家按摩店,答应收我做学徒,明天上岗。

少女略加沉吟,原来这样呀,那我建议去芙蓉巷的合租公寓。小单间、套房和集体宿舍,各种组合都有呢。条件虽然不太好,但租金便宜到爆。好啦,我得走了,没准会再见面哦。

夕阳几近凋零。火车的笛鸣声从远处飘来,像巨人的口哨。

少女往暮色深处走去,宛如回到梦境深处。

天色暗淡后,天皓去了合租公寓。他选了八个铺的大房间,每铺月租一百,当真实惠。天亮醒来,在楼间又碰见了昨天的少女。

对方咯咯咯地笑道,不跟你卖关子啦,告诉你吧,我就住楼上呢。

天皓一愣,你在附近打工?

少女说,我在胡汀街的西佳餐店做服务员呢。又笑道,瞧你眼皮有黑影,没休息好吧?

天皓说,是喽,公寓的人实在太多,好闹的,搞得我整晚都没睡踏实,老做梦。

少女笑道,别担心,很快会适应的。倒是我,从来不做梦,别人都叫我不做梦的女孩。呃,忘了自我介绍,我叫有桃,以后多关照!

分手后,天皓赶往按摩店报到。老板让缴一百块费用,参加集中培训。过了两天,老板又说,上岗后会淘汰一部分学员。天皓担忧起来,甚至有上当的感觉。有桃听到情况后,哎呀一声,你个笨蛋,明明就上当了嘛。要不这样,我们餐店也要收新员工的,我给经理沟通一下,你去碰碰运气吧。

第二天上午,天皓来到西佳餐店。往里一瞧,堂面宽阔,吧台闪出亮光,银架上挂满酒杯。高高低低的卡座,背靠背摆着弧形沙发,精致而高雅。天皓看得心生胆怯,也不敢迈进去。过了一会儿,有桃忽然跑来说,一直在等你呢。大方点儿,羞羞答答的可不行呢。

面试的时候,天皓依然拘谨,声音小成鱼吐泡。他矮个头,厚嘴唇,肤色黝黑,透出浓浓的乡土气。经理见状,态度也就不冷不热。但看完天皓递来的高中成绩单,他脸色温和了,还特别问及他家里的情况。天皓涨红脸说,我阿妈早年患病走了,爷爷去年离世,阿爸在外面打工。

经理问,你阿爸不管你了吗?

天皓说,才不是呢。阿爸可好了,我生了病,他深更半夜也会背我上医院。衣裳不合身了,马上给我买新的,阿爸还借钱给我买电脑呢。

经理又问,那你跑出来干吗?

天皓怔了一下,扬脸道,阿爸遇到点儿麻烦。我读完高一,暂时休学了。打算挣够学费,接着念。

经理神色一下凝重,注视他片刻说,难得你年少志强,聘你了!从侍生做起吧。

填表时,天皓悄悄问有桃,侍生就是服务员吧?

有桃笑道,你好土,现在都二十一世纪的第五个年头啦,不会连"侍生"这个词都没听过吧?又指着大厅说,唠,这里的顾客好多是专家学者,因为车站附近有一所科研院,不少外地科研者跟他们都有交流。彼此往来接送,常到这里用餐。不少菜品和饮料,也是冲他们喜好配置的。还有呢,楼上有茶室和会议间,经常举办学术沙龙。所以经理招刚出社会的学生,惹客户喜欢嘛。

经理安排有桃做天皓的师傅。有桃第一天就摆足架子。她举起食指，正色道，天皓，记住，得尽快了解各种菜品和它们的味道特色，这样能给客户留下好印象；天皓，快把单子传进去，再接一盅配送饮料，送到B卡座。等天皓出来，有桃叉腰，低声道，笨蛋，免费饮料只能是柠檬水，橙汁要收费的，快换掉。过了一会儿，天皓上单，有桃唤住他说，过来，别人点的腊肉煲仔饭，不是腊肉鱼丸煲仔饭。然后走到客人桌前说，先生，对不起，刚才传单出了点小问题。不过腊肉鱼丸是我们店的招牌菜，建议您换个口味试试？她声音甜润，态度诚恳，对方听了，连声答应。有桃转身，冲天皓眨两下眼，水灵灵地笑起来，像刚破土的羊角葱。

过了中午，店子渐渐清静。有桃又教他榨豆浆、做水果拼盘，学用吸尘器和洗碗机。空闲下来，天皓就捧着菜谱，眼睛不眨地反复看。有桃也不吵他，独自坐在窗前，两手托腮，安静地望着外面出神。一双猫咪般的眼睛微微上扬，目光清澈透亮，跟水濯洗过一般。天皓偷偷欣赏，心里泛起一阵悸动。

有桃为什么对我这么好呢？他暗自纳闷。

二

马吉提着一个小药袋，穿过火车南站广场，坐在一张银色排椅上，闭目养神。夏日的夕阳浓浓地洒泼下来，把广场染成梦的颜色。少顷，一个中年女子走来，隔位坐下，不时瞟他一眼，这让马吉很不自在。坐了一会儿，他一摇一晃地离去。女子追逐马吉的背影，注意到他是跛子，眼里顿时闪过一丝碎光。

第二天上午，马吉来到"知足常乐"浴足店，领班和吧员马上收紧腰肢，问候道，老板好！马吉点头回应，往休息房去。两名技师正斜靠在沙发上，一边翻杂志一边抽烟。烟灰抖在扶手上，又落了一地。马吉涌了涌火气，正想训斥几句，领班忽然跑来说，老板，来生意了，不过客人点名要你去。

进了包间，对方正躺在床上，面朝窗户。马吉放下药水盆，摆放好毛巾和橄榄油一类的用品，鞠躬道，您好，很高兴为您服务。客人侧身，马吉认出此人正是昨天碰到的女子。

马吉用酒精给自己双手消毒，然后调好水温，脱去对方鞋袜，将她双脚移到木盆里，开始轻轻搓洗。过了一会儿，女子漾一漾脚说，你说话做事，挺专业的。

马吉说，干了十三年嘛，理论知识说不好，经验倒是有一些喽。

女子哦一声，那是说，2005年你就入这行当了？这店子真算老字号了。

马吉说，店面是去年才接手的，全靠你们支持哩。

短暂沉默。马吉把她双脚擦拭干净，拉上按摩架，铺上一次性毛巾，十指在她脚底灵活泛动。女子忽然问，你是本地人？

马吉不语，憋足气，用力按压她的涌泉穴。

半晌，他呼出一口气说，遂宁人。

女子嗯一声，闭目合眼，谈话就此终止。

结账时，吧员推荐客人办VIP卡。马吉补充道，不另收费的，留下电话号码就行，回头打八折。女子顺手掏出一张名片，放桌上，扬身而去。

等对方走远了，马吉翻看名片，梅蝶，心理咨询师。怎么这么巧，昨天碰上她，今天就来光顾生意，还点名让我上钟。她究竟是

243

谁？马吉百思难解。墙上的挂钟清晰而漠然地走动，领班和吧员不时窃语。老半天没顾客进来。他的头又开始隐隐生疼。

马吉之前一直帮别人打工，的确算得上资深技师，但没哪个店子能永久地经营下去，他因此换过八九个地方。如今，按摩店一抓一大把，老板对技师的形象要求也越来越高。而他有个致命弱点，就是腿瘸。每次跳槽，总得大费周折。所以这才决定接手"知足常乐"店，希望生活能够安定下来。可是马吉掏出全部家当，也付不够转让费。再三恳请，老板答应留两万块尾款，在一年后结清，但要求原来的员工在协议到期前，不能解聘。马吉从当老板的第一天就陷入极度焦虑。他使出浑身解数，生意却毫丝没有起色。大半年过去了，稍好的技师相继溜掉，剩下的员工也没了干劲儿。

思忖间，马吉长长叹了一口气。

三

餐店一旦有学术沙龙，侍生就得忙上好几天。天皓每次都主动加班，订广告，布置会场，接送客人，经常忙到打烊，最后一个下班。季度的侍生考评，天皓得了第一名。经理夸他说，我们不一定要做最聪明的人，但一定要做最踏实最勤奋的人。天皓大受鼓舞，有桃却嫌他自讨苦吃。天皓解释道，不卖力干活儿，挣不够学费的，到时阿爸知道我没上学，会生气呢。有桃依然不高兴。但冬天的时候，她忽然跟着天皓加班，寸步不离。回去的路上，还一副神色不安的样子。天皓探问究竟，她嚷道，你能赚学费，我就不能赚零花钱吗？

那天，天皓正在吧台切水果，有桃急匆匆跑来，站在他身边。天皓不明所以，故意端起梨橘拼盘，炫耀道，瞧，做得蛮艺术吧，这叫青出于蓝胜于蓝喽。

有桃扭扭嘴唇，也不吭声。

天皓抬头，朝大堂瞧去，这才注意到卡座上坐着一个长发仔。瘦高个，小眼睛，目光直锥着有桃看。有桃往台里缩了缩，天皓把她挡在身后问，那人是谁？

有桃支吾道，初中同学，老来缠我，好讨厌的。

天皓马上挺直腰板，跟长发仔对视。少顷，对方眼里泛出蜥蜴般的冷光，起身离去。天皓去追，有桃忙拉住他说，没事啦。

可是一整天，有桃的目光都飘飘忽忽，干活完全不在状态。天皓好几次在门口张望，却没发现长发仔的踪影。

回到合租公寓，有桃依旧不怎么说话。天皓拉她去广场转，她借口太累，回屋歇息了。天皓在廊道走了一圈，马上找到老板，要求把铺换到217房，正好在有桃的寝室下面。对方查了查床位，爽快答应。天皓上楼唤有桃，她正在公共区洗衣裳。天皓打个响指说，要是你遇到什么危险，跺一跺房间的地板，我马上就能听到了。有桃眨两下眼，什么都明白了，又水灵灵地笑起来。

这一来，有桃把天皓跟得更紧了。不过好几次，天皓走在前面，有桃故意落下一段距离。等他发现，有桃冲他嚷道，超过五米，得惩罚你啦，请我吃烧烤！

天皓脸一红说，发了薪水再说吧。

但真领到薪水，有桃却说肚子不舒服，不想吃。

天皓说，要不你半夜敲敲地板，考验我一下，也算惩罚喽。

有桃仰头说，地板不能随便敲啦，我可不想当"狼来了"的放羊仔。

天皓鼓动臂膀的肌肉说,放心,有我在,狼不敢来欺负你呢。

只是这话没说多久,长发仔再次出现。当时有桃在厨房催单,天皓趁机拉对方出店,走到左侧的花坛边说,请别来打扰有桃了,她不喜欢你。长发仔抱臂,觑眼说,看在有桃的份上,给你一个月时间,如果你不从我眼前消失,别怪我下手狠!天皓正欲追问,长发仔冷笑几声,走了。天皓回头,有桃正站在不远处,定定地注视他。

进了店,天皓一直想着长发仔的话,心里涌上不祥的预感。他忍不住问有桃,你好像还跟长发仔有联系呢。有桃眼神一下冷得像冰,整天都不理会他。晚上,天皓向她道歉,拉去府南河的廊桥转悠,请她吃烧烤。有桃大快朵颐后,抢着付了钱。天皓低头,很不自在的样子。

有桃说,别不好意思啦,家里每个月都要给我零花钱的,不用白不用。

天皓问,那你干吗出来打工?

有桃不语,半响挑高声音说,我也想每天到学校,跟老师同学一块玩;回到家,饭来张口衣来伸手;要是生病了,有人关心我带我去医院。可是我爸给我找了新妈,我妈给我找了新爸。他们觉得给我零花钱,让我接受新爸爸新妈妈,就是待我的最好方式。我讨厌他们,讨厌死了,我一边都不想理。

说着,有桃低声啜泣起来。天皓忙给她拭眼泪,呼吸也小心翼翼,仿佛有桃是受伤的蝴蝶,稍不留神就会惊吓到她。有桃渐渐平静下来,又问,对啦,你真打算明年回校?

天皓沉默片刻,嗯一声。

有桃嚷道,讨厌,都要离开我,不理你了。

天皓说,想归想啊,可赚钱这么难,一时半会儿很难凑够学费的。

有桃紧抿嘴唇，也不说话了。

转眼隆冬，有个叫梅蝶的心理咨询师，在餐店举办关于梦和意识的沙龙。天皓和有桃依然负责会务。很多大学生都参加了，天皓听到不少新奇的知识。比如，先天性盲人做梦，多是音频梦，但有味觉、触觉等体验。又比如，量子纠缠现象跟意识的相关性，还有磁力对脑电波的影响和干扰，脑电波跟梦的联系。

散场后，天皓忽然想起有桃从来不做梦的事，赶忙唤上她，找梅蝶说了这情况。聊了一会儿，梅蝶掏出一个白色外壳的罗盘，递有桃说，我能确定你没有Charcot-Wilbrandsyndrome综合征。这个实验道具是特制的，它能感受到人的脑电波，自动调节磁场强度，我用它来研究磁力跟梦的关系。而你的情况，太特殊了。所以我真心希望，你能做我的一个样例测试。方法很简单，白天把罗盘带身上，晚上放枕头下。第二天记录下梦境的内容即可。可能需要一些日子才会出现变化，要有耐心。分手时，梅蝶又说，年后我要去外省进修，回来再联系你。

如梅蝶所说，最初有桃的睡眠并没有任何异样。她把罗盘拿给天皓试了一段时间，依然如此。只是到年底，天皓忽然梦到有桃。两人走在暗夜的廊桥上，四下空无人迹，唯有猩红的灯光闪烁不定。一阵风卷来，河边的柳树猛烈晃动，枝影乱颤，跟闹鬼一样。有桃左右环顾，眼里忽地闪出一丝恐惧，拔腿就跑。天皓去追，被什么绊了一跤。梦到这里，戛然而止。听有桃说，她也做了相同的梦。还说，没准哪天我真会消失的。天皓只当她开玩笑，并没在意。

除夕那天，天皓从梦里醒来。一侧身，见枕边压着一张纸条：天皓，我走了。帮你攒了些学费，塞你枕头下了。好好念书，别让你阿爸担心。有桃。

天皓心头一颤,抽出那摞钱,一数,三千块,这差不多是半年的薪水。天皓立刻跑上楼寻她,几乎所有人都退了租,廊道阒无声息。冬日的阳光淡淡照进来,几柱尘埃在光影里翻飞,宛如残留的梦境。

当天,餐店的生意已经十分清淡。到了下午,经理宣布歇工一周,又唤住天皓问,开年后还来吗?天皓没表态,经理说,回去问问你阿爸吧,确定了打电话告诉我,好吗?天皓点头,眼里透出感激。

四

马吉坐在吧台里,翻来倒去看账单。墙上的挂钟嗒嗒嗒地作响,声音如同木鱼敲打,一下下敲得他心里发慌。领班递去一杯水说,老板别急,生意跌下去,不是一两天赶得上来的。马吉说,老这样下去,晚上总睡不踏实。现在失眠没好转,头痛病又复发了。医生说这是患上忧郁症了。领班摇摇头,忧郁症?那吃药很难好的,心病得靠心药治。实在厉害了,还不如去看心理医生呢。

心理医生?马吉一下想起梅蝶。

天气逐渐转热,生意却越来越冷清。马吉更加焦急了,天天吃药,病情依然没有改善。翌日清晨,马吉忍不住掏出梅蝶的名片,照座机号码拨过去。

您好,蝶梦心理咨询室,请问有什么能够帮助您吗?电话那头是个女子的声音,音色低沉稳重,又不失温情,能让人想象出她嘴角浮出月牙般的微笑。

马吉问,请问是梅蝶老师吗?

对方说,梅姐等一会儿才上班。如果方便,您有什么问题可以先跟我沟通。

马吉简短询问，对方解答说，我们是采用独特的技术，协助病人解决各类心理疾病。办公室就在曙光路18号，离地铁3号线的土桥站不到一百米。您可以预约时间，到时和梅姐当面沟通。

中午时分，在曙光大厦顶楼，梅蝶端坐在办公桌前，静静等待着什么。电话液晶屏的数字轻快跳动，将时间准确无误地向前推进。里屋一位女子正在睡梦中，双眸如蜡梅的花苞紧紧闭合，素雅连衣裙在床上扩展出无言的意蕴。少顷，她眼睑微微颤动，昭示思维的涟漪在现实中轻轻漾起。

电话忽然响了。梅蝶接通，您好，蝶梦心理咨询室，请问有什么能够帮助您吗？

对方略带兴奋地说，你是梅姐吧，我马吉，浴足店的马吉哩。

聊了一会儿，马吉说，我相信你们技术很棒，不过身子本来就不舒服，还要大老远跑去向别人抖心事，挺排斥的。

梅蝶说，这是典型的心理阻抗。一般说来，治疗分诊断、咨询和巩固三个阶段。只是多数人在第二阶段才出现抵阻情绪，这也是心理治疗的难点，但我们在解决这个问题上恰恰有独到之处。

马吉说，要是你们上门治疗，而且收费不贵，我还真愿意试一试。

梅蝶说，收费按小时计算，必须根据病情和疗程才能确定。至于上门的话，挺为难的。心理咨询嘛，应该在特定的环境下开展。第一步的摄入会谈必须用特殊方式，类似睡眠疗法。不过，您别认为这是一般的睡眠疗法，我们的技术在国内绝对是独一无二。

挂断电话，梅蝶陷入沉思。

梅姐。屋里的女子已经走出来，轻声唤她。小个头，眼睛细长，周身散发出华美的静谧。

梅蝶问，客户现在情况怎么样？

小梅在桌对面款款坐下说，客户的睡眠已经很深入，所以在梦里沟通的时间比较长。治疗情况比预想的好，建议进入强化行为治疗阶段。

梅蝶点点头，好的，一会儿你填好报告书交我。对了，上周我从火车南站回来……说到这里，她停顿下来，定定注视小梅。

小梅嗯了一声，静待下文。

今天早给你打电话的那个男子在南站附近开浴足店，感觉是很实诚的人。他遇到些不顺心的事儿，现在情绪很糟糕。他想做心理咨询，但要求上门服务。明天你去探探情况吧。

小梅说，可是我们从来没有异地试过特殊疗法。

梅蝶说，试试吧。我跟对方约好时间后，你走一趟。

小梅点点头，眼里闪出一丝疑惑。

五

天皓回到瓦镇，天色已经黑透。拐进石头巷，一抬头，就瞧见自家的老瓦房。窗门紧闭，俨然被遗弃的哨所。开门进屋，客堂景象如故。泥墙斑驳，天井潮湿，石缸飘满水藻，泛着绿光。寝室里，大木床一如暗夜中的礁石，透出森然的沉闷。唯有书柜里整理码放的课本，散发着令他怦然心动的气息。

好好念书，别让你阿爸担心。他再次想到有桃的话。其实，天皓对她一直隐藏着一个秘密。那就是阿爸并没有外出打工。阿爸原本在搬家公司干活儿。天皓念初中后，开销越来越大，阿爸便转到当地一家夜总会做保安，据说待遇相当不错。但两年多前，阿爸却因为贩卖毒品，被关进监狱。第一次跟爷爷去探监，阿爸叮嘱他说，一定要学会独立，尽可能地多念书。别像我，给别人卖命，还落得这个下场。回来后，天皓加倍用功，考进了县里的中学。没想到，爷爷忽然生一场大病，不仅花光积蓄，家里但凡值钱的东西也均已变卖。离世前，他托付居委会主任，帮忙看顾天皓。天皓念完高一，主任却表示经济上实在无能为力了，建议他尽早学会自食其力。又说，等你满了十八岁，我有件事儿要给你交代。天皓被迫退学，班主任觉得可惜，就向学校申请，为他保留了一年学籍。

如今，天皓打工积攒的钱，加上有桃的资助，依然很难维持学业的开支，更不用说上大学了。但一想到阿爸的话，他决定返校。整个假期，天皓几乎足不出户，每天恶补功课。他想，大不了到暑期又去打短工。月底，天皓忽然想起主任的嘱咐，赶忙找到对方。寒暄一会儿，主任递来一封信说，这是你爸爸写给你的，之前由你爷爷保管着。他病重时，又转交给我，说等你大一点再给你。现在你满十八岁了，很多事情应该学会独自去处理。

回到家，天皓迫不及待地拆开信。

天皓，爸爸一直想告诉你，当年我是被陷害的。老板多次让我帮着接送建材，每次货物里都有一截硅化木。原以为是他信任我，后来在火车站附近被查，才知道木头被掏空，藏有毒品。事发后，我百般辩解，可拿不出证据。同被审讯的人，连同老板，也没一个人为我证明。本来我可以坚持申诉，但没有把握。况且请律师会花销很大一笔钱，所以最终放弃。

当初没给你说这事，是不想影响你的学业。你看到这封信时，是否还有申诉的可能，我无从得知。不过，重要的是，爸爸想让你知道，我绝对没有干过伤天害理的事。希望你一生中也要实诚做人。不管遇到什么挫折，都要勇敢面对。

天皓读完，背脊一阵战栗。他蜡白着脸软倒在床上，迷糊中，看见阿爸骑着单车，来学校接他。保安制服的肩标，在阳光下闪着亮光。回到家，阿爸把饭菜摆好说，你先吃，我出趟门，一会儿就回来。可是天皓一直等，一直等，阿爸始终没有回来……

隔了几日，天皓再次去探监。阿爸身子尚可，只是消瘦了不少，两耳边还无端生出些白发。天皓心里顿时涌上一股酸楚，但脸上努力保持轻松。

阿爸见了他，开口就问，你小子，大半年也不来，不会生病了吧？

高中课程好紧的，住在校里难得回一次家。

爷爷呢？

天皓心里咚一下说，挺好的。不过我怕爷爷见到你，心里难受，就一个人偷偷来的。

阿爸这才开朗道，天皓乖，真懂事。记住，好好念书，高中毕业前，别来看我了，等你好消息。考上大学，我会让爷爷想办法，让你继续念书。

天皓点点头，眼里忽地有水雾洇开。

半晌他说，阿爸，我一定不会让你失望的。

离开后，天皓却直接赶往火车北站。他毅然放弃学业，缘于那封本该数年之后才呈现在他眼前的信。如果继续修学，不知什么时候才能自食其力。而父亲，则要在牢里熬过漫长的等待。如此残酷的现实，天皓无法接受。他想，必须靠自己努力，尽早为父亲申诉。

西佳餐店的经理见到他，开心地说，天皓，好好干，只要努力，我一定会提拔你的。然后从柜台里拿出一个手袋说，这是有桃留下的,帮我还给她吧。天皓接过来一瞧,护手霜、口红、唇膏,都是一些随身用品。它们就像一堆失去主人的符号,让他心里泛起淡淡惆怅。

天皓更加努力工作。但没了有桃精灵般的身影,店里无论再热闹,都少了某种极具微妙的谐调。初夏时,梅蝶也来找过一次有桃。听说对方离辞,叹口气走了。

天皓想,有桃应该不会回来了。

六

第二天,梅蝶联系了马吉,说彼此有一面之缘,答应下班后先来看看情况。黄昏时分,马吉接到电话后,在路口等待。几分钟后,一个女子朝他走来。素雅连衣裙,涂淡红色唇膏,牙齿莹白,笑容自然,很有亲和感。到了他跟前,女子问,你好,请问是在等人吗?

马吉注视对方片刻,知道了,昨大早是你接的电话吧?

女子目光一闪,见过我?

马吉挠挠脑勺,不是喽,你的声音很特别,一听就知道嘛。

女子扭扭嘴唇,特别?能说具体点儿吗?

马吉说,我很笨的,说不好。

女子抿嘴一笑,我叫梅梦,梅蝶姐的助理,叫我小梅就是了。

回到足浴店,没有客人光顾,小梅四处转了转。马吉的寝室在廊道尽头,两人进去,坐在床头。她让马吉水平伸出双手,掌心朝上,闭上眼睛。记住,你现在左手系了一个氢气球,在不断向上飘;右手呢,绑有一块石头,正慢慢往下坠。几分钟以后,让马吉睁开眼。她说，这是测试心理受暗示性强度。接着掏出一个纽扣大小的罗盘，盘里的指针不停摆晃，闪出启示性的光芒。马吉看得一脸茫然，小梅却笑道，你去忙吧，我再待一会儿。

等小梅出来，马吉问，看样子你们的治疗蛮神奇的，费用一定很高的吧？

小梅说，特殊睡眠疗法，按标准，五百块一个小时。

马吉呛了一下说，听到这价格，没病也能急出病来，我，我不做了。

小梅说，这样吧，到了明天，你如果接受治疗，我会跟梅姐沟通，总之尽最大努力申请最低费用。

马吉依然不停摆手。

离开时，小梅嘴角渗出微妙的笑意说，祝你好梦啦！

深夜，马吉半梦半醒，忽然听到浴足店外有响动。他恍惚看见一股无形的飓风夹着冰凉的河水，猛烈地向他扑来。马吉瞬间被卷进了汹涌的漩涡，急速向黑暗坠落。一束亮光从远处的廊桥口射来。一个女子背对他，朝桥头缓缓走去。马吉揉揉眼睛，正欲细看，猛地醒来。再次闭眼，很快沉睡过去。第二天，马吉暗喜，我睡着了！可到底接不接受治疗呢？他依旧纠结。

翌日下午，小梅居然不请自来。套装裙、蕾丝圆领，清新自然又不失职业女性的韵味。她说，我跟梅姐沟通了，因为咨询室从来没有上门服务过，所以她让我利用自己下班时间来治疗，费用也不和咨询室产生关系。领班接过话头问，梅姐的意思是说，这次治疗是作为你个人的一笔业务，对吧？小梅点头，或许梅姐是想让我换个环境，试试特殊睡眠疗法的效果。马吉问，那到底怎么收费呢？小梅眨眨眼，离开特定环境，我没把握，权当一次测试吧。嗯，也就是说，免费。

马吉半张着嘴,惊讶的表情跟做梦一样。

所谓的治疗,却跟马吉想象的大相径庭。小梅无非就是跟他聊聊天,拉拉家常。而每次告辞前,小梅都会对他念叨,早点休息哦,祝你好梦。马吉压根没感到神奇,甚至觉得根本不算治疗。但他的睡眠的确在朝着好的方向发展。大多时间能入睡了,只是总会跌进一个冰冷芜杂的梦里。自己朝有光亮的廊桥走去,越来越近,隐隐听到有河水涌动的声音。马吉询问原因,小梅笑道,不用担心,你的心理认知和行为没有太大问题。真正的治疗,还没开始呢。

七

那天下班,天皓刚回到合租公寓,一个短发女子捧着一摞招贴单,唤住他问,嗨,帅哥,看看吗?天皓驻足,对方说,我们是理工大学,正在招收专科自考,国家承认的正规学历。只要努力,最快两年能修完。天皓低头不语,女子又说,自考的优势在于报考起点低,除了课本费和报名费,几乎没什么花销,而且一样能学到知识。天皓点头,默默地接过单子。

半个月后,天皓去学校报名。他选择了法律专业。《法律基础》《刑法》《民法》《经济法》……一个个陌生的名字,充满新知识的预兆,让他有了难得的振奋。回去后,他找到老板,把合租换成小单间。睡觉前,天皓打开小衣箱,把书码进去。衣箱塞得太满,有桃的手包不小心滑出来了,一个"纽扣"落到地面上,嚯嚯嚯地打起旋来。

罗盘!天皓脱口道。自从有桃消失后,自己再也不做梦了。他仿佛明白了什么，赶忙将罗盘塞在枕头下。夜晚，梦再次回来。有那么几分钟时间——至少梦里的时间如此，有桃出现在他若明若暗的意识里。她要么吵吵嚷嚷，要么哭泣，甚至神情慌张地向他跑来。四下没有任何参照物，有桃俨然置身漫无边际的旷野。

有桃在哪里？她好像在传达什么？天皓无法读出确切的含义。

但这个梦具有魔幻般的引力，每晚都把天皓拽进去；而有桃，每次会从他梦里鞭长莫及的地方走出来。景象依旧模糊不清，若即若离。他似乎听到有桃的呼吸声，透着黑夜湿润的气息，让人仿佛看见草叶上的露珠。一次，天皓忍不住向她扑去，试图抓住一鳞半爪的信息，然而眼前白光一闪，如同火苗吹熄的一瞬间，一切无声消失。

梦一天天重复着，没有任何变化。倒是餐店的生意越来越红火。没多久，天皓升任班长，开始带新员工。经理又取消月度假，将大部分岗位改成两班倒。这一来，天皓自由支配的时间反而多些了，每天都能抽出空闲学习。时间无声地向前推进，他翻过的页码也不断更新。

秋末的那天傍晚，天皓刚出店门口，见街对面站着一个长发女子。白T恤、超短裙，肩挎米黄小包，戴深褐色墨镜。对视片刻后，天皓惊喜道，有桃！对方嘴角浮出浅笑，微微摇曳身姿，朝他走来。那样子宛如蒙尘已久的花朵，经过雨水洗濯，焕然一新。天皓半张嘴，直愣愣盯着她，甚至质疑起自己的判断。

有桃摘下墨镜，盯着他胸前的标志说，好久不见，工装也换洋气啦。

天皓晃晃头，一拍胸说，我现在是班长哩。有桃笑道，我知道啦，所以专程过来找你呗。

两人沿步行道缓行。天皓忽然说，明白了，你梦到我了吧？

有桃深吸一口气，是呀！告诉你吧，我也觉得委实奇妙。虽然你处于一个我目力不及的暗处，不过我觉得那笃定就是你。你总是呆呆地看着我，一会儿就没了人影，讨厌死了！对了，前些天，你从暗处扑过来，我刚伸手，你就不见了。有桃拢拢长发，但是你猜，我看见什么了？对，我看见你工装上的标志了。呵呵，想不到你还在西佳餐店呢！

拐过两条街，两人进了一家名叫"Free As Wind"的咖啡馆。大厅幽静，钢琴曲从某处流淌出来，温情脉脉。有桃点了双杯配的蓝山咖啡，两份七分熟的牛排。天皓微略侧头，假装打量墙上的壁画，余光却瞥着有桃。她不时拂拂刘海，动作自然优雅。这是有桃吗？倒更像是她的一个替身，而她本人则躲在了另一个看不见的时空，或者是梦境里。

天皓问，有桃，你还没告诉我，不辞而别的原因呢。

有桃说，没有不辞而别啦，之前以为你回学校了嘛。天皓支着下颌，陷入沉思。

有桃眉毛一扬，现在不是来找你了嘛！

天皓又问，你上班了？

有桃略微低头，目光侧一边说，还好啦，现在是一家旅行社的实习生。活儿轻松，待遇也马马虎虎，只是一天假也没有……喔，对，这会儿老板陪朋友到机场，另一个同事守着店，我是偷偷跑出来的。

天皓依然不语，试图寻找她话里的破绽。

有桃忙说，说说你啦，怎么没去念书，从实招来。

等点单上了桌，天皓把分手以后的事情和盘托出。他说，要是不回餐店，就拿不回那个罗盘，你也不知道我回来了。

有桃说，对呀，我的东西还在你那里呢，正好去瞧瞧你的鸟窝子。

到了租住屋,有桃惊一跳。房间凌乱,被子揉成一团,衣物胡乱搭在椅背上,吃剩的便当盒也没拾掇。天皓窘迫道,功课很紧的,回来就泡在书堆里。然后飞快地收拾整理。完了,才想起似的把有桃留他的三千块钱递去。有桃说,下次去看你阿爸,买点东西去,就说我的心意。天皓脸微微一红,正想说点什么,有桃望一眼窗外,行啦,没准老板回来了,我还要交报表给他呢。

也不等天皓答话,有桃离开了。

八

一周以后,小梅"治疗"的时间越来越短。马吉的睡眠却没有进一步的改善。小梅说,治疗已进入第二个阶段。我有我的方式,你不要太着急。这种病毕竟不是伤风感冒,两三天就能好起来。

不过,每次小梅忙完正事,在店里一坐就是一两小时。马吉不善言辞,但小梅能快速抓住他感兴趣的内容,通过附和与提问,巧妙转换话题,让交流顺利开展。她亲和的笑容、专注的表情很快消除马吉的拘谨感。这一来二去,马吉对心理咨询行业了解了不少,知道这行业在中国兴起也不过十几年。那个让他觉得神神秘秘的梅蝶,是国内较早入这行的人。两人聊得最多的,还是店子里的生意。马吉对此一筹莫展。他说,自己拼命想打理好店子,可脑袋瓜好像有什么地方被螺丝钉卡住,总想不出好办法。

那我们就来拔掉螺丝钉吧。小梅掩嘴笑笑,从提包里拿出一个精致的笔记本说,这几天,我把了解的信息梳理了一下。讲得不对,权当我信口开河。

马吉摆正坐姿,做出洗耳恭听的样子。

你看,把你算上,总共三名技师,然后是领班和吧员,你想过这样的配置合理吗?小梅在笔记本上滑动手指,客人稀稀拉拉,三天时间,二十多位客人。这种情况,你就是让领班随时收紧腰肢,也无济于事。吧员嘛,时间拖得蛮长,可除开配饮料、上茶、计钟、收钱算账,大部分时间都无所事事……

马吉点头,却什么意见也提不出来。

第一,必须增加年轻的女技师。你得清楚,客源是男性为主。第二,想办法把老技师辞掉,但尽量做到好聚好散。

马吉努力消化着小梅的话,心里纳闷,她为什么如此关心店里的生意?她平时给客户治疗,也会花这么多时间来处理与业务无关的事儿吗?过了一会儿,他问,有把握?

小梅正色道,没有啦。不过继续一成不变地经营下去,生意迟早报销在你手上,摸着石头过河吧。

按照小梅的建议,马吉贴出招聘单。很快来了两个熟练女工,模样也过得去。另外两名技师嗅出了不妙的味道。一来,新人的底薪和提成更高;二来,上钟依然按号排序,但客人有了挑选余地,原来的技师好几次被退钟。不过客人离开时,一脸惬意,大有小餐馆遇上好厨师的满足感。没多久,一名老技师主动辞职了。在有桃的建议下,马吉付满了当月工资。

两人不动声色地看着这些变化。马吉继续上新人。剩下的老技师很少有人点钟,只好被迫离去。但意外还是发生了。不到两天,领班不辞而别。吧员没走,却满腹牢骚,脸沉得能拧出水来。

我们忘了跟领班沟通。小梅歉意道,她一定以为我们会大换血,所以早做好跳槽的准备。现在一时半会儿很难找到合适的人选。这样吧，白天你顶着，我下班后，就来当个实习领班试试。

每天傍晚，小梅都会赶到店子，帮着打理事务，接送客人。常常忙完，都十一二点了。马吉忍不住说，谢谢你帮我喽，只是治疗的事儿，不会就这样搁下来了吧？

小梅嘴角又浮出月牙般的笑，现在做的一切，都是在治疗中呢。

马吉挠挠脑勺，你们这行的技法我是一窍不通喽，不过我的精神真好多了哩。不过这生意跟我的病一样，怕是短时间不能完全好转的。现在人工开支增加了，先前的店老板又催了几次款。两万块，不是小数目，心里还是蛮着急的。

小梅想了一会儿说，要不这样，你把对方的电话给我，回头我跟他沟通一下。

马吉迟疑道，这，你也行？

小梅眨眨眼说，这，我有把握！

果然，她第二次来的时候说，事情已经搞定了。没等马吉问话，她浅浅一笑，欠款我暂时帮你垫上了。我不会急着催你还钱的。

马吉眼睛一下瞪成灯笼，仿佛听到太阳从西边出来一样。

两万块，这不是小数目，小梅没有任何理由这样做！

小梅看出他的心思，解释道，心理咨询终究只是辅助手段，心里的疙瘩不解开，短时间很难彻底康复。我这样做，是因为，因为你是我的病人……呃，也相信你能经营好店子。当然啦，还有我这个助手呢。

就因为我是她的病人吗？马吉半信半疑。

无论怎样，客流量不断回升。马吉的病情也不断好转，他终于长舒一口气。小梅说，往下的日子，我有空会来看你的，你可要继续顶住哦。有什么问题，随时唤我。

马吉点点头，欲言又止，眼里透出复杂的情绪。

九

当晚,有桃再次走进天皓的梦里。她似乎躺在暗夜里的某处,定定地凝视天皓。那双眸子在黑暗的深坑底部,瞳孔中有温柔的光芒,仿佛在静静等待暖阳的照射。有桃,你到底在哪里?真的在旅行社上班吗?还会不会来这里?没有回答,有桃只是眨眼,浅浅地呼吸,胸前那精致的隆起在微微起伏。问号轻飘飘的,最终被沉默彻底吸附,就连时间,似乎也成了黏湿透明的胶体,紧紧裹住了他。

翌日,天皓交完白班,回去刚捧着书,有人敲门。是有桃,提着大袋洗衣粉、肥皂和衣架。天皓去接,有桃一避说,书虫,啃你的课本吧。然后把袋往桌上一放,去拾掇天皓换下的衣物,进了盥洗间。天皓要帮忙,有桃不让。天皓看了一会儿书,悄悄瞧有桃。她正蹲在盆边,使劲地搓夹克衣领,呼吸局促,双肩笨拙地耸动。天皓站在一边儿,手脚也不知哪里放。有桃冲他皱皱鼻子,把门掩上。忙活完,天皓要送她回去,有桃不让,逃离般地走了。

有桃隔三岔五来一次,屋子已经打理得妥妥帖帖,能做的活儿越来越少。一晃就到了冬天,天皓顺利修完四门课程。加油,还剩五门,一定要尽快拿下。他在心里说,到时候,就能告诉父亲,自己达到了他的期待。只是没过多久,他左手长出许多水泡,指腕关节也痛得厉害。医生说是餐饮工作的职业病,疲劳过度,并无大碍。不过为避免客户疑虑,经理还是让他休假。天皓苦脸回来,有桃却笑道,安心养病啦,身体才是革命的本钱。

天皓说,幸灾乐祸不是革命同志的品质。

有桃说，放心，这些天我会请假陪你。

天皓问，又不是你长水泡，老板会答应？

有桃撇嘴道，只要你答应就行了嘛。

有桃成了天皓的保姆，每天一大早过来，帮他洗衣折被，扫地擦桌。到饭点就叫外卖。天皓整天泡在书堆里，乐得饭来张口衣来伸手。有桃闲下来，也不打扰他，只独自站在窗边，长久沉默。檐下落叶成毯，墙角的绿藤纵横交错，偷窥似的攀缘到窗台上。有时候，有桃会神经质地唰一声拉上窗帘。少顷，拉开，目光继续凝视远处。

过了七八天，天皓彻底康复。有桃说，你好好上班啦。我也耽搁了这么久，暂时来不了。

天皓努努眼皮问，梦里也不来了吗？

有桃愣了愣，伸手说，对啦，还我宝物。

天皓不解，有桃说，我是说罗盘。让我保管着，高兴了就到你梦里，不高兴了就把你赶出去。有桃又拉他去廊桥，说，好久没去吃烧烤了，今天我请客。

冬日的廊桥略显清静。不过廊桥五颜六色的霓虹灯光交融汇合，映在河面上，形成强大的光芒，宛如梦境核心。有桃特别开心，点了好几听啤酒。喝得微醺时，她忽然说，天皓，能不能换个地方住？

天皓摇头，现在挺好啊，离餐店也蛮近。

她说，不行，要换。离我上班的地方太远，每次过来，还得赶公交。

天皓趁机问，什么时候去你上班的地方瞧瞧？

有桃嘟嘴道，不换地方就不要你去看。

天皓说，换房总得需要时间吧，要不等明年再说。

有桃摇头道，给你三天时间，不然不理你了。

天皓说，蛮不讲理，我尽量吧。

有桃一下笑了。

离开廊桥，有桃居然又跟着他回了合租公寓。有桃说，你继续用功吧，不会打扰你的。然后小猫似的钻进被窝。长发在枕上展开，像一湾深色的潭水。天皓心里漾了漾，忙低头看书。直到深夜，他才悄悄靠着床沿躺下。刚关灯，有桃的手忽地搭过来。天皓来不及反应，有桃的嘴唇已经贴他脸上。

一阵耳鬓厮磨，有桃像柔软的蘑菇，紧紧包裹了他。

十

马吉一跛一跛地走在深邃的廊桥里。一束光如舞台照明般投在他身上。光源随他的行进不断改变，并保持最佳角度射来。一旦马吉止步，就会有一个同样的声音传出。

不断往前走。

跟光源一样，无法得知它来自何处，声量也总以听觉感知最适宜的强度在耳边响起。谁在说话？马吉左右环顾。除开未知的提示，似乎其余响动皆被廊道吸附而净。

同样的景象，每晚都出现在马吉的梦里。无尽的廊桥，没有参照物，没有时间感。他向小梅怨埋，好枯燥的廊桥，也不知道什么时候才能走出去？

小梅柔声道，坚持呀，没准能走出去的。

如小梅所言，廊桥的景象开始发生微妙变化。一些模糊的画面不断闪现。他怏怏地靠在沙发上，梅蝶躺在足浴店的包厢里……少顷，他看到自己置身渝富侨足浴店，或出现在情调优雅的养生湾，满巧艺推拿店。这些都是他曾经辗转待过的地方。时光似乎在倒流，沿着他的人生轨迹一点点回到过去。

不断往前走。声音再次响起。

马吉加快脚步，画面迅速隐退，直至彻底消失。前方出现一道半透明的玻璃门，把廊桥切断。止步还是前行？马吉犹疑不定，再次等待提示。然而，声音偏巧跟谜一样不再出来。马吉敛息屏气，缓缓向玻璃门靠拢。距离越来越近，越来越清晰。一个模糊的身影紧紧贴在门后，似乎等待他拧开把手，一揭庐山真面目。马吉听到自己的心脏在剧烈跳动，发出旷远而带有金属余韵的声音。站了一会儿，他忽然转身而去，可身后似乎有什么如影随形地跟来。马吉回望，玻璃门始终与他保持着相同的距离，俨然有无形的手在推动它，与他同行并进。马吉调匀呼吸，注视门后的身影。小个头，连衣裙，长发。莫非是小梅？马吉不知所措。片刻，门、廊桥、灯光，一切倏然消失。

醒来，屋子死一般沉寂。梦境也罢现实也罢，一如细沙无声无息地从意识里溜走。

见到小梅，马吉问，那影子是你？

小梅说，拉开门就知道了呀，胆小鬼。

马吉踌躇道，下次吧，感觉门连接着什么。

小梅问，害怕？

马吉说，不知道。如果是跟你一起走，什么都不怕。

小梅眨眼，如果我跟着你，门后会是谁呢？

马吉说，那就不重要了嘛。

小梅沉默。

马吉再次置身廊桥，依然看到了门后的人影。小梅，你在哪儿？

依然没有回应。忽然，马吉被什么轻轻碰触一下，侧头一瞧，正是小梅。华美的睡袍，光脚，静静站在他右侧，一如从他意识的死角钻出。小梅伸出云朵般柔软的手，牵着他走向大门，朝他递去暗示性的眼神。马吉会意，慢慢拧动手柄。门无声地掀开一条缝，有逆光飒然溢入。小梅的身子开始渐渐变淡。马吉赶忙抓紧她的手，但手心的触感却越来越模糊。他立刻把门推回去，小梅又真实地站在那里，柔软的触感再次传入手心。现实感强大难泯。

小梅轻轻牵着马吉，晨雾般往回走，那扇神秘之门很快消失在目力所及的范围。廊桥两端，望不见终点也看不到起点，宛如无尽的时光隧道，充满未知和迷茫。小梅忽然止步，与马吉静静对望。时光似乎就此沉睡。沉默再次叠加。小梅的睡袍滑落，健康而光滑的胴体顿时一览无余，光彩照人，流畅夺目。胸前美丽的隆起宛如两只小鸟，纤细的腰肢盈盈一握，腹下的阴影神秘而静谧，马吉变得呼吸急促，心旌摇曳，空气暧昧而潮湿……

再次见到小梅，马吉想到昨夜的梦境，脸一下泛红。

小梅叹口气问，干吗不推开门？

马吉说，我不知道门后到底是什么。

小梅说，笨蛋，推开不就知道了嘛。那扇门，或者是你的未来，你的过去，或者真是连接着时光之类的玩意儿也说不一定哦。

马吉手一摊说，我，我还是很犹豫。门后是未来也好，过去也好，我现在不是活得好好的嘛。

小梅说，那你想不想打开它？

马吉想了一会儿，你陪着我，打不打开它好像并不重要嘛。下次，下次再说吧。

小梅说，可能只有一次机会啦，你得想清楚啦。

沉默。大厅唯有空调送风声。

马吉说，打开门，我的病是不是就彻底好了？

小梅说，其实你的病已无大碍，治疗算基本结束，以后我可能很少来了。现在你应该多想一想生意上的事儿，加油哦。

马吉抬头，望向吧台，新的领班已经到位。此时，她调整了一下站姿，大概以为两人正在对她的表现进行评议。

你也知道，除开干这行，我其他的什么也不会。不过，你要不来了，我心里真没把握的。

小梅轻语道，要有信心，知道吗？

马吉蓦然心有所动。

十一

天皓上了一个连班，离开餐店，已是凌晨两点。大街上几乎看不到影儿。楼宇的墙角处时而可见散乱的烟头，变形的易拉罐，还有被踩过的报纸。拐过一条窄巷，天皓忽然见对面站着一男子。板寸头，脖子缩在竖领风衣里，用足以穿透岩石般的目光盯着他。

天皓加快脚步，影子在路灯下不停摇晃。进了屋子，他依然能真切地感受得到对方视线的存在和重量。如此熟悉，是谁？天皓猛然想起，这个家伙是长发仔。对方换了头型，加上时隔一年之久，一时半会儿没有辨认出来。天皓顿时涌上不祥的预感，不好，没准他还缠着有桃！他匆匆洗漱完毕，赶忙躺上床。片刻，梦境再次出现，俨然现实般清晰。

有桃正站在一间小屋的窗前，摇晃铁栅，天皓，尽快离开这里！

天皓上前，试图抓住她的手。可眼前的景象，始终与他保持着无法触及的距离。

有桃说，你找不到我的，快走，不然会有危险。

话音刚落，有桃消失。四下皆是暗色，唯有小屋如舞台布景一般，被一束来历不明的光照着。

我不能丢下你。天皓嚷道，再次向小屋靠近。依然徒劳无益，你在哪里，说啊，我一定会来救你的。

有桃再次出现。她说，天皓，我说完，你一定要走。

天皓敛气屏息。

有桃问，你还记得那个长发仔吧？

天皓点头，有桃摆手，示意他不要插话。她说，我遇到你之前，和他认识已有时日。开始以为他跟我一样，只是离经叛道弃家出走的学生。所以跟他相处了一段时间，还劝他找份工作，好好赚钱。不久我才知道，他居然是一个盗窃团伙的成员。头目把团伙搞得像公司，统一食宿，统一派工，行窃前也统一班车接送。头目负责踩点，有时会把手绘的地形图发给他们。一天排四个班次，得手后，他们马上联系头目，将赃物转走。行动结束又统一乘车撤离。还有实习生跟班学技术，长发仔正是其中之一。我遇见长发仔时，头目正好让他单独行动，要求拉一个同伙进来，作为转正贺礼。没想到，长发仔居然把我作为目标。对了，你刚到火车站时，有人抢你布包，正是长发仔的同伙干的。那两天我休假，长发仔非拉我去见头目，我不依，他就骗我说，让我帮忙放一次风，便放过我。我信以为真，没想到偏偏碰见的人是你。当时我很过意不去，这才帮助你找活儿，劝你在合租公寓住下。而我，趁机接近你，疏远他们。有桃往外窗瞧了瞧，忽然加快语速说，但长发仔死活盯上我，甩也甩不掉。后来，长发仔表面离开，实际上却一直在暗中监视我。

天皓摇摇头，为什么之前你不告诉我？

有桃说，长发仔威胁我，如果向你透露了这些秘密，头目绝不会放过我们。她忽然竖起食指，放在嘴唇上，示意安静。

天皓左右张望，试图在黑暗中发现异常。

少顷，有急促的脚步声传出。

有桃摇摇窗栅，接着说，好像有人往我这里来。不要说话，只管听我讲。到春节的时候，估计他急着交货，就带上几个同伙，偷偷找到我，非要让我去见头目，说交个差就放我走。还威胁说，如果不去，就要对你下毒手。我不想连累你，所以才不辞而别。结果我被关在黑屋半个多月。头目继续对我软硬兼施，迫于无奈，我只好跟他们去执行任务，帮着放风。后来，在梦境的提示下，知道你回来了。那个时候，他们放松了警惕，我这才能经常来找你。但上周他们起了疑心，我就故意逼你换住所……

说到这里，有桃眼里涌出泪水，再次侧耳谛听。

糟糕，快跑！有桃忽然嚷道。

梦境化成一道白光，倏然消失。天皓睁开眼，板寸头和另一个矮胖小子已经走到床前。天皓还没来得及起身，一下被对方按住。板寸头捂住他的嘴，矮小子抡起拳头，朝他砸来。天皓用力一挡，推开两人说，把有桃放了，不然我马上报警。板寸头冷笑一声，再次扑上去。

天皓以一敌二，渐渐处于下风。他正欲夺门而逃，却感到头上有重物不断击打，黑暗顿时在眼前如飞珠泻玉般四溅开来。

十二

梅蝶坐在办公桌前,静静望着窗外。电话液晶屏上的数字依旧不停闪烁,时间被无声无息地更新。

两天前,小梅忽然向她请假,也没讲原因。十分钟前,小梅打来电话,说马上回来,有事要跟她沟通。梅蝶以一个心理咨询师所具备的敏锐直觉,预感小梅心里的谜团即将解开。想到这里,她的思绪回到十二年前。

那个时候,梅蝶刚从外省进修回来。她第一件就是去找有桃,没想到对方已经辞职。她很快忘了这事,但到年底,店子经理忽然给她打电话,说有桃到店里来过一次,找她曾经的同事天皓,还留下电话号码。就这样,梅蝶联系到有桃。她住在芙蓉巷的合租公寓里。脸色苍白,身子虚弱。一问才知道,有桃刚做完流产手术,在屋子里休养。梅蝶心生怜意,陪了她一整晚。因为梅蝶具备的职业性的亲和力,有桃很快对她产生信任,把自己的遭遇向梅蝶和盘托出,从如何被盗窃团伙纠缠,讲到跟天皓相遇。梅蝶认真聆听,知道了有桃虽然只是技校毕业,但她表述流畅,总能在有限的词汇里找到恰如其分的语句。而有桃讲述的梦更是引起梅蝶的兴趣。

有桃说,天皓被他们无端教训一顿,那会儿我困在黑屋,后来的情况不得而知。按理说,罗盘在我身边,晚上应该可以再梦见他。但那以后,我只能看到黑乎乎一片。不久,我被放了出来,马上去找他。听合租公寓老板说,当晚有厮打的响动。看到天皓时,他已昏倒在地,老板赶忙送他到医院。我跑到医院,医生说他被打成脑震荡,左脚也跛了,落下终身残疾。病还没痊愈,天皓就离开了。后来,盗窃团伙的头目和几个同党作案被抓,其他人很快作鸟兽散。我总算得以解脱,就暂时留在合租公寓,又在西佳餐店留下联系方式,心想没准哪天还能遇见他。

罗盘有如此神奇功能?梅蝶问。

这,我也说不清楚。罗盘离自己越近,梦境就越清晰。后来,我跟他一块住过一段时间。有桃啜泣道,没想到居然怀孕了。

当晚,梅蝶拿着罗盘细细琢磨。按理说,它除了自己预设的功能,并无特别之处。翌日回家,神奇的事情却发生了——有桃走进了她的梦里。虽然景象短暂模糊,但依稀能读出她在一家餐店打工。几天后,梦境消失。可能两人相处时间太短,意识间的某种联系无以为继。这事暂时被搁置一边。事业方面,梅蝶先后在几家医院受聘心理咨询师。但她心志高远,最终在父母的支助下自立门户,成立了蝶梦心理咨询室。她对有桃的梦境更抱有愈加难以抑制的好奇,预感到这种功能对其事业有着不可估量的帮助。她再次联系有桃,用罗盘测试,梦境又出现了。至此,她坦诚请求有桃成为她的助手。这个女子不仅具备良好的人性品质、与生俱来的语言天赋,最重要的是,或许那个特制的罗盘,开启了她潜意识王国里的奇异能力,这对梅蝶的事业有举足轻重的作用。

面对梅蝶的请求,有桃既表现出浓厚的兴趣,又流露出强烈的自卑感。梅蝶就给她制定了发展规划。帮助有桃恶补基础知识,让她报考心理学专科的自考。同时,安排有桃做简单事务,接听电话、客户接待、安排预约时间、资料整理、文印事务……而且她给有桃换了个名字:梅梦。使得咨询室更个性化。小梅天资聪慧,几年后顺利实现了预定目标。与之同时,梅蝶充分利用有桃的能力,研究出一种特殊睡眠疗法。根据不同的客户对象，让小梅在对方的意识里搭建特定梦境，以寻解更幽深的底层信息，以此有效解决对方的心理顽疾。这一创意疗法，使她的咨询室具有了很强的竞争优势，事业一路高歌。

然而，小梅虽然改头换面，但心结一直未能解开。她始终在寻找天皓的下落。只要听到有关他一鳞半爪的信息，就自控不住地去求证。但世事并不尽人意，小梅每次总会跌入巨大的失落。

梅蝶在南站碰上马吉的那天，她立刻想到了天皓。毕竟十二年前，在餐店见过他两三次。从少年到成年，对方胖了不少，也没了曾经的稚气和灵动。加之马吉完全当她是陌生人，所以梅蝶并不敢确定。稍加跟踪，她知道对方上班的地方。跟他交谈后，梅蝶觉得除开跛脚和年龄吻合外，其经历和谈吐，还有家庭情况都相之甚远。为避免小梅心情反复，她对此事缄口未提，或者说否定了自己最初的判断。直到马吉打来电话询医，她又质疑起自己的结论。所以，她决定让小梅亲自走一趟。

小梅回来后，并没有提到天皓。但让人费解的是，小梅又极力劝说她以最优惠的价格接下这笔业务，似乎对马吉的病特别感兴趣。梅蝶心生疑惑，索性让她自行处理，也想看看其中的蹊跷。

马吉的病恢复得比预想的好。一段时间后，小梅已经无须与他见面，也能进入他的潜意识治疗。按理说，此事应该接近尾声，但小梅每天依然乐此不疲地往返。反倒待在咨询室，常常显得心神不宁。

梅蝶坐在桌前，揣测着事情真相，忽然听到有人唤她，这才注意到小梅已经坐在桌对面。

梅蝶揉揉太阳穴问，才回来？

小梅说，去了趟瓦镇。

梅蝶点头，未置一词。

小梅又说，梅姐，我的事，你大概早猜到十之八九。

梅蝶笑道，那是说，还有十之一二，在我预料之外。无论怎样，你的心结能解开，实在让人慰藉。

两人默默对视片刻，办公室静如海底。

小梅说，我想，你已经猜到马吉就是天皓。

梅蝶说，刚才我才想到一个被忽略的问题。他当年不光脚被打跛，而且脑袋也被打得失忆。

小梅说，是的。准确地说，是解离性失忆，他彻底忘了自己创伤性的过去。

梅蝶点头，你诊断得很对，他对自己的身份以及过往经历已经一概不知。

小梅说，而且他应该还患上了解离性迷游症。他离开北站，在南站附近落脚，是因为潜意识让他换到与原来完全相反的地方。加之他曾经参加过按摩培训，上过当，这反而让他留下了最基本的记忆，所以后来选择了足浴行业。不过，他重建了自己的身份，并用虚构的过去填写他丢失的记忆——马吉，遂宁人，诸如此类。他的各种证件是真是假，我不确定，但内容都与之匹配。不过虚构部分有残缺，他答不出自己父母的名字，无法说出他并不算低的文化知识从何而来。而且他的大脑受击后，智力的确下降，留下轻微的头痛后遗症。所以失眠后，自然旧病复发。

那后来，你是如何解决的？

我作为你的助手——对于他来讲，是一个全新的陌生人身份，一边为他治疗，一边与他重新"认识"。跟他聊我的工作，商量经营策略，帮助他打理生意。这一切，都成了我与他相处的理由。当然了，这也是很好的心理治疗手段，只是他不明白罢了。另外，我垫付的两万块，其实是他自己的。当年我到合租公寓拾掇他的衣物，他的存折也一直帮他保管着。总之，我借此慢慢搭建无尽的时光廊桥，让他回走，直到打开失忆时间点的大门。

门后就是他的过去？梅蝶再次轻揉太阳穴。

是的，门后有人等他。

你是说有桃，对吧？

他没打开那门。因为……小梅忽然闭目合眼。少顷，她扬起脸，因为一旦打开门，现在的我就不复存在。所以，他把门关回去了。

梦境是由你设定。你不复存在，但有桃，那个真实的你就出现了。一直以来，你不是想要这个结果吗？

梦境是由我设定，只是我忽然想到，在有桃出现之前，应该先清楚他父亲现在的情况。所以我才请假，去了趟瓦镇，打探消息。当年的居委会主任告诉我，九年前，他父亲已经病逝在监狱。所以，我对梦境的意义产生了怀疑。打开那扇门，他能得到什么？他已经重建了一个没有悲伤、不用背负使命的自己。如今他生活很平静，我的出现也带给他很多快乐。

明白。作为小梅，你已彻底替代了原来的有桃。

小梅沉默着，似乎内心的感触很难诉诸语言。她缓缓站起来，眺望窗外的世界。

所以是否打开门，我让他自己在梦境里决定。

结果？

暂时没结果。他上次很犹豫，我打算给他最后一次机会。

小梅走出办公楼，夜幕已笼罩城市，鳞次栉比的建筑亮起了灯火，如一个个苏醒的生命体，在暗色中守候新一天的来临。今晚，她将陪着天皓最后一次走过廊道。小梅无法预知他最终的选择，但心里十分清楚，以后的生活中，无论自己以哪个角色呈现在他面前，彼此早已成为对方生命的一部分。